当代作家精品
散文卷

主编 凌翔

嘉陵江从镜头前流过

/著

文化发展出版社
Cultural Development Press

图书在版编目（CIP）数据

嘉陵江从镜头前流过 / 邹安音著 . — 北京：文化发展出版社，2020.12
ISBN 978-7-5142-3263-9

Ⅰ . ①嘉…　Ⅱ . ①邹…　Ⅲ . ①散文集－中国－当代
Ⅳ . ① I267

中国版本图书馆 CIP 数据核字（2020）第 272055 号

嘉陵江从镜头前流过

邹安音 著

责任编辑：司　璐
出版发行：文化发展出版社（北京市翠微路 2 号　邮编：100036）
网　　址：www.wenhuafazhan.com
经　　销：各地新华书店
印　　刷：三河市龙大印装有限公司

开　　本：710mm × 1000mm　1/16
字　　数：235 千字
印　　张：17
印　　次：2021 年 4 月第 1 版　　2021 年 4 月第 1 次印刷
定　　价：69.80 元
I S B N：978-7-5142-3263-9

目　录

第二辑　绸都留影

第三辑　百年梦圆

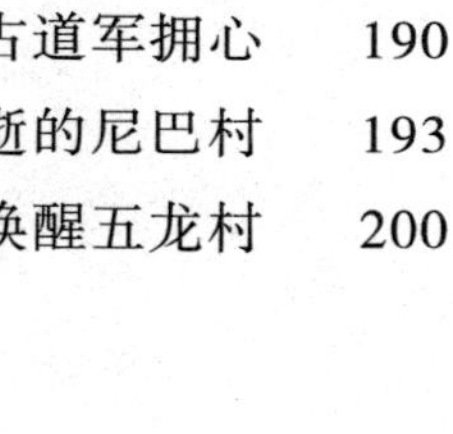

第一辑　嘉陵江上

千里嘉陵好风光

在这个蓝色的星球上，在亚洲的东方，有一个古老而年轻的国度——中国。在这里，山为脊梁，水为魂魄，雄风浩荡五千年，文明相承至今天。

中国西部，八百里大秦岭巍然屹立，把华夏大地南北而分。涓涓泉水出山麓，汇成长江最大支流之一嘉陵江。它头枕秦岭和巴山，像一条血脉，逶迤连绵在中国西部最美的丘陵，被《中国国家地理》誉为北纬30度上美丽的奇观。

她流过米仓山的古栈道，流过四川广元武皇故里的红军渡，流过南充市阆中的锦屏山、蓬安县的周子古镇和濂溪祠、高坪区青居镇的嘉陵第一曲流，流过重庆市合川的钓鱼城，终在朝天门和长江交汇。

水润万物。清澈纯净的嘉陵江，像母亲的乳汁，滋养着这一方子民。山之侧，水之畔，文明由此衍生和发展。这里土地肥沃，盛产桑茶，遍种果树，这里是古老丝绸之路的起点之一，宛如《诗经》般美好，像丝一样源远流长。

印象嘉陵江，她又如一个动人的音符，在广袤的大地吟唱，随着日月斗转星移，跟着四季更迭永远。青青桑林、迢迢古渡……是一幅写满“乡愁”的布衣图，成为我们精神的原乡。

南充的桥

南充在四川省的东北部，嘉陵江的中上游。

嘉陵江发源于秦岭，全长 1119 公里，在南充就有 300 多公里。它流经陕、甘、川、渝四个省（市），最后在重庆朝天门码头汇入长江。

南充市摄影家协会原主席杨麾，数十年如一日，他风雨兼程，共拍摄了上万张照片。

这些照片有一个共同的名字，叫《我的嘉陵江》。它们两相对比，从黑白到彩色，像一个个地标符号，显示着南充自中华人民共和国成立以来的发展速度，也映照出中国改革开放后的辉煌成就。

北湖公园坐落在市中心，曾经是一片荒地，在汉代名叫“鱼池”，明代称为“北湖”。2002 年，北湖公园大门和围墙被拆除，还绿于民，嘉陵江的水通过地下暗道引到了湖中。2008 年，公园被国家旅游局批准成为 3A 级旅游景区。今天它是南充人心中的乐园，也是外地游子的乡愁记忆，闪烁着灿烂的光芒。

北湖公园今天已经升级改造。现在的她更像是一位手捧诗书的女子，从唐诗宋词的意境中走来，卓然而立于时空之镜下，雅致而端庄，让城市的会客厅，更多了一份超然的气质。

今天，南充作为成渝经济圈中的重要交通枢纽和商贸中心，正发出灼灼的光芒。诚如此时的北湖，它包容了一个地方的人文精神和内核，让天、地、人、万物都和谐相处于一个空间，以优美的姿态呈现给世人。

南充共有顺庆、高坪和嘉陵三个城区，以位于顺庆的北湖公园为中心坐标辐射开去，嘉陵江流过顺庆、嘉陵和高坪。一直以来，两岸来往都依靠码头轮渡完成。嘉陵江上不断修建的大桥，成为历史的分水岭，也让南充发展变化的颜色愈加明快、亮丽。

1975 年 7 月 1 日，嘉陵江上第一座大桥竣工，它被南充人亲切地称为“一桥”，又叫“白塔嘉陵江大桥”。大桥一端在高坪鹤鸣山下，一端连着顺庆模范街。一桥的修建，改写了南充人依靠摆渡过江的历史。在杨麾拍摄的黑白照片上，那时桥上车辆稀少，桥下的街道上，房子破旧不堪。与此对比的是几十年后的某一个春节，鹤鸣山上彩灯闪烁，滨江路上车水马龙，模范街上人头攒动。当一个青年农民工喜滋滋地挑选领带时，被杨麾当即抓拍，很快就上了央视新闻播报。南充的城市美景，出现在了全国人民的面前。

2001 年 1 月，南充二桥建成通车，人们又把它叫作清泉寺大桥，因毗邻佛教圣地清泉寺而得名。清泉坝位于顺庆，20 世纪 50 年代占据南充的历史舞台，周围汇集了绸厂、汽修厂、内燃机厂、罐头厂等南充的“老字号”工厂。当时南充作家魏继新写了小说《燕儿窝之夜》，后来被改编成电影。那个风雨之夜，从滔天洪水中奋力抢救国家财产的石油工人们，他们就生活在这里。那时，南充常常被洪水吞噬。二桥建成后，它东接环都大道，西接绕城高速，担负着全城闭合环线的重任。2002 年，北部新城核心区开始建设。十多年过去了，犹如凤凰涅槃，宽阔的街道取代了泥泞的小路，林立的高楼代替了破旧的厂区宿舍。学校、医院、商场一应俱全。市政府办公大楼、南充大剧院、图书馆、体育中心等标志性建筑，北部新城充满了现代气息。

《我的嘉陵江》中，有一张黑白色的照片镜头拉得很远，那是嘉陵江下游的一个荒滩地，它叫下中坝，中间夹杂着许多茅草屋。镜头下、故事中的女主人公任启芬就住在这里。她在岛上种菜，每天划着小船到城里售卖，丈夫在江边采石场工作，夫妇俩每天收入四五元钱，日子过得入不敷出。2004 年，嘉陵江防洪大堤修建，因政府占地，任启芬分得 3 套共 200 多平方米的住房。当年春节，她搬家到了北部新城，圆了她多年的进城梦。南充也从此结束洪水肆虐的历史。

2007 年，南充三桥飞架嘉陵江。这座桥造型成不对称斜拉桥，因和下中坝相望，人们又叫它上中坝大桥。它的出现，犹如心脏，把顺庆和高坪区连为一体。“以江为轴、北拓南延、跨江东进、拥江发展”，这是城市新的生命力量。“南充浦东”，一个新的地标诞生。

2012 年 11 月，南充四桥通车，它又叫下中坝大桥，双向八车道。大桥的南端，南门坝旧城改造如火如荼，许多人家搬迁住进了新房。而今，昔日的古街老巷已经成为一座现代新城，但古老的文庙和府衙却得到保护和传承。

嘉陵江上，还有在建的五桥、六桥、七桥……

嘉陵江大桥的不断崛起，它圆了南充城市和城市、城市和农村、城市和人们之间的梦想。当年，南充城人口 30 多万，今天已逾百万。嘉陵江上的豪华游轮，可以直接通航到海上的长江口。而那些穿境而过的高速公路、铁路、飞机场等，它们像嘉陵江的毛细血管，延伸到了更远的远方。从南充到朝天门码头，到上海长江口，再到太平洋彼岸……

其实，那本由上万张照片汇集而成的《我的嘉陵江》摄影集，它何尝不是南充的一座桥！它连接着历史和今天，走向未来。

嘉陵江从镜头前流过

一

巍巍秦岭，源出涓涓细流。它一路纳溪成河，汇聚成川，终孕育出长江上游最大支流——嘉陵江。它由北至南穿过中游四川省南充市，总长达三百多公里。它依次流过南充所有的古码头和两千二百多年的建城史，于重庆朝天门码头汇入长江。

从拿起相机的那一天开始，他便对准了嘉陵江。杨麾，一个行走在嘉陵江边的摄影家。镜头前，他鹰隼般捕捉着家乡每一个细节的变化，从一个渡口到另一个渡口，从一个故事到另一个故事。数十年如一日，他风雨兼程，共拍摄上万张照片。

上万张照片汇聚成一册《我的嘉陵江》。当《我的嘉陵江》在南充市中心展出时，一个女孩指着照片突然惊叫了起来："看，这个人是我外公。"她赶紧用手机翻拍了照片，发给妈妈。照片中，一个老人手拿剃刀，正全神贯注地为一名顾客理发。这是拍摄于二十世纪八十年代南充郊区一名老剃头匠的照片，不承想外孙女多年后与故去的亲人在画外相逢。

墙上的嘉陵江，静静地流过。

在这里，人们在寻找失落已久的城市记忆和乡村物事：远去的古渡，拆掉的老房子，逝去的亲人；人们也在体味着照片背后的一个个故事。

四十年来，嘉陵江沿岸的发展和人民生活的变化，史诗般被保存下来。

二

在摄影家的镜头下，时间定格在七八十年代，在南充的各个码头，画面清晰生动：捣衣的浣纱女，艰难行走的挑夫，炊烟飘过的屋顶……画面放大，隐约可见城乡接合部的李渡古镇：行人稀少。三两只渡船横放，船家望着江面，神情茫然。一个长着及腰头发的中年男人挑着担子上船，他叫刘先维，不曾娶亲……

时间流逝。

1993 年的李渡古镇。早晨，渡船靠岸，人群摩肩接踵，货物琳琅满目，人们争先恐后下船。几年后，来江边垂钓的城里人多了，来运沙石的农民工也多了。远处，乡村楼房修起来；近处，城市高楼拔地而起。再后来，采沙场逐渐冷清，烈日下，一个衣着时髦的女人打着遮阳伞，抱着儿子，焦急地等待在外打工的丈夫归家。渡口处，一户人家急着把肥猪送到镇上去卖，几个大男人正在帮忙；船篷下，走出穿着松糕鞋的时髦女孩子，小心翼翼地下到岸边。

1999 年的李渡古镇。码头上停满了接送客人的各式客船。逢场日，机动船穿梭来往于星罗棋布的沿江小镇，船尾的马达肆无忌惮地响着，船桅上的高音喇叭不断地叫着，船舱里乘客们不停地笑着。嘉陵江边小贩云集，人头攒动，热闹非凡。

……

嘉陵江的似水年华，被各个古码头演绎得具体而又鲜活。

渐渐地，江滩荒地变成了湿地公园；嘉陵江人工截流，梯级开发了十余座电站；阆中古城、周子古镇、龙门古镇等江畔陆续修建了跨江大桥，古码头沉静下来；穿境而过的高速公路、铁路、飞机场等，它们像嘉陵江的毛细血管，延伸到了更远的远方。

嘉陵江流域遍布的巴蜀地区古文化线路，延续了上千年的金牛道、米仓道、东川道、荔枝道和嘉陵江水运河道等古代文化线路，也退出了历史舞台，被作为遗址加以保护。

盛世华年，国脉和文脉相承。

2018 年春节，阆中古城的民俗节目《亮花鞋》出现在央视春晚。打开《我的嘉陵江》，仿佛听见歌声：钟楼下，小伙子们敲响锣鼓，唱起情歌；姑娘们出来了，穿着盛装，亮出亲手绣的花鞋，应和乐声；老人们教唱着儿歌——“正月里，梅花开，娘叫女儿听心怀。一学剪，二学裁，三学绣花四学鞋……”

三

四张照片，不同的年代，不同的色彩，不同的背景，相同的人物。这是一家人三十年的生活变迁史，也是主人公同一座城市的命运交接史。它们同摄于南充港。

南充港，把南充城一分为二。八十年代初，两岸人、车出行，除了一座大桥，便依靠这古渡。

任启芬是这古渡口的主人公。她和她的一家人闯入杨麾的镜头，已经三十多年了。

时间回溯到 1988 年 4 月的一个周末，杨麾乘坐木船来到嘉陵江下中坝。坝上满目荒凉，一个青年妇女抱着一个小女孩，正倚在一间破旧的草房前。

妇女叫任启芬，时年 26 岁，育有一双儿女。她在岛上种菜，每天划着小船到城里售卖，丈夫在江边采石场工作，夫妇俩每天收入四五元钱，日子过得紧巴巴的。

仅有一江之隔，荒滩、菜地、茅屋、小船……它们隶属南充城区，却与城市相互守望，就像女主人公的命运。1981 年，任启芬从偏远的农村嫁给下中坝的刘光珍，不料当年夏季洪水冲毁她的住房。灾后，靠着政府补助，她和丈夫采来芭茅，搭成两间栖身的茅草屋，之后生儿育女。

1988年3月16日，一场突如其来的大火，烧毁岛上几十户人家的草屋。闻讯后，带着儿子正在城里卖菜的任启芬撒腿就往家跑。幸运的是，在家睡觉的女儿被邻居从火中救了出来。靠着保险公司赔付的七百五十元钱，任启芬夫妇在原地又重新修了两间茅草房，一过就是十年。

1997年，村里派任启芬看管过渡船，每月二百五十元管理费。夫妇俩把“家”从茅草房搬到船上，白天摆渡，晚上看管全村八十多只小船。两年后，任启芬用一万多元的存款，又找亲戚借了一万元钱，修了二百多平方米的砖瓦房，重新回到小岛生活。2004年，因为修建防洪堤，政府征用了任启芬家的土地和房屋，按照政策，还了她家二百多平方米的住房。2008年10月，她搬进南充市油缘路祥和小区，和岛上几十户人家一起，当上了梦想中的城市居民。

2018年春节，任启芬带着孙子孙女，穿过城市高楼和嘉陵江大桥，再回下中坝，哪里还能找出当初的半点影子！下中坝已经变成城市的一部分，它的外围是高高的防洪大堤。初上岛的印记，只能永远沉积于她的记忆中了！

嘉陵江边，镜头下的任启芬很开心地笑着。

四十年前，南充城人口三十多万，今天已逾百万。南充港口上下，又修建了四座大桥。嘉陵江上的豪华游轮，可以直接通航到海上的长江口。

四十年，于奔腾的嘉陵江而言，只是它飞溅的一朵浪花。而在《我的嘉陵江》中，它却如此丰富具体。“别人的故乡在记忆中，我的故乡在我的镜头中。”杨麾说。

原文发表于2018年12月08日《人民日报》“大地”副刊、学习强国转

嘉陵江之恋

君住嘉陵江之中，我在嘉陵江之末。

涓涓泉水源出巍巍秦岭，她沿途纳溪成流，汇聚成川。这浩荡江水奔流到广元昭化古城后，与白龙江和清江相拥入怀，与冀山深情相望，恋恋不舍到苍溪。许是红军渡的涛声惊醒了她的梦，江水缓缓而下，蜿蜒而至阆中古城。仿佛一生只为一个人，她羞怯着脸扑入古城的怀抱。

因了爱的滋润，又被武胜龙舟千年的竞渡声撼动心魂，在合川丰盈了涪江和渠江的念想，积淀了“上帝之鞭于此折断”的英雄故事，她才笔走龙蛇般在滩涂与山川之中游弋，终在朝天门以优美的身姿投入长江的怀抱。

迢迢奔来的嘉陵江宛如一条绸带，在山城系了一个美丽的结。因这一江水之缘，我和丈夫在重庆相恋。没承想她就此挽系了我和丈夫的手，并吸引着我走进了她的怀抱——四川南充。

真正走进嘉陵江，是我们初识后的第一个春节。和丈夫一起回婆家。两地相距三百余公里，乘长途客车 7 个多小时后，至嘉陵区凤垭山。一片青松林海凸显眼眸，但见林海下一江水，舟自横，芦苇扬。那江水清澈得像一块碧玉，水波不兴，温柔地绕过山峦，湿湿地浸润了我的心灵。芦苇在沙滩地簌簌地飘摇，摇曳出一江两岸的无限风情和柔美。

我屏住呼吸，嘉陵江跳动的脉搏仿佛触动了我心灵！但凡有江河润泽的地方，一定是人杰地灵的。春天的嘉陵江像一首婉转的曲子，悠悠然然地拨弄着动听的音律，飘进我的心底。因了这条柔美秀丽的江，我义无反顾地跟着丈夫走进了南充。

从此，嘉陵江让我魂牵梦萦。我想探寻它的过去，我想描绘它的未来，和它一路奔腾而来的经历和样子。它是怎样从秦岭涓涓而出，流过广元武皇故里，流过阆中古城，流过蓬安周子古镇，流过合川钓鱼城，流进重庆朝天门……

她分明就是一首奏响在华夏西部的钢琴曲，飘扬在高山与盆地之间，时而激昂时而舒缓，时而欢快时而低沉，就那样憧憬着海的梦想，逶迤而来。

是天人合一的古城赋予她女性的柔美和秀丽了吗？抑或是古镇的烟树婆娑了她的倩影？一定是嘉陵江第一曲流锁住了她的情感和心灵。要不为什么她把最柔美的身段留在了南充呢？

我时常伫立在嘉陵江大桥上，用欣赏的眼光审视着我的第二故乡，它在日新月异变化着、发展着。

我清楚地记得，我1995年第一次回南充，那时候婆家住在市中心的北湖公园后，有高高的围墙遮拦。偶然可瞥见墙内菊花正开放。

“北湖以前是农田，小时候我们经常去抓鱼、采莲。”看见人们在公园内舞剑打太极，先生不禁感叹道。走过市宁安巷，迈过几条胡豆花盛开的田埂，至正在修建的火车站。“南充马上要通火车了！我以前在北京上大学还得跑到成都去坐车！坐汽车也要七八个小时呢。”先生既怅惘又很高兴地说。

转过火车站，走过几块水田，钻进茂密的柑橘林，隐约可见西山翠峰挺拔于城市边际，如一道天然的屏障护佑着生活在这里的人们。

那时最热闹的要数模范街周围一带了，“赛丽斯”是标志性商厦，辐射至市文化宫和果山公园。房子很陈旧。城市也历经苦痛。先生说：他小时候经常遭受洪灾之苦，有次洪水曾经淹没大半个城。

看着面前逶迤而去的嘉陵江，波涛缓慢而低沉。南充作家魏继新小说《燕儿窝之夜》洪水滔天的画面，又在我脑海里翻滚。掬一捧江水，我知道那个风雨之夜，已经永远定格在历史的画面中。

南充正以骄人的身姿展现在世人的面前。

那时候，身为《南充晚报》的一名记者，我亲眼见证和目睹了南充神奇的变化。幢幢高楼大厦，在嘉陵江边奇迹般崛起；条条高速公路，在南充周围玉带般伸延；飞机、动车等快速现代化交通工具，把南充和全世界相衔接。

南充已经成为川东北一颗璀璨的明珠，已经成为成渝经济圈中的重要交通枢纽和商贸中心。

此时的北湖公园，已经破墙开放，嘉陵江的水直接引进了公园里。湖中绿波荡漾，小鸟翩飞；南门坝生态公园里，绿树成荫，流泉飞瀑，描绘出一幅立体的嘉陵风光图；钟灵毓秀的西山风景区，万卷楼与陈寿于此著书《三国志》的三国文化，在历史的长河中熠熠生辉；城市之中商厦林立，昭示着无比的繁华与兴旺；嘉陵江边，是坚固的滨江防洪大堤，是车流如织的滨江大道。

最美华灯初上时刻，一边是城市熠熠生辉，一边是嘉陵江水潺潺而过。我和先生不禁惊叹：好一个诗意而繁华的现代南充城。也许，魏继新老师《燕儿窝之夜》的惊涛与骇浪，只能永远沉积于我的记忆中了？！

我就这样爱上了嘉陵江边的这个城市——南充。每逢周末，我总是喜欢开车到嘉陵江边，踩着圆圆的鹅卵石，撩开飞絮漫天的芦苇丛，在一群野鸭或者白鹭飞处，看江水缓缓而流，看旖旎的西山连绵在南充的天际，看一抹黛绿温馨了我生活了十多年的城市，看橘红的夕晖染红了那鳞次栉比的高楼。

这时候，我的心总是这样被夕阳温暖着。温暖如丝，缠绕着我的心灵。嘉陵江边的这个城市，因为绿的氤氲，因为水的轻灵，才有那灵动的茧丝织就的丝绸，裹住了我这个外乡人。

我爱丝绸！那轻轻柔柔的丝绸，成了我永远挥之不去的情思。那里有三国战场的剪影，黯淡了的是刀光和剑影，袭人的是书卷的清香，淡淡的，芬芳而甘甜！情思有阆中古城和周子古镇的清幽，它像一卷诗书，每每勾起我最强烈的渴望，读懂它！

我虔诚地翻开书页，嘉陵江的丰碑应该是由她深厚的人文历史和故事铸就的，这才是她的灵魂。我仿佛看到了剑门关五丁开山的壮观画面，为蓬安的画圣吴道子研墨，听周敦颐如何演绎《爱莲说》，在司马相如的《凤求凰》中迷醉，遥望陈寿伏案疾书《三国志》；华蓥山的红色革命精神流淌进血液，合川的钓鱼城之战灼痛了眼眸，朝天门的洪崖洞攫住我的心魂。

我不禁深深叩拜于这片丰饶和多情的土地。

利用记者的身份，我采写了嘉陵江边一个个具有传奇色彩的人物：营山县竹编匠人何启荣，川北皮影传承人王彪，川剧华表奖获得者陈雪……

不胜枚举。嘉陵江上，她那一颗颗晶亮圆润的人文珠玑，如串起的一副精美项链，洒落在华夏西部，像明珠般沉淀在历史的沧海里，成为永恒的记忆。

嘉陵江的美璀璨夺目。不必说嘉陵江南充段“朝发青居、暮宿青居”的世界地貌奇观——359 度大回旋嘉陵第一曲流；也不必说沙洲绿草茵茵、江心岛屿牧牛成群的中国最浪漫休闲家园之一——嘉陵第一桑梓；更不必说三面环山、四面环水的阆中古城……当年吴道子挥毫泼墨的三百里嘉陵风光图一一再现。

发源于秦岭的嘉陵江，流经陕、甘、川、渝四个省（市）后，把最美的身段留在了南充。

我们带着嘉陵江南充旷世夺目的美，在香港尖沙咀繁华的地铁出站口，把一幅幅精美的南充本土摄影家的作品，以直观形象的方式展现在同胞们的面前。这是一颗颗闪耀在华夏西部的灿烂明珠吗？人们纷纷驻足鉴赏，分享着这来自中国大陆深处的美。

嘉陵江的美是属于南充的，更是天府之国四川的骄傲和自豪，她也应该是属于世界的。嘉陵江的美，正渐渐走向世人！

2014 年 4 月 28 日，第五届嘉陵江放牛节暨嘉陵江寻美活动在蓬安县拉开帷幕，由南充牵头，陕甘川渝四个省、市联合开展寻找嘉陵江之美的大型文化旅游系列活动，寻找嘉陵江边最美女儿、最美风情小镇、最美观景点、最美湿地公园和最美摄影地……

2019 年初，南充文化和旅游融合。生态是旅游的根本、文化是旅游的灵魂！南充争创全省经济副中心，以“将帅故里·红色文化”“历史名城·三国文化”“中国绸都·丝绸文化”“印象嘉陵·生态文化”“世界古城·春节文化”这“五张名片”，打造全省文化旅游副中心。

春节大假期间，南充接待游客 935.7 万人次；全国游客接待前 60 位城市中，南充位列第 22 位；当年春节十大团圆目的地，南充位列全国第 6 位；阆中市入选“首批天府旅游名县”名单；南充市文化馆云霄合唱团夺得全国第十届中老年合唱艺术节金奖和组织奖，并受邀参加国家大剧院展演；阆中民俗节目《亮花鞋》获得第十八届群英奖……

中国的嘉陵江，生命的嘉陵江，我灵魂的嘉陵江。我只愿这里的山更雄伟，这里的水更清澈！我只希望她闪耀的光辉，穿透渺远的群山，到达大洋的那一边。

蜀道雄魂

我生在蜀地，喝着长江的水长大。但我的血液中奔流着华夏炎黄子孙浩荡的气脉，黄河的涛声也曾撼动着我鲜活的灵魂。因此从我有思想的那一天起，我就无数次地幻想着突破我生活的天空，像一只鹰翱翔蓝天一样，阅尽人间的险山秀峰，看过世事的沧桑繁华。

我无数次对着四川盆地的地图，心迹从东而去，从绵阳，过阆中、广元、汉中、秦岭……

去年盛夏，我组织了一支自驾游车队，自四川南充始浩浩荡荡一路西行，过绵阳至北川，又经安县至江油。我从蜀地西行。走过蜀道的艰难和险阻，走过八百里秦川的伟岸和雄魂，浸润十三朝古都西安的气质，触摸华夏深处的灵魂。我贪婪吮吸着祖国每一片土地散发的芬芳，我深爱这片境地每一个迷人的地方……它们从我的车窗外闪过，一如初恋的爱人让我心弦颤动；又像身上的细胞，我努力想要它们全部融进我的血液。我登上西行最高峰华山，看老鹰在半空盘旋，红果在山间闪耀，人在云间登攀……我在峰顶望长安，望蜀地，望中华……回望来时路，不禁吟诵李白的诗句：噫吁嚱，危乎高哉！蜀道之难，难于上青天啊！依稀间，又是谁在反复吟唱着这“青泥岭上路，盘旋又盘旋，百步九折绕山峦”的歌呢？！

我被这样的歌声禁锢着思想，仿佛回到远古；身体也坠落到谷底，孤独而凄惶。周围氤氲着白茫茫的雾岚，袅袅上升，迷离了我的双眼；那层层叠嶂的山峰又围困了我的思想和灵魂，间或传来猿的嘶鸣和子规的啼哭（不如归去，不如归去），闪现那狰狞的山峰巨石和吐着信子的猛蛇……一个混沌的境地就这样阻挡了我的脚步，牵绊了我的身体，刺伤了我的眼眸，对着滚滚东逝的洪水和崖壁那一叶枯枝，对着峡谷外隐约出现的那一丝光亮，我不禁痛哭失声。

我必须要像鹰一样飞翔！那一丝光亮收敛了我的哭泣，之前的疑惑都飞向云霄之外了。我伸出手拨开云雾，小心地穿过荆棘林，攀爬上古栈道，走过悬空的石壁，听，前面是什么声音？“嘚、嘚、嘚……”隐隐约约，我听见了马蹄的声声响，之后陡然听见了马帮人激情奔放的吆喝呐喊声。我转悲为喜，紧随着前面的声声驼铃，追逐着渐渐光亮的天空和远方。

就这样一路西行。越过一道高高的门关后，但见洪水、荆棘、猛兽等渐渐远去，眼前一片开阔地赫然出现。空气中飘逸出轻快悠扬的乐曲。我看见马车飞驰的身影。我看见高高的城门上，那大红的灯笼早已映红了整个的天空和视野。但此时，我早已是汗湿满衣襟。

只是沿途那一幕幕画面在我脑海挥之不去。我深深感慨于继往开来的人们，也许他们臂膀上渗出了殷红的鲜血，焦渴的嘴唇也没有生机和颜色，但是希望的火苗就那样熊熊地燃烧着他们的心房，助推着他们的理想，走出去、走出去……我听见了，这是我先民蜀人的呐喊声，是那样雄浑、豪迈和坚强。我看见了那被石壁悬崖剪影出的一双双不停挥舞的手臂，我听见了那一粒粒如晶似玉的汗水崩裂山石的声音、打钎者和打桩人粗重的喘息、深渊里伤者痛苦的呻吟和逝者亡魂的低吟，我凝望着那一项项瘦削的背脊与沉重的岁月一同被嵌入深深的陡壁。男人们的身后，是村妇们渐老的容颜，是老人们干枯的眼眸，是孩子们活泼的笑声……所有人的目光，都燃烧着熊熊的火苗，照亮了那凄清冷峻的岩石，期待那山崩石开的时刻。我还看见了滚滚江水上拉纤的男人们，只一声雄浑的三峡号子，就响彻了渺远的山林，让那不可一世的猛虎和蛇们胆战心惊。

困顿了许久，我终于想起，这是我先民蜀人聚居地。我被围困的地方，有一个很生动形象的名字：四川盆地。她像一颗明珠闪耀在祖国的西南内陆，西有青藏高原扼守，东有三峡险峰重叠，北有巴山秦岭屏障，南有云贵高原拱卫。这里四季分明，物华丰茂——皑皑的雪山是她高贵的灵魂，奔腾的江水是她跳动的脉搏；川西平原温暖的阳光一年四季照耀着她丰腴的躯体，这里有万物的生长和轮回；清水潺潺流淌而去，滋润着麦苗和稻禾，丰富了蜀人的思想，也装满了他们的粮仓；由此便孕育出丰厚的人文历史，像星星闪耀着夺目的光彩，在这里熠熠生辉。所以，当历史的车轮前进到二十一世纪，广汉三星堆遗址以震撼人心的魅力出现在世界人们的面前时，当金字塔遗址出现蜀地的丝绸时，我们有理由相信：自古以来，从东到西，从南到北，世界的人渴望着走进这里，这里的人们也渴望着走向世界。中央电视台大型纪录片《蜀道》，就以翔实的手法再现了我的先民们是怎样沿着历代祖先从悬崖峭壁上开凿出的栈道，一步一回头，走过漫漫古蜀道，走过高高剑门关，走进古印度，走向西亚，走向欧洲，从而走进世界的。

剑门关和古蜀道的雄伟与神奇，像云一样一直在我的脑海里萦绕，我梦想追寻着前人先圣的脚步，走进雄关的魂魄。我只感到一股不可知的力量让我飞向了远山近水，去往那一片梦之北。

那么以江油的窦团山为原点吧，因我醉心于李白那诗句“樵夫与耕者、出入画屏中”的美妙意境。伫立山之巅，放眼四望碧绿的山野，歌者放歌，其乐也融融。游人怡然，只道是春光胜景无限好；我走过七曲山大庙的神奇和雄伟，几棵苍翠的松柏下，现代的人们正扮演着文昌帝出巡的场景。那华盖下的风景，是一片土地的安宁和温馨；我走过风水古城阆中的古粮仓栈道，《阆中之恋》隽永的歌声在脑海中久久萦绕着；我走过秀美巴山米仓古道的遗迹，光雾山的红叶就在梦境里灼灼地闪放着华彩。一路书来一路歌，我的辞章就差那最动人最神奇也最雄伟的一关天下雄——剑门关的大气与豪迈来书写了。

一路翻山越岭到剑门。如果说五百里蜀道宛如一部三国的断代史，那么剑门关就是撷取其中最精彩的华章之一。穿过时光的隧道，看三国的历史在此风卷云涌，弥漫出一股浓浓的硝烟味，刺激了我的耳鼻喉。一激灵中，我依稀看见了五丁开山的背影，仔细探寻孔明建关设卡的遗址；李白大师的蜀道难让我震撼，陆游仙翁的销魂诗让我忘情，刘皇叔的开国志给我力量，唐明皇的逃亡泪使我长叹；我鄙薄因贪恋金牛而失蜀土的耻辱，我敬仰保汉室而成石胄的荣耀。如此惊心动魄的剑门雄关攫取了我全部的思想和灵魂。所以我且行且停，在谷底，远眺半空中悬挂的古栈道，行走着三三两两的游人，或凭栏拍照，或隔空引吭而歌，顿时感到眼前那幅沉重的历史剪影渐行渐远。至剑门山，看它东西横亘百余里，仗剑依岩，威武雄壮，峻岭凌空，危崖高耸，好一个一夫当关、万夫莫开。又见那主峰大剑山如利剑，峭壁中断，两崖对峙，形如剑门。循道而行，至关楼，但见它雄踞关口，气势恢宏。虽历经风雨的侵蚀，屡建屡毁，却雄风依然。今天的关楼为三层木石结构的仿古建筑，底层以青石条错缝筑成，坚不可摧。伫立隘口，春风浩荡，仿佛烽火当年。登上关楼，楼阁间陈列的文人墨宝芳香扑面而来。“谁携天外芙蓉锷，高挥层霄见太空。阁道摩空星斗近，仙风吹入玉屏行。”……。凭窗远望，山隘重重，巍巍大秦岭却风姿绰约，进入梦乡。是那阁楼上楹联所言：“蜀道关头险，剑门天下雄。”一如匾额曰：眼底长安吗？我依稀忆起了我的梦境，这就是我突出层层重围后，看见的那亭台楼阁、车水马龙的欢腾景象吗？那就是大唐的长安了吗？

回望来时路，登攀者众，他们有着不同的语言和肤色，有着迥异的民族和地域。或乘飞机，或驾车奔驰，从四面八方乘兴而来。“到四川来旅游方便吗？”我笑着问身边一位来自东北的大妈。“不难！”她爽朗地回答。目击峡谷狰狞的巨石，山林猎猎作响的旌旗，山顶刀削斧劈般的峰峦，我闭眼感慨良久，不知道蜀道的下篇文章，该怎样开头？怎样结尾？才能表达此时无法用言语来形容的心情？

原来蜀道文章的开头应该是由翠云长廊来引领的！沿着上山的曲径，穿过一片红艳艳的红豆树丛，于几株苍劲古朴的松柏下，在青色的鹅卵巨石上，当看见“清康熙三年间”字样的“翠云廊”时，当雄壮威严的张飞植柏的青铜塑像撼人心魄时，当郭沫若笔走龙蛇般的“剑门蜀道”嵌入脑海时，我屏住了气息，思维也仿佛瞬间凝滞。

雄关之地应该是蜀道的一首雄壮序曲？剑门路，崎岖凸凹石头路。两行古柏植何人，三百行程十万树。翠云廊，苍烟护、苔花荫雨湿衣裳……从先秦至明清，由近万株古柏组成的绿色长廊，生机盎然，它以磅礴的气势，如明珠般经千年沧桑而不暇，以“蜀道灵魂”和“国之珍宝”之美誉，在远山之巅散放着夺目的光彩。

古蜀道行有多难，古蜀道历史有多久？道旁的松柏在述说。你看那遒劲的根，一如饱经风霜的老者（不正是我那在悬崖峭壁上露出臂膀，劈斧开山凿路的先民吗？），历经自然和历史的风雨，却百折不挠，咬定青石不放松，守望者足下的土地，稳稳地承载着祖先的厚望和热情，兀自岿然不动。“三百余里官道，数十万株古柏 ”，在历史的长河中淀积出厚重的人文精神和璀璨文化，沐浴着每一个踏上这片土地的人们。悠悠青石路，茫茫松柏林，遥想秦月，唐风宋韵……抚今追昔，我走过张飞植柏的三国文化故事，走过荔枝柏树的瑰丽传奇，走进唐明皇在这里守望一骑红尘妃子笑的爱情故事里！

曲径通幽。攀上翠云阁，遥望若隐若现的七十二峰峭立的身姿，循着巍峨的剑门关历史硝烟和烽火痕迹，我的思想宛如那玉带般的川陕公路，以关楼为故事的城堡，一头连着关外，一头系着天府之地；一边是远古的历史，一边是繁华的当代。在历史的分水岭上，剑门关坚守着它的千古雄风，见证和述说着历史的沧桑和厚重。而川陕路上奔驰的汽车早已碾碎了历史的沉重和蜀地的困苦艰险，彰显出关内关外无限的风情和繁华。古栈道上且行且走的人怀着的是一缕情怀，嗟叹的是往事风云。唯有那山，那树，那水，那石……刻印着人类的繁衍生息，见证着漫漫蜀道的神秘和传奇。

那日午后，在华山北峰顶，金色的阳光耀亮了我的心房，我的目光越过山川与海洋，黄河与长江，一桥飞架南北，天堑变通途。真道是：雄关漫道真如铁，而今迈步从头越！

发表于2016年第7期《剑南文学》，曾获得第三届四川散文奖

光雾山：米仓古道上的翡翠

巴中南江县的光雾山在秦岭山系大巴山脉的米仓山南麓，著名的米仓古道纵贯南北。光雾山本名孤云山，公元42年汉光武帝派兵进发巴蜀时驻军此山，时称光武山，后因避讳，而且山中常年浓雾，故叫光雾山。光雾山拥有厚重的人文历史资源和丰富的自然景观，从春到冬，所谓“马自云中出，人从天上来”，不断变幻着它多彩的身姿，演绎出它光彩夺目的四季，正印证了一句话：九寨看水，光雾看山。

米仓古道的历史烟云

光雾山是巍巍秦岭山系大巴山脉米仓山的孩子。五千年的米仓古道是我国最早的国道，先民们早在夏商时期就依山开道。古道北起汉中，经南郑入南江界，南抵巴中，西去成都，南至重庆，自古乃兵家必争之道。古道在川东北地区政治、军事、经济上占据着重要地位。米仓古道纵贯秦巴山区，北上三秦而通中原，所以古代也叫大行道。

《南江县志》载：秦末刘邦与项王一绝天下。韩信率兵深入米仓山腹地后隐秘驻扎下来，操练兵马，开辟了大坝牟阳故城、月琴坝等几十个练兵场，并在大坝和月琴坝之间（即中坝）铸造兵器。四年后，韩信“明修栈道、暗度陈仓”，出兵北上，楚汉之争大幕拉开并赢得先手，终为刘邦夺得天下。

秦岭米仓山和光雾山中的这个弹丸之地——中坝（后改名为铁炉坝），从此声名远振彪炳史册。铁炉坝村是从陕西入四川的第一村，到光雾山镇8公里，距大坝21公里，这里海拔在1300米至1540米，气候宜人。铁炉坝凛然傲立，像一个勇敢的猎手睨视着虎狼的觊觎，扼守着川陕交界处的大山咽喉。古道沿途高峰丛集，万泉分流。拨开茫茫的雨雾，我似乎看见巴山背二哥从历史深处的古栈道走来，露出了他们厚实的背脊，凸现出时间的苍茫。他们伴随着古道驼铃走出蜀地走向远方……今天我也终于踏上这条历史古道。

从早上九点从巴中出发，在南江县高速出口下道后，我的心也就如山路一样盘曲起伏并跌宕不止。路越走越远，越走越深，山外那边是秦关，关外是汉中，曾经盛世的殷商和大唐，是江南江北的梦想……淅淅沥沥的冬雨冷冷地敲打着车窗，像一叶叶薄薄的刀片削减着旅人的激情。

山路两边峭壁陡立，足下沟壑幽深；山路盘曲蜿蜒，我们在水雾弥漫的世界中前行。汽车绕行在山谷中，山谷里渺无人烟。山峰忽远忽近，莽莽苍苍，就像巴山栉风沐雨的勤劳儿女，它们或仰首俯身，或引吭高歌，经年霜雨雪冻，仍深情固守着这片热土；哗哗的沟壑溪流声应和着山涧松涛，风吹过一阵律动，奏出一曲深情的巴山民歌，撞击着我的心怀。

川陕大地的一颗翡翠

汽车盘旋向上出山谷。群山苍茫，逶迤连绵，山下的轿车像一只只小甲壳虫向上蜿蜒爬行。我们终于抵达光雾山。光雾山本名孤云山，公元42年汉光武帝派兵进驻巴蜀，驻军此山的中坝，此后人们称之为光武山，后因避讳，且山中常年浓雾弥漫，故叫光雾山。从秋天到初冬，漫山遍野的红叶把光雾山装扮得特别俏丽。

我的视野掠过连绵的山峰，在川流不息的车队中搜索着古道的遗迹，聆听着历史的足音。所谓“马自云中出，人从天上来”，车过山坳，雄奇险峻的蜀门秦关伟岸的身躯便矗立眼前，作为一条南北地理的分界线，由此向北可经铁炉坝到汉中，向西则走进光雾山的深处，走进泉水飞瀑的十八月潭和层林尽染的世界。

米仓古道浸透了历史的沧桑。除了有传说中的萧何月下追韩信的韩溪河、三国时刘备筑就的牟阳城等，米仓山在当代也书写了她的壮丽诗篇。1935 年红军北上时为牵制敌人，这里留下了一支部队叫巴山游击队，他们与敌人浴血奋战五年之久，写下了一段可歌可泣、悲壮惨烈而又气壮山河的历史。今天，铁炉坝建有“巴山游击队纪念馆”，是全国一百个红色经典旅游景点之一,四川省爱国主义教育基地。不知道光雾山的红叶是不是巴山儿女们的鲜血染红的。

我们留宿在光雾山镇。来自各地的小汽车匍匐在街角处、屋檐下。小镇上卖着烤鸡、板栗、野菌及草药……它们敞开大山的胸膛，摆出那些鲜活丰盛的山货。所谓远山有景，花香蝶自来，徜徉在这个亲切的小镇上，我们只想做一回山里人。夜晚仰望星空，四围天幕与奇山异峰相衔接，宛如世外桃源，让人欣喜激动。

翌日，来到牟阳故城。今天的小河荡涤了喧嚣和尘埃，铁马冰河的声声马蹄似乎也从古代奔袭而来。大坝之下一关又一关：巴峪关又称石卡门，设于汉代，为川陕分界线。也是米仓古道主线上一处重要的关隘，经此北上汉中直通长安，南下巴中则达成都。川陕两省曾在巴峪关同设巡检司与驻军把守。

上仓坪据说是韩信开辟牟阳城时曾在此建粮仓，为米仓古道上一个重要驿站，也是牟阳故城经巴峪关到汉中的必经之地。人们说它还是一块绝佳的风水宝地：站在上仓坪远观大景，龙隐山宛如一条青龙飞驰而来，龙头高耸，龙须舒展，活灵活现；下仓坪因其位于巴峪溪与大岩溪交汇处，山体正面和两翼均是悬崖绝壁，山峰位于山体中部，形如烟道，四周的悬崖全为褐红色，好似一堵“火墙”，故名“火墙岩”；还有土卡门。米仓古道上曾建有许多关隘，此处曾建关卡，护卫上下粮仓，因用黄土和石块夯筑，称土卡门。

我们在峰顶俯视着起伏的山峦，山鹰在半空盘旋，红果在山间闪耀，人们在云间攀登。光雾山不愧是一块迷人的翡翠。

重彩泼墨的森林世界

此时，雨雾弥漫成一张扯不开的网，阳光未到，雾霾先行。我心里一阵忧虑，难道今天就只见云雾不见光了吗？在陈家山的山头，眼前豁然开朗：迷雾褪尽，远处的山峦和近处的山峰清晰可见，绿色的林海和或黄或红的峰林，漫山遍野，交相辉映，缠绕着光雾山的纤腰丽容，一大片五彩斑斓的彩林呈现在眼前，群峰中层林尽染。此情此景，让我不禁从心里唱出一首酝酿多时的巴山民歌：

人间仙境光雾山，山在云雾缥缈间，光照雾隐碧峰露，雾涌群山云中埋。

哥在山中抓把雾，轻轻捏出数滴水，妹在山中唱支歌，震得漫山细雨飞。

满目青山渐渐淡出视野，而如花绽放的青山仍如迎风招展的旗帜在我心中猎猎作响。顺着米仓古道的历史足迹，光雾山像一面屏风坚挺在此；蜿蜒的山路宛如腰带缠绕，一只只“小甲壳虫”般的汽车如轻巧的蝴蝶在彩林中飞舞。

翌日晨推开小窗，一幅清新的画面扑面而来。一条清澈温婉的小溪飘然而至，氤氲着如丝如缕的雾气，这是嘉陵江支流焦家河的上游，她从光雾山峰顶的雪山逶迤而来，聆听着江的涛声，追赶着海的脚步；高高的龙架山云缠雾绕，从春到冬，不断变幻着身姿色彩，尽展才情，演绎出它光彩夺目的四季。从桃园的龙潭跌瀑、金墩、天马恋，到望郎归、巴山日出、卧佛横空、鲤鱼跃龙门；从巴蛇游山、太极天坑、情侣峰，到孔雀开屏、结义石、静影沉璧……从大坝的各个关口到十八月潭的高山流水，山峰各异，风情万千。春观花来夏玩水，秋赏叶来冬看雪。人们穷尽思想的空间赋予了这些灵动的名字，丰富了光雾山的人文内涵。

中午，我们来到一户农家小院。院门前一棵棵红豆杉果实垂挂枝头，在风中传递出浓郁的温情。我们喝着黄羊肉汤，烤着炭火盆，欣赏着外面如诗如画的斑斓色彩，心中充满了幸福和温暖。饭后，我们在山间古道且走且停，彩林无边无际，从不同的角度展现着它的绚烂。所谓人在画中行，不过如此。溪水清澈见底，油彩般的山林如泼墨一般浸染了树林草丛，穿行在如此美丽的天然画廊，如同走进唐诗宋词描绘的梦境；巴山的雨和巴山的河，在远山近景中疏浚了南北和东西；巴山的木和巴山的叶，生长成一片繁茂的树林，哺育了巴山儿女。

每到金秋并渐至初冬，大自然便挥舞着手中的彩笔把光雾山描绘得这般多姿。秋霜过后，树叶渐渐地由黄转橙，由橙转褐，最后由褐变红，霎时间，万山红遍、层林尽染。光雾山几百平方公里的红叶景观，四十多个品种的树木（包括植物活化石水青冈、枫树、椴树等），二十多种形状的红叶（有手掌状、羽毛状、针形状等），十多种颜色的彩林（有火红、品红、酒红、紫红等），天地渐入“丹枫烂漫锦装城，要与春花斗眼明”的奇妙佳境。光雾山也被誉为“天下红叶第一山”。正如一位诗人的咏唱：莫道巴山一夜风，木叶映天红；色比桃花艳，秋如春意浓。

发表于2016年12月7日《四川经济日报》“地理”版

红映柏杨湖

说的是湖，实质是一条狭长的河，蜿蜒曲折于四川省仪陇县朱德故里琳琅山沟壑，如蛟龙隐匿山川；又如一缕锦缎，玉带般飘绕过红色传奇的马鞍场，系在杨桥镇的柏杨桥。

写的是桥，却是一道黄土夯实的堡垒，果断地拦腰截住河床。它极像川东北一名憨厚朴实的汉子，赤裸肌肤，铆足气力，把铮铮铁骨传导至河之隐秘地燎原电站，把满腔柔情倾注到河之两岸的青松林海。

河静默着。但蓄积着千百年来这方土地的历史荣辱，还有远山近水的光和影。只见河面一平如镜，除了水葫芦偶尔地漂移，小鱼儿忽而地跳跃，两岸的青山大多时候和它无言相守，莫非有山花代为传情？

仲春四月，桥上花草丛生，蜂蝶群舞。一艘红色的画舫停靠在河岸，鲜艳的色彩涂抹了旷野，乱花渐欲迷人眼。它像投入河中的一颗小石子，我看见河心荡起了涟漪，青山似乎也在微笑，不知道还有什么在等待着我。

一行人小心翼翼跨进画舫，他们都是来自国内的散文名家们，为纪念朱德同志诞辰130周年，追寻革命先烈遗迹，天远地远会聚于此，重走红色长征路。开船了，波浪划开并不宽阔的河面，野葫芦花来不及让开，被画舫拥入怀中；正在野葫芦花下闲聊的鱼儿们也许受到了惊扰，懵懂懂跳往空中。山影淡淡，河水却积淀了山的丰富内容和情感，一任作家们的内心世界去宣泄和感染。

山是琳琅山。乍一看，川东北极其普通的一座山。但当我的双脚第一次踏进这片土地时，热血却涌上心头。沿着青石铺就的山间小道，于青青翠柏林中，至朱德故居前，谁承想：这白色的墙，这青色的瓦，这褐色的土地，这一座看似很普通的川北农家小院，走出了红军之父朱德！这里就是少年朱德生长的地方！堂屋门楣上方郭沫若亲笔书赠的“朱德同志旧居”匾额，提醒了我：在简陋的房间里，那陈列的粗糙的生活用品和笨重的劳作工具曾养育过一代伟人，朱德同志使用过的桌子和椅子、床铺等物品至今依然，然而伟人何在呢？！在朱德诞生的地方，山中分明有一半岛凌空突兀而来，犹如仙境。峡谷间仿佛有骏马在奔驰，撼人心魄。那不是一个英姿勃发的少年吗？于刀光剑影中，沿着一条青石铺就的小路，义无反顾朝前走着。志士恨无穷 / 只身走西东 / 投笔从戎去 / 刷新旧国风。少年从此走出了琳琅山，走过了二万五千里长征，走过了烽火硝烟的岁月……

四围团聚，翠微苍苍，山势清奇，状若五星。难道，这一切都是天意？！循着历史的印迹，伫立山顶，凝眸远眺，我在那形同五星的琳琅山、状若官帽的轿顶山、双峰突兀的马鞍山、一树雄冠的关刀山、令人遐想的锤镰石、碧波荡漾的虎啸潭、形似中国地图的感恩池……去领略大自然的神奇与巧合。

场是马鞍古镇，又名红军街，若一条巨蟒横卧在琳琅马鞍山下，蜿蜒曲折，古朴典雅。作家们走过四方田，走过锤镰石，走进了古街。古街有“五宫一庙”。它们像几名沧桑的老人，守望着马鞍场，讲诉着历史的繁华和烟云。而最扣响人们心弦的，当是 1933 年红九军政治部在这里建立的区苏维埃政权，遗址上众多的石刻标语和红色文化，提醒着我们当年曾发生的那场波澜壮阔的战争。

历史终将远去，烽火也已散尽。走过古街，走进了一个和谐生动的盛世年华。一条古街的似水年华，瞬间拉近了历史和现代的距离，就像汩汩之源和大江大河的关系，因为如此，所以如此。

画舫成为河上流动的风景。青山也不禁侧目，因为作家们是背负着寻踪“红色”的使命而来的。同行的杨桥镇党委书记说：柏杨湖滋养着马鞍镇的人，也灌溉着周围十里八乡的土地和庄稼。

我的心猛地一颤：问渠那得清如许？为有源头活水来。这柏杨湖的泉眼在哪里呢？在琳琅山宽阔的怀抱中，您一定会看到两棵枝繁叶茂的树，它们是如此扣人心弦：那树根植于土里，叶却相握于云间。笔直的干，遒劲的枝，猎猎生风。树下安葬着朱德的父母。在其母亲钟氏的坟墓前，我抚摸着苍劲的树干，不禁百感交集：这样的母亲，难道不正坚强如墓前的那棵树吗？她不正是当时旧中国千千万万母亲的缩影吗？而树下的一口老井，却记载着一段传奇的故事。时光眼眸定格在 1900 年的盛夏：阳光炙烤着川东北，龟裂的大地像乡亲们绝望的眼神。冥冥之中，一个 14 岁的少年竟然在一丛青草下发现了泉眼，那年的生命之源就此打开，后人命名的琳琅井得以延续至今，从未干涸。今天，少年的英名——朱德早已碑刻历史，而沿着那条他通往世界的青石板小路，回到当年他居住的地方，在一个小巧的亭子下，就能触摸“琳琅井”的精神和魂魄。在布满青苔的照壁上，“饮水思源”几个大字，还辉映着挖井人的身影。

这身影并未远去，江山代有才人出。据史载：仪陇老县城金城镇，公元前 314 年秦惠王灭巴国，建立巴郡，置阆中县，仪邑（金城镇）属之。但生活在这里的人们却长期饱受旱灾和饮水之苦。2003 年 7 月 8 日经国务院批准，仪陇县人民政府驻地由金城镇迁往嘉陵江边的新政镇，2005 年 9 月 29 日正式搬迁至此，革命老区的新县城从此焕然一新。2016 年 4 月的一天，全国各地的散文名家们走过新县城宽阔的大街，美丽的街心花园，走进嘉陵江边的新政离堆。当著名书法家颜真卿的真迹“德”字凸显眼前时，所有人的惊叹，无不彰显着中华儿女的一脉真情；当散文名家们辗转仪陇，雨中伫立金城山北面绝壁柳家岩下，一个全国罕见的巨大石刻“德”字直逼眼眸时，仪陇的故事和传奇注定永久流传。

红色的画舫在游弋。忽然间，几只野鸭拍打着翅膀钻进水里，一行水草绿油油地在水里招摇，凌乱了一栋灰白色的乡村别墅倒影，一个垂钓的小伙扯起了钓鱼的线……过燎原电站，隐约传来瀑布飞泉声，仿佛闪电耀亮了我的心空，生态原始的柏杨湖像一帧山水画，也如一位娴静的处子，安卧在琳琅山的怀抱里。转而，一只翩飞的白鹭牵回了我的思绪，远山近影便都在我眼里摇曳。

“那是映山红吗？”，我惊喜地大喊了一声。岸边，花朵火苗般忽闪着，跳跃出山林，直逼我们眼睛。“是！”船夫掷地有声地答道。寻踪红色，我的心瞬间波澜壮阔。映山红即杜鹃花，画舫过处，一簇簇，一片片，越来越多的火苗烧灼了我们眼睛，装点着青山绿水的色泽，传递着山与河的深情与爱意。

我忆起去年的井冈山之旅，它的美，也是杜鹃花开时。

我向往井冈山，源于小学课本中那八角楼的灯光，那黄洋界的炮火和朱德记的扁担，更有那漫山遍野盛开的十里杜鹃花长廊。万壑树参天，千山响杜鹃。那是烈士的鲜血浇灌出的花儿吗？崖壁上，山林间，沟溪谷，一株株高大茂盛的杜鹃花，或者紫红，或者火红，灼灼盛开着，恰似一首壮美的交响曲，震撼着大地。

这花的鲜艳就一直涂抹着群山的色彩，从笔架山直到黄洋界，与山风争鸣，与风雨抗衡，自由恣意地怒放着生命，灿烂着自己的青春。传说敌人当年曾烧荒这座山，但春天来临，杜鹃花又开遍了山崖，因此井冈山的杜鹃花又叫映山红，它始终护佑着这一方土地的神圣。星星之火可以燎原，我才有机会从嘉陵江一路走来……，这，难道不是当年红军战士用生命谱写的青春赞歌吗？难道不是井冈山的精神写照吗？

岸边，一位太婆站在桥边的屋廊檐下，招呼着我们喝茶，我看见她脸上褶子里的笑容同黄土地的纹路，还有四月的春光融合，很美！琳琅山的美，就在杜鹃花开时！在这里，你不禁可以饱览它的秀美，更可以聆听历史的声音，洗礼心灵。柏杨湖的杜鹃花何止这一丛丛，它鲜红的色彩已经照耀了神州大地。君不见：四面重峦障，五溪曲水萦。红根已深植，今日正繁荣。

收藏于（2016）第166043号《德行天下》

杨家河之春

春水长。

假若我是一只鸟，从空中俯瞰大地，或者在一个四面环水三面环山的城郭翱翔，在形似太极地图的阆中古城仰望，就会看见更远的地方，有一片绿，在闪光。

那是杨家河，它是嘉陵江的一个女儿，是阆中古城的一条血管，是川北大地的一个隐秘之地。

它隐秘地躲在青山峻岭中。山那边就是武皇故里，或许是从大唐的盛世而来，含着与生俱来的高贵与典雅，不带一丝杂质，有玉石般的声音，有玉石般的质地，不紧不慢从容地流进嘉陵江。

它一路缓缓而下，不露声色地静，宛如蚕丝，包裹了灵魂，侵入骨髓。

河岸是垂绿的柳丝，是柳丝先撩拨了春风，才有各种花儿的香味袭出来，吸引了来者；是渔人的钓竿，搅动了春水，才有两岸的青山，把清亮的身影倒投，染成画面；是游人摇动的桨橹，响起了江南水乡的欸乃声，才惊醒了自由奔跑的鱼儿，想要跃出水面，看看外面的世界；是鱼儿懵懂的双眼，才吸引了半空的飞鸟，一个斜翅掠过水面……乌篷船摇摇晃晃，泛起了小河的春潮。

快看，那三三两两的游人，正沿着杨家河寻芳。且走且停，寻一处养眼的地方，采几把野花，大人小孩前呼后拥，转过一片茂密的树林，循着溪边青草丛生的小径，一会儿就不见了人影。

这是小村的码头吗？它卧在一棵遒劲古老的大榕树下，悠悠然地欣赏着眼前的春景。村妇们在洗衣服，她们欢声笑语，不停甩动着手里的木棒，敲打着衣服，水花飞溅的快乐融入河水中。

石磨蹲在河边，不言不语，守候了很多年，守着这里的山和水，还有茅草房的主人。却不料哪天河里突然有了乌篷船，有了竹筏，有了风景区的标签。

河边的路变宽了，变成公路了，直通通朝着山外去了。河边的人突然多了起来，他们穿着很时髦，开着小轿车，走进了这个隐蔽之地。很多的人就围在它身边，看它怎样转动，怎样把洁白的豆浆从心里流出来。

喝了豆浆的人心满意足，这时候，铿锵的锣鼓响起来。“伊呀呀呀”，随着一声唱腔，一种叫川北灯戏的地方戏开始登场。每个演员都是村民，仿佛捧着祖先的宝贝，便要传承下来，便要尽情演绎，要奉献给客人，奉献给远方。

看完了戏，有人就小心翼翼地坐船过河，直奔对岸的芳草地。有人仔细搜寻着绿原的野菜，见到目标就毫不犹豫地果断下手。有人高兴坏了，原来是孩子们在捉迷藏，在林子里钻来钻去的。

脚下的绿原地上，遍布着蒲公英和荠菜等。这里土质肥沃，充足的营养把花草养得丰润可人。茂盛的树叶绿得快要滴出油来，它们蓬勃地生长着，生怕辜负这一湾水的柔情。

古码头静默无言。它卧于大榕树下，仔细打量着男人们垂钓，村妇们洗衣，孩子们嬉水，野草们疯长。倒是水鸟们翩然的清影和激情的欢叫，谱写成舞曲，惊醒了春天的河流。

一路下来，码头沧桑依然，但场上的人和故事却不再是那年那月的事儿。来这里坐竹筏的游客不少，村民杨正荣正在景区维修竹筏，他曾经是个贫困户，如今在景区务工每个月有了1200元左右的稳定收入，顺利脱了贫。古渡口，老人常常凝望这片水域，河上修了桥，孩子们也都在城里安家立业，可他和老伴仍旧镇守着青砖瓦房的家园，以及这条河流的过去和记忆。

江与河的衔接处——南津关古镇，一台世界首创的大型移动实景剧《阆苑仙境》正在上演。置身古街，门楣、廊檐、屋顶、嘉陵江中，绮丽的灯光变幻莫测，着古装的少男少女或劳作，或舞曲，或诵读……春节文化、蚕桑文化、三国文化、建筑文化……就在一步一换中，时间和空间跨越，演者与观者交融；阆中的思想和灵魂，丰满生动地呈现世人面前。

一步一换，边走边想，脑海中不禁出现这样的画面和场景：溯河而上，就是杨家河。它距阆中古城仅 15 公里，叫枣碧乡杨家河景区，素有“小九寨”之称，可以乘竹筏、坐乌篷船、划皮艇漂流……走进农耕文化展示区，可以参与古法榨油、石碾碾米、石磨磨面、稻田捉鱼、人工打夯等农事体验活动。在这里，游客还能观看川北牛灯竹马等表演……

这样想着，耳畔就传来“力拔山兮气盖世”的歌声，那是大力士们在农事比赛，间杂着此起彼伏的打夯歌。在这里，重温着孩童时代的农村“五匠”展示，体会着父辈辛劳的“打草鞋”场面，看心灵手巧的“绣娘”刺绣，分明是看了杨家河的心脏，解开了它的隐秘。

曾经，它的身上满是伤痕。杨家河村曾是一个省级贫困村，但今天村里有能力工作的贫困户都在景区务工，一些有经营能力的村民还开起了农家乐，富裕的人们便用歌舞的形式，表达自己的喜悦和激情。

“现在我们村子变化太大了，我们这些老年人也能在家门口挣到钱，日子越过越好了。”舞台下，杨正荣十分开心地笑了。

在江与河的交汇处，在时间和空间融合的地方，在一台实景演出之地，谁都有理由相信，这些场景和画面，是真实的，而不是舞台布置，古城可做证。

1949年冬，胡宗南部黄剑夫师退至阆中，师部驻原道台衙门，全师分驻苍溪、阆中、南部三县。师长黄剑夫于北平解放时弃职回四川江津县。胡宗南入川后，逼其出任师长。他不愿为蒋介石卖命，以养病为由，将部队留驻阆、苍、南三县。当年12月，黄剑夫率部起义。（据一九九三年·四川人民出版社《阆中县志》）

阆中且留下

1

黄剑夫，为黄埔军校五期生，曾任国民党第16军师长、第76军副军长等。

将军之子黄济人，现为重庆市作协名誉主席。作品等身和名震文坛的他，让我仰望。

第一次铭刻于心这个名字，是1992年初夏，其时我还在重庆教育学院就读。根据黄济人长篇小说《重庆谈判》改编而成的电影，由李前宽、肖桂云夫妇执导，在重庆隆重开拍，古月、孙飞虎、陈慧中等著名演员云集山城。那天上午，学院一部分男同学扮演纤夫在嘉陵江边喊号子，我们则扮演清华大学的学生，高呼口号，拿着小旗在一号桥游行，反对蒋介石假和平的阴谋。

演出结束后，我和好友一起拍了照片留存。照片上的我，梳麻花辫，穿青蓝布上衣配花布裙。电影上映后，我努力找寻我们屏幕上的身影，但急闪而过的镜头，根本无影可循。那时我做梦都不会想到，有一天我会和电影的编剧黄济人主席谋面。

2017年春，南充市西充县旅游局盛邀了《重庆晚报》组织的重庆著名作家一行人到张澜故居等地采风，有幸和黄济人主席得见。随和、真实……这是我对他的第一印象。西充县委县政府很重视此次采风活动，黄济人主席临别时挥毫写下“花漾西充”几个大字赠言，其中深情自不多言。返回重庆时，他向我提到南充的一个地方——阆中，说那是他很在意的一个地方，他本来想趁此机会前去，但因它事在身终未能成行。

2018 年春，一直承蒙家乡《重庆晚报》扶持和厚爱，我获得了“重庆晚报第二届文学奖”。到重庆璧山领奖时，和评委黄济人主席一起早餐。间隙，他再一次提起一个我们都很熟悉的名字——古城阆中。这一次，我从他眼里读出了一种很复杂的感情，一种很深的渴望。是年底，我参加了《重庆晚报》和重庆新诗学会组织的作协年会，没想到主席在会上着重表扬了我当年取得的创作成绩。身为重庆人却又在蜀地工作生活的我，把文学视为心中的灵魂，主席别样的关怀，让我心中涌动一丝丝暖流。

他第三次提到了阆中。“我父亲率部在阆中起义，并释放了当时在押的数百名地下党员，阆中因此而和平解放。”史载，1950 年 1 月，黄剑夫在阆中古城墙上挂出白旗，宣布起义。那时候，我从一个著名作家身上，看见他褪去了所有的光环和荣耀，看出了他内心深处涌动的一种情绪和一种渴望：四川一个叫阆中的地方，应该在他心底沉睡了数十年。

南充是我的第二故乡，人文阆中在我心底就像一个娴静的处子，因工作原因我常常出差到这里，我无数次仔细审视它的美，聆听它的诉说。它却不知道自己在一个老人或者一个家族心中盛放了几十年，这是一份多么厚重的情感。那时我心中也升起一种强烈的渴望：如果能为眼前这个老人做点什么，也将会是我的快乐和幸福。

2

这个春天，阆中古管局副局长宋海全诚邀黄济人主席到阆中五龙村考察，他被我说的故事打动。

春天的阳光是最适宜的，和着樱花的芳香，在阆中火车站倾泻。我开车从南充出发，想在第一时间接到黄济人主席。

“我是代表全家人回来的。安音，你这份情义我都不知道该怎样报答。”见面第一句话，主席这样对我说。他用了一个“回”字，瞬间把重庆到阆中的距离缩短，把历史和现代的距离缩短，也把个人和家庭的情感凝聚在川北。我只是做了微不足道的一点事情，他却看得如此之重，阆中，该是他怎样的一个生命驿站？！

陪同主席前来的是重庆作家周鹏程，他告诉我：因怕误了火车，黄济人主席居然连午饭都没有吃。正是午后三四点，到了阆中古城，吃了一点东西，我们走进了古街巷陌。

“我曾经周游列国，其实这是我最想来的一个地方，却总觉得是要留在心里最晚点来的一个地方。”古城里的人来来往往，他们皆来自天南海北，谁都没有注意到身边这个人的如此情怀和心思。他快速地走过青石板街道，心情很急迫，却又不时停下脚步，看蚕房工人缫丝，看醋液从石磨静静淌出……他很想把古城一下装进心底，却又想坐下来仔细打量它的容颜。正如他一直把阆中放在生命最高点，却又迟迟不敢走到它身边。足迹踏遍神州，却单单没有来过阆中。近乡情更怯吗？那时候我觉得他是把阆中视为自己情感上的故乡了。

从谈话中得知：黄济人主席祖籍重庆江津，他却是在北京出生的。“但我很小就知道阆中，父亲告诉我的，全家人也都知道这个地方。我和身边这些人不一样，他们也许都是来看风景的……”主席一边走一边讲着自己的故事，那个年代的故事。我终于明白他那部名著《将军决战岂止在战场》是怎么写出来的了。

千水成垣、天造地设的阆中，四面山形如高门，城却在阆山与阆水之中。今天，古城是不是也有感应，等来了一位远方游子的归来呢？

我陪主席爬上华光楼，此时夕阳正好从对面锦屏山上照过来，他的眼神变得明亮而透彻，双手不停地抚摸着栏杆。透过精雕细琢的户牖，凭栏远眺，古城之外，绿波涌动，青山对峙，是一幅秀美的江山图。古城之内，青瓦房一片一片连缀开去，是一幅宁静的家园图。

“真不敢想象，当初如果这里发生了战争，会是什么样的后果。”他感喟道。我想，他一定是对父亲当初的义举感到由衷的高兴和自豪。我曾数十次登上华光楼，欣赏古城的秀美，享受古城的宁静，却不曾了解这一段潜藏的历史，了解这样的一位将军。能够如此深明大义的将军，是舍不得炮火的轰鸣惊扰了古城的宁静，烧毁它延续了上千年的文化基因和根脉吗？！

3

自古以来，中华民族逐水而居。

正是春风起的时候，嘉陵江水长。风从远方吹来，激灵了阆中，它的山、水、城，以及萦绕在其间的故事和情节，构成了一个鲜活的生命体：有血有肉，还有灵魂。

最先颤动的是水，一如阆中的血管和脉搏。嘉陵江拥着它的心脏，其支流构溪河亲吻着它的肌肤和发丝。首先是水，水滋养了这片传说中人祖母亲华胥居住的地方（当初华胥在阆中南池边孕育生下伏羲，文字记载见于《路史》：“太昊伏羲氏，母华胥，居于华胥之渚。”后伏羲降生之地名阆中凫慈乡），让它永远像春天的女儿，微笑着。

一衣带水。二十世纪五十年代初，生于重庆江津的黄剑夫将军溯水而上，在嘉陵江畔的阆中古城成就一篇有意义的历史篇章。

今天，根据南充党史办提供的资料，在其中《和平解放阆中追记》一文中，作者肖毅安写道：1949 年 9 月，我当时任阆中私立皋飏中学校长。这年 12 月中旬，国民党特务廖正伟等密谋在阆中城关对地方进步人士和地下党员进行一次大逮捕、大屠杀。由廖亲自到南部乞求胡宗南军某师派出一个警卫连来阆按黑名单执行捕杀，幸好这个师师长黄剑夫正在阆中养病。黄是四川江津人，北平解放时离开部队回家，闭门不出。经胡宗南得悉，强迫他再出任该师师长，但他不愿同解放军打仗，入川途中借口养病留住阆中，这次率领警卫前来阆中的是他师部的参谋处长，在向他报告这个情况时，他对参谋处长说："我看这个名单中，有些人是地方上的知名人士，不是共产党。你们不能乱搞。我还要见人呀！"他命令将队伍撤回去。一场流血事件，就这样被制止了，这是黄剑夫在阆中解放前夕向贺德府说的。贺转告我时，还说过黄讲黑名单中也有我的名字。

……

将军或许没有想到，在今天的南津关古镇——嘉陵江上的一个古码头，一台世界首创的大型移动实景剧"阆苑仙境"正在上演。置身古街，门楣、廊檐下、屋顶上、嘉陵江中，绮丽的灯光变幻莫测，着古装的少男少女或劳作，或舞曲，或诵读……春节文化、蚕桑文化、三国文化、建筑文化……就在一步一换中，时间和空间跨越，演者与观者交融。阆中的思想和灵魂，就那样丰满生动地呈现在人们面前。

千百年来，古城里的人熙熙攘攘，来了，又走了。他们就像绕城而过的嘉陵江水，逝者如斯夫。

古城里的人和故事都不再是那年那月的事儿了。但古城嘉陵江上修建的几座大桥，连接山与水的同时，也清晰地把它的过去和现在串接。嘉陵江上的水观音渡口，摆渡三十余年的花甲老人侯全生常常凝望这片水域，河上修了桥，孩子们也都在城里安家立业，可他和老伴仍旧镇守着青砖瓦房的家园，以及这条河流的过去和记忆。

千百年来，古城的街道依旧，小院依旧，楼阁依旧……一扇窗花，一块墙石，一棵花木……不动声色之间，它们仿佛都有倾诉的欲望，讲述那些当年的故事和传奇，每一个细节必不可少，每一个故事惊心动魄。

这样的惊心动魄，不同于《重庆谈判》的惊心动魄，不同于战场上的厮杀拼搏，而是古城文化的传承和起落，古城历史的更迭和转换，多年以后将军之子走进这片土地，也许他更在意的便是这样的结果。

4

很奇怪，平时总是热闹拥挤的华光楼此时却宁静祥和。四处空无一人，不知道它是不是也在等待一个人。

主席攀上楼梯，往最高处走。我看见汗珠从他的额头渗出，他的表情也越来越凝重，他在每个角度每个方位都留了影。

阆中的一草一木在我心底都是散发着温情和有生命力的。我便尽我的所能为他讲解。

江岸为阆中的锦屏山，素有“嘉陵第一江山”之誉。春至，锦屏山花开，红的海棠，白的玉兰，紫的木槿……山与水、花与树，相映成趣，宛如画廊。唐代画圣吴道子的三百里嘉陵江山图，即以锦屏山为轴心。除此外，东山园林、滕王阁等阆苑名胜环列锦屏。历代的文人墨客莫不感怀于此，杜甫言“阆中胜事可肠断，阆州城南天下稀”；苏轼誉“阆苑千葩映玉寰，人间只有此花新”……传说锦屏山崖下藏飞仙洞，山环水绕着古城，幻境像江河、像云霞、像骏马……踏烟而来。

那些关于阆中的美好诗句和字符，被后人刻印在了华光楼的画屏上。他仔细抚摸着画屏上的字迹，似乎想全部装进自己心里。

凝眸远望，锦屏山上有亭子卓然而立，那是落下闳的观星亭。“春雨惊春清谷天，夏满芒夏暑相连，秋处露秋寒霜降，冬雪雪冬大小寒。”落下闳发明的这二十四节气歌，被汉武帝在泰山封禅为“太初历”，沿用至今。2004 年，联合国教科文组织特地将 16757 号行星命名为“落下闳星”，落下闳又被后人尊称为“春节老人”。

中华民族的家园情感，被一个天文学家牵连，被一条嘉陵江水传承，就像此刻我们来到他的身边。

视野前方，目击青色的古城，毗邻鳞次栉比的一片灰白色高楼，极像一个天然的太极图，天时与地利于此交集。俯瞰四方，古城袒露胸襟，骄傲地以古代巴国蜀国军事重镇的恢宏气势，把棋盘式的古城格局，成

"半珠式"、"品"字形等南北风格迥异的建筑群体呈现。又看那古城的屋檐一字排开去，像鲫鱼的背脊般有力而雄壮地叠加，仿佛要走向星河灿烂的遥远未来……

而此刻的嘉陵江碧波涌动，像一位母亲，亲昵地拥吻着古城。山、水、城、人……在那一刻完美交融。"阆中古城，完全超出我想象中的样子。"站在中天楼的最高点，黄济人主席很动情地说。

我不知道主席想象中的古城的样子是什么，或许他心目中的古城就是父亲的模样，也或许是一个地名由此衍生而来的情感。但这个有着2300多年建城历史的古城，确以绝佳的风水、独有的地理优势、别具一格的建城体系和丰厚的人文资源，凝聚成一座丰碑，宛然一位铁骨铮铮的汉子，中流砥柱在四川盆地东北部的嘉陵江中游。

"父亲在这里起义，保护了古城。"他喃喃地说。我迅速把他和古城各个方位相连的照片传了过去，他也很快就把照片传回了自己的家庭微信群。

我突然想起了我曾经写过的一篇文章《阆中之恋》：下了中天楼，穿过门廊，踏过青石板铺就的一条条街道，走过长长的满是绿痕的街沿，走过至今还保存完好的科举考试场景的贡院，以及从各种精美窗花中流露出深厚底蕴和文化的杜家大院、张家小院，抑或走过飘香的素有"阆中三绝"之称的张飞牛肉、保宁蒸馍和阆中醋房，走过延续千年至今还在人工缫丝的蚕室，在这样美的天地中，你是不是已经打开一本泛黄的诗集，和着《阆中之恋》的歌词，吟诵着那美妙的音律：

天地合欢的神奇，天人合一的美丽；告诉你这千年古城不老的秘密，青龙白虎相伴左右，朱雀玄武福佑前后，嘉陵梦绕渔火晚舟，一壶老酒涛声依旧，好汉张飞在等候！

5

夕阳收尽了最后的余晖，山和水渐渐交融于暮色，古城的脚步声稀少了，它开始迎接夜的来临。

主席的脚步放缓了。我们走过古街，走过一个个很特别的小院。夜晚特别钟情于古城的每一个小院。小院装满了天南海北的人，装满了所有的故事和传奇，也装满了属于它自己的心事和梦想。

他的眼睛在搜寻，我很想知道他在想什么：是在搜寻父亲曾经住的那一个院子吗？

“秦砖汉瓦魂，唐宋格局明清貌；京院苏园韵，渝川灵性巴阆风。”古城的情感，是通过风格迥异的一个个院落来抒发的，杜家客栈的道琴开始弹唱……

每天弹唱的故事有新的，也有旧的。

最先报春的是中天楼下的张家小院，一株火红的海棠树从天井探出头，呼唤着钟情于它的人（近几年春天，一位加拿大的小伙子都要如期前来品茶、赏花、寻幽）。汉桓侯祠边，胡家小院曲廊翠竹又开始抽芽，院子里铡刀起起落落中，又一服良草药备好，此乃医药世家，有“妙手回春”的锦带挂于堂前。才过贡院，杜家大院迎亲唢呐吹响，一场川北民俗的盛宴开始，唢呐声声入耳，被绣球抛中的新郎羞赧上台，至今，大院已经入赘了世界各地的几百名“女婿”。你方唱罢我登台，江边王家大院皮影（世界非遗）和剪纸开始舞动，而于此拍摄的《桐籽花开》等影视剧，让院落独具特色的窗花、廊檐、回廊等名闻天下，阆中的风土人情、物事风貌也为更多人知晓……

又是一年桐花开。古城无处不飞花。这山、这水、这城，早已幻化成阆苑仙景，飞入寻常百姓家。

“我会抽时间来小院住一段时间。”或许，这就是他对阆中最好的情感表达。

6

其时，阆中入围由四川省文化和旅游产业领导小组评选的首批天府旅游名县。我们去的那天，检查组正在对阆中各个方面进行考核，阆中古管局副局长宋海全忙完了一天的工作后，晚上在天宫院五龙村宴请主席。

“阆州城南天下稀”，杜甫有诗言。阆中往南，至天宫院。单单是这地名，便叫人欲罢不能。而天宫院五龙村，则是阆中旅游业的延伸。

它是一个很特别的地方。传说当年唐朝两位著名的天文大师袁天罡和李淳风自选墓地，他们竟然同时选中了天宫院某处，不差分毫。而经由两人合著的《推背图》，也被誉为世界奇书。那时的阆中天宫院，是盛唐时期民间天文术数研究中心，也是世人顶礼膜拜的圣地。直至今天，它远离战争的侵扰，被世人瞩目。

从古城出发至天宫院，天色已晚。沿途植被丰茂，山势清奇。路宽了许多，小河水清了许多，村民们的房屋被涂抹成白色，在天地中散发着古韵的色泽，他们也在此世代守护着先圣。

越往里走，心灵越是清净，这仿佛是一场时空的跨越，从现代到古代，从人间到天堂。黄济人主席静静地看着远山近水，许久不曾说话。我们也静静地观察着面前的村子。

一座圆形的大茅草屋，还原成赶集的模样，凝练成乡愁，在石龙河边静默远望。一条红色的骑游道，在官家山下向前延伸，通向天宫院深处。一个个五彩的花卉园，红绿黄橙青蓝紫，装点着山村的香色。菜地、鱼塘、稻田、果园……好一个特色的旅游小山村，在天宫院放着光芒。

“剑夫将军是阆中的恩人。”正着力发展五龙村旅游业的宋海全由衷地说。史料中提及阆中1950年和平解放，没想到黄济人主席的此次来访，揭开了一段尘封的往事。

是夜，就餐于天宫院天林乡五龙村“大革命食堂”。一壶老酒是桂花酿造的，它摆在餐桌上，散发着家乡的味道。

这是一桌丰盛的乡村宴席，它的食材几乎全部来自本村的土地，散发出它们本来的清香，出现在我们面前。水磨豆花、香肠腊肉、辣子土鸡、时令蔬菜……它一下子唤醒了我们童年的味蕾记忆，给予我们久违的乡恋。

“幸好阆中未经战乱，若是古城沦为废墟，家父罪责难逃，虽有父债子还的说法，但是我是还不出来的！”许久不曾饮酒的黄济人主席一饮而尽。

7

是夜，登上五龙村官家山山顶复建的观星阁，传说袁天罡曾于此夜观天象。看天幕幽蓝一片，四围群山卧龙，五龙民宿依山而建，石龙河潺潺而去……传说中的官家山干龙又分支上五龙、下五龙，各呈神奇景象，成“五龙争莲”的祥瑞景象。

山为屏，水为环。古往今来，它们无不像守卫这片土地的疆场勇士们，挡住了风雨，倾尽了物华。

“仰望阆中，俯瞰五龙气韵之所在。古城如果是它的外形，五龙则是它的灵魂。”黄济人主席幽幽地说。眼前的五龙村，历史的烽火烟云散尽，城市的喧嚣浮躁不再，仿佛人生的际遇得失也随风而逝，天人合一，就这样静静地与山水草木虫鸟而语，相拥而眠。

那些关于远古的、现代的、先贤的、亲人的……阆中构成了一部丰满的大书，在酒里酝酿。喝完了那一壶陈年的桂花老酒，酒不醉人人自醉，我深信许久不曾喝酒的主席一定是把这里当作精神上的原乡了。

阆中且留下！这一定是当年黄剑夫将军发出的声音。

阆中且留下！“我还想去古城看看张飞庙和贡院。”翌日，当黄济人主席告别天宫院返程时，为了这句话，我再次带他走进了古城……

就在这篇稿子写完的时候，四川省首批天府旅游名县的名单也下来了：阆中赫然在列。

周子古镇　相如故里

微雨后的清晨，是周子古镇最美的时候。

站在古渡口眺望，嘉陵江凝练如绸，碧波暗涌。岸边泊着几艘渔船，几位女子在浣洗纱衣。几个古老的拴石桩，印证着岁月的沧桑和繁华。

周子古镇隶属四川省南充市的蓬安县，为中国“辞宗、赋圣”司马相如的故乡。它一面紧临嘉陵江，三面环依龙角山，像青龙一样逶迤而上，历经两千多年岁月涤荡而风采依然，成为嘉陵江上最后的古码头活化石。

周子古镇曾盛极一时，江面上船只来来往往，码头上人群熙熙攘攘。嘉陵江两岸盛产的桐油、大米和丝绸等源源不断运送于此，自此中转运到长江、大海……南充地区自古以来种桑养蚕，也是古老的丝绸之路的一个起点。

作为嘉陵江丝路水运的一个重要节点，周子古镇始于汉代，兴于唐宋。龙角山上有一座石雕像，手握神来之笔，似在挥毫泼墨，他就是唐代“画圣”吴道子。相传吴道子当年受唐玄宗指派赴蜀地考察山水，灵秀的周子古镇触碰了他的灵感，归后于大同殿上疾风骤雨般画出三百里嘉陵江风光图，开一代“疏体”画法之宗。

相如村，与周子古镇隔江相望，位于今天蓬安县锦屏镇，为司马相如出生地。他移居成都后，以一曲《凤求凰》赢得卓文君芳心，留下千古爱情佳话。

“凤兮凤兮归故乡。”百姓们为纪念一代“辞宗、赋圣”，特地在其故宅西边修建了长卿祠。几棵上百年的大黄葛树，遮蔽着祠堂的抚琴别苑，历史的音律也仿佛破空而来，再现了一曲凤求凰的旷世奇恋。

周子古镇原名舟口镇，因宋朝理学鼻祖周敦颐仰慕司马相如盛名，溯江而上，寻访相如遗迹。他一路餐风露宿，到舟口镇后便安顿身心，开坛讲学。千古名篇《爱莲说》，也许是受此地山水的浸染而芳香问世。

今人在他讲学的地方修建濂溪祠（现存于古镇半山腰），又把舟口镇改名为周子镇，以示纪念。在濂溪祠，几叶小荷顶着雨珠儿，清新可人；几块嘉陵江石中，一丛芭蕉染绿……

雨后的周子古镇，像极了一个撑着油纸伞又散发些许芬芳的丁香姑娘。它又宛如一帧淡淡的水墨画，静静地垂挂在那里。那天，在《凤求凰》的浅吟低唱中，在古镇皂荚树和榕树水乳交融的夫妻树旁，我吟诵着现代诗人舒婷的名句："根，紧握在地下；叶，相触在云里……"竟然忘记了归路。

不归也罢！不如去品尝一下周子古镇的美食：巴蜀一绝姚麻花、川北名小吃热锅盔和米凉粉……细细观看，古镇更像是一个小家碧玉的少女，掩纱含翠，只在青色的石板街面和褐色的木头屋檐一角，或在打铁人和打鱼人晶莹的汗珠里，露出些许的古街风情和别样的韵致来。

嘉陵江浅吟低唱过周子古镇，浪淘沙尽后，在相如镇油坊沟村的江段中形成两个美丽的岛屿：太阳岛和月亮岛。岛之深处，是青青的草和浅浅的水湾，这是最适合诗人和文学家们想象的地方。水之上，春天成长起来的鸭们和鸥们兴奋极了，它们忽而浅翔低唱，忽而绕颈轻语，羽翼下抖落无限的风情，牵扯着岸边人的思绪。

牛们怎不羡慕这一幕无限的风光？头牛嘶鸣，数百名疆场勇士霎时间激情喷发，力破江中涡旋，一路披荆斩棘，一路高奏凯歌，直抵水草丰美的太阳岛。百牛渡江，中国唯一的生态奇观华美上演。

水之上，鸭们和鸥们兴奋极了，它们翩翩起舞，应和着牛们的啼声。牛们瞬间安详，悠闲踱步，轻嗅花香。蓦然回首，一头母牛惊见刚出生几天的犊儿正在对岸"哞哞"叫唤。母牛瞬间发狂，它毫不犹豫舍弃鸟儿们的诱人风情，还有唇边的青青草地，"扑通"一声跃入水里，折回江中，朝对岸那双期盼的眼神奋力接近。

岸边人惊呆了。牛犊儿安宁了。不一会儿，它就温顺地匍匐于妈妈厚实的背脊上，在岸边人泪光盈盈的迎送下，在嘉陵江水轻柔的抚摸下，在太阳岛的热情拥抱下，完成了一个美丽的心结。

岸边人是我！

那天早上，我走过了相如故城，走过了濂溪祠，走过了周子古镇，走进了油坊沟村。我看见母牛托举着那头新生的牛犊，正奋力朝着太阳岛前进。在蓝天白云下，在四川蓬安一个叫周子古镇的地方，牛儿们在踱步，鸟儿们在谈情说爱，白鹭们在翩翩飞翔……

周子古镇，相如故里，这里就是我心里最浪漫的休闲家园。

发表于2019年9月20日《人民日报》海外版

合川钓鱼城

我走过涞滩古街，走过历史的繁华和烟云，走进钓鱼古城。

我踩过一字城墙黎青色的石板，把玩着古代战场的简单兵器投石机，把头搁置于墙垛口间，俯瞰着面前的三江交融口（嘉陵江、涪江和渠江），以及城门口下水军码头遗址，侧耳聆听历史的足音，想要捕捉江中沉淀的故事，打捞远去的逝水流年。

回溯历史，公元13世纪。中国北方。草原深处，大漠之中彪悍的蒙古帝国军队呐喊着、冲锋着，崛起于东方的草原帝国所向披靡，它挥舞着手中的神鞭，抵西亚，触北非。看吧，阿尔卑斯的雪山惊恐地瞪着双眼，伸出巨臂想要遮挡这势如洪水的军队；红海哆嗦着身子，翻涌着波涛，也想要和这匹狂奔的野马作最后的较量。

中国南方。在重庆合川，在三江汇合的地方，江面上战船相依，旌旗飘飞。成吉思汗之孙蒙哥汗拿着神鞭，点画着如诗如画的山水城，鹰隼般的双眼何其骄傲和桀骜。

古城的跑马道上，马鬃飞影声声蹄，一头在这里，一头在关外；掘石场里，汉子们甩开膀子，大块大块的石头，被山般堆置在投石机旁。世代生活于此的人们，用累积的智慧，以最简单的武装方式，来维护自己生存的权利。

一周酣战。未果，又战。宛若江中砥柱，钓鱼城凛凛然岿然不动。蒙哥汗紧急亲征城下。又三月。一场旷日之战拉开阵势。谁能料，一个简陋的投石机，一块普通的石头，竟然致命地击中了蒙哥汗，让他魂断三江。

我抚摸着钓鱼山“独钓中原”几个大字。举目远眺，视野里满目葱郁，良田沃野，森林参天。足下峭壁林立，远处碧波浩荡。走过8公里长的古城墙，走过4700名守将浴血奋战的地方，我陷入沉思：究竟是英雄造时势，还是时势造英雄？支撑起江山底线的，你说到底是威武不屈的人心，还是固若金汤的城垣？！

“尊敬的教皇大人，我在中国西南一个叫合川钓鱼城的地方给您写这封信，是它改变了整个欧洲的命运！……”来自法国的小伙戴维，700多年后追随着马可·波罗的足迹，饱览了合川钓鱼城及涞滩古镇的秀美风光。这片土地上旖旎的自然风貌和丰富的人文情怀，让戴维不能释怀，他因此成为合川通往世界的代言人。

一场胜战让合川蜚声中外，三江交融的独特地理优势，也让它成为中国大西南内陆的一颗明珠。

漫步三江之畔，人群摩肩接踵，小孩们吃着喷香的烤肉串；老人们忙着买衣服买鞋子；年轻人喝着酒唱着歌……历史远去，不见硝烟和烽火，唯有这山、水，生活在这片土地上的人们，以及他们所创造的精神财富和物质文化，至今真实地存在。

发表于2016年6月20日《中国旅游报》

璧山，此心安处是吾乡

这个世界上，人们总是在寻觅世外桃源，寻找香格里拉，寻找心中的故乡。

“山出白石，明润如玉”，故为璧山。白璧玉润，山朗水清，这一定是璧山，这也应该是我想象中璧山的样子。

我对璧山心驰神往，是缙云山、金剑山、龙隐山的秀美吗？还是璧南河、璧北河、梅江河的清澈？对，一定是这里的山和水打动了天神的心，才有此“璧山”二字！

20世纪90年代初，一个夏天的早晨，我离开家乡大足到重庆主城上大学，那是我第一次出远门。我坐在长途汽车上，一路颠簸，神情迷惘，心情彷徨，不可知的前方让我神经紧张。来到璧山时，我看见了“青杠”两个字，我看见了一片绵延的山，很清秀。我不禁打开窗户，尽情呼吸山那边风送来的空气，看小河潺潺地流，看农家屋顶的炊烟，看公路玉带般延伸进山里。大巴车师傅说，翻过这座山，就是重庆了。重庆有我的校园，有我的梦想……我很激动，我渴望翻过这座山去往心目中的天堂，这是离我梦想最近的一座山。我从小生活的地方有巴岳山，我总是想翻过一座一座的山，看看山那边究竟是什么！

那时候我的梦想很多，喜欢唱歌，尤其迷恋邓丽君的歌，曾经一度想当歌唱家。我喜欢画画，也想当一名画家。但最后权衡，我喜欢写作，觉得当作家是最明智的选择。

那时候，我不知道重庆的那边还有山，山的那边仍然是山。直到我大学毕业，直到我在外地工作、成家立业，直到我后来真的翻过一座一座的山。山是无限延伸的，就像我们的心，总是在不断向外扩张。就像我们的故乡，也渐行渐远。

我从外地回家，翻过这座山就可以回到我的家乡大足。山无言，水不语。但冥冥中璧山的山水总像我的亲人，牵绊着我的思想和情感，让我的脚步移动到了这里。这个春天，我以一个作家的身份，走进璧山，参加重庆晚报第二届文学奖活动，我是来领奖杯的，但我不知道我还想到这里来找寻点什么。我到璧山的第一句话是问“的士”师傅：你们这里有什么好的东西？他自豪地回答：璧山有很多的树，有很多的花草，有漂亮的公园和清澈的河流。

思维凝滞。我突然感觉走进一个寂静的时空，走进20世纪90年代初的那一天，我第一次看见这里的山、水、草木……总觉得有些东西是该停下来，一点点找回我们的某些过去了，这才是我们生活的实质内容。

是夜，住在璧山的酒店里，背后是淡淡的山影，右侧是一个水塘，有青蛙的鸣叫，让我很舒心，像莫扎特的小夜曲。左侧是一条宽阔的大道，绿树成荫，直接通往“青杠”，再过去，就可以回到我家乡大足。

翌日，我们参观了生态农业种养基地、昆虫科技博物馆、康养生态小区、新兴汽车工业园等。乡间，樱桃正红，一树树在车窗外招摇着手臂，妩媚动人。一畦畦鲜绿的蔬菜，散发出田野的芳香，多么想与人的舌尖展开一场美味争夺大战啊。河流静静流向远方，竹枝下，石桥中，引来众人竞相拍照合影。牡丹花灼灼开放，睡莲怯怯藏羞。那白石呢？藏在远山深处吗？

山在远方，朦胧神秘；云在空中，低低浮沉；只有草木、湖水、瀑布、飞鸟、鲜花……在我身边陪伴，让我眼神迷离，仿佛走进心灵的世界，与山对话，与水呢喃。这是我在东岳体育公园最强烈的感受。

“小城故事多，充满喜和乐。若是你到小城来，收获特别多。看似一幅画，听像一首歌，人生境界真善美，这里已包括。……”

在一块天然的石头上，我突然发现了这样的镌刻小字。这是我最喜欢的邓丽君的歌，我不禁轻声哼唱起来。同行的老师告诉我：台湾著名词作家庄奴晚年就生活在璧山，以此为故乡，并在这里安然离世，璧山人把

《小城故事》歌词镌刻于此，以作纪念。

这个世界上，人们总是在寻觅世外桃源，寻找香格里拉，寻找心中的故乡。庄奴是幸运的，他找到了心灵中的故乡。璧山是幸运的，她遇见了如此懂得自己心思的人。我是幸福的，过了“青杠”，我就会回到自己的老家，回到在家等候的母亲的怀抱。

发表于 2018 年 6 月 30 日《重庆晚报》“夜雨”副刊

问道“土地神岩”

秋色渐起，山林静寂。在重庆江津四面山中穿行，一条弯弯曲曲的路，直把我送到路端的“土地神岩”景点。

此处的山林，是被自然打翻了的调色板，或褐，或黄，或绿……色彩配搭适宜而不张扬。那些成熟的山果们挂在树梢，也露出迷人的色彩，引诱着人前往。

眼皮子下，是几户竹篱笆围绕的小院，是一群正在啄食的鸡们，是一丛丛翠绿的芭蕉林，是一个个金黄的南瓜……给“土地神岩”带来了人间的烟火气息。

沟壑中，泉水在石头罅隙间汩汩流淌着。泉水的源头不知道在哪儿，也不知道它们究竟是从哪里流出来的，只要遇见林木和花草，便想要流淌出来，去滋养。它们然后才汇成溪流，挂成瀑布，积淀成深潭。

水里不知道有没有鱼儿，因为太清澈，碎银一样在谷底晃动。几只鹅在小石头堆砌的浅水塘里打盹，很惬意的样子，似乎故意让飞来飞去的蝴蝶们去羡慕它们的生活。

我有多久没看见蝴蝶了呢？一群自由自在飞舞的彩蝶。蝴蝶的翅膀是决然不会去触摸城市的高楼丛林的。溪流之上，崖壁之间，草间花丛里，蝴蝶们高兴极了，它们扇动着羽翼，上下左右翻飞，像骄傲的战斗机飞行员。

我欣喜地看着“飞行员”们表演，生怕它们飞远。恰有缥缈的乐音传来，间杂着淡淡的草木清香，仿佛隔空离世。

四围如聚，林木翠微。仿佛到了一个土瓮中间，仰首抬望，山峰并不高耸入云，林子也并不原始幽深。

此时，山林、溪流、小院、鹅、彩蝶……土地神岩边，山与水之间，天和地相接，一切自然而然。

迎面看见一幅赤褐色的石壁画，为中国丹霞地貌图。其中镌刻的中国地图，立体生动。“瀑润丹霞 四面画赤壁”几个大字，彰显着这里的岩画主题。抚摸着“亚洲第一岩 土地神岩”石碑，那一刻，我不禁张开双臂，想要拥抱这里的天地入怀。

那一瞬间，幽谷踏空而来，半壁岩画赫然醒目。

我小心翼翼地站在石碑所处的悬崖上，试着看了下脚底的万丈深渊，不禁倒抽一口冷气。幸好有护栏围着。山中小溪流至此，已无路可走，只好纵身一跃，扑向渊底。

幽谷若有瀑音，便是溪流绝响，已成仙境天籁，遥似人间不可闻。

但小溪流边裸露出的一大块滩石暴露了它的秘密。石块上布满了大大小小的洞口，像“土地神岩”长出的无数双眼睛，长久地注视着这里的一切；又像是天地间张开的一道道嘴唇，似乎总想说出些什么；更像是四面山裸露出的音符，想要弹奏出一首最动听的曲子。

原来这些石洞叫锚桩洞和牛鼻眼，开凿于20世纪50年代，是林区伐木工人用来转运木材修建索道的基础部。其中锚桩洞是用来做索道的支架，牛鼻眼是用来固定索道的钢丝绳。这些简单的器械操作，代替了繁重的人力运输，大量的木材被运转至山下，但是森林植被也遭受到严重的破坏。

为了恢复森林生态系统，1985年，四面山停止了木材采伐，还绿于民，让居于其中的人们和山林共命运，栖息这里的珍禽鸟兽和森木共呼吸。今天，这些留存于瀑布顶的坑洞，讲述着人与自然从一味索取到和谐共存的故事。

《道德经》语：人法地，地法天，天法道，道法自然。“土地神岩”边发生的故事，形象直观地阐释着这一朴素的哲理。千百年来，小溪流粉身碎骨，把四面山的故事沉到了深潭，又让泉水带到了远方。阳光、雨露、山风等又把故事熔炼成艺术作品，以岩画的形式，垂挂于绝壁之上，任世人观瞻和评说。

看那护栏与岩画之间，是隔空的山谷，深不可测。仿佛有一股巨大而神秘的力量，牵扯着人的思想和情感，一心只想要看对面的山崖，去欣赏那一壁精彩的图画。那仿佛是一本打开的画册，呈现在天和地中间，考量着人的认知和美感；又或者是一首朦胧而又抽象的诗篇，等待着懂它的人去吟诵和亲近。

我闭上眼睛，人家、院落、泉流、瀑布……如玉般温润着我的心灵。我睁开双眼，发现心已经和它们贴在了一起。我的眼睛霎时间明亮无比，一幅幅生动而立体的画图，在我的眼底展开、升华。

岩壁上，一层层堆积而起、错落有致又散发着书卷气的，是万卷书。那书的故事实在是太浪漫和精彩了，如果没有与之匹配的画来彰显，似乎是天地的过失。于是，在万卷书的西南角，又开了一个大溶洞，毗邻五指山。五指山压住水帘洞，孙猴子横空出世，正在绝壁上翻着筋斗云。云之中，是慈眉善目的观音娘娘，正牵着牛魔王和猪八戒，点化他们悟道成佛。

宇宙洪荒，沧海桑田。那边，一对彩蝶翩翩而来，演绎着中国最古老最浪漫的爱情故事：羽化成蝶！这边，一个母亲脱离了神话的虚幻，正以生命的苦痛和尊贵，迎接着又一个新生命的诞生。

人世轮回，天亦有情。

从边疆到大海，从草原到高山，画面无不瑰丽奇绝。看，海上千帆竞发，一头巨鲸已经游出了水面；大漠深处，驼铃声声，海市蜃楼出现了，阿凡提骑着毛驴也过来了；蜀道上，一骑红尘妃子笑，无人知是荔枝来。

从自然到人文；从古代到今天……致虚极，守静笃。其时周围渺无一人，承蒙于天地造化。就在我转身要离开时，来了一车旅游者，他们瞬间围满了护栏。“我什么也没有看到呀！”眺望对面的岩画，一个男人大声惊叫起来。

转过石碑，侧身攀缘，我想要触摸对面的崖壁，一探究竟。山腰中，石梯栈道相勾连，如入仙境。苔藓下，泉水暗涌，一位太婆正接来饮用。岩石罅隙中，竖立着无数的小树枝，是人们祈福用的。正当我走到绝壁的那一边时，栈道却突然断了。

还是不要去惊扰那些岩画中的故事和人物吧！

但在那一刻，山谷前方却赫然开朗，天清地明；对面的瀑布也随风而舞，如练如绸。山谷若有乐音传来，我不禁屏息静心，深深叩拜：天、地、山林……

发表于 2019 年 11 月 29 日《重庆晚报》“夜雨”副刊

警徽闪耀在嘉陵江上

1

前面是嘉陵江，后面是南充城，江水共长天一色。

山环水绕的罗瑞卿故居，释尽其“钟灵毓秀”的含义。青铜雕像的将军，曾任新中国第一任公安部部长的他，端坐在庭院的正中，神情肃穆，目光如炬。他那犀利的眼神，掠过了中华人民共和国风风雨雨的历程，停驻在了家乡——川东北这片热土。

2002 年，我从重庆跟随部队转业回老家的丈夫，在四川南充定居，并在《南充晚报》当了一名记者。没想到采访的第一个对象，便是罗瑞卿将军的亲妹妹。

老人和其中一个儿子生活，住在市内一普通民房内，周围很少有人知道他们便是将军的亲人，只知道这家的男主人在市场经营着一个小摊谋生。

老人印象最深的便是第一次到北京去，毛主席曾经握住她的手亲切问候。谈到儿子下岗再就业的问题，她转述了将军夫人郝治平的话：中国那么多工人都下岗了，自己的事情自己学会解决。

那天，我看见了老一辈无产阶级革命家身上闪烁出的灿烂光芒。

2

一方水土养一方人。

嘉陵江发源于秦岭，像一条血脉在中国西部搏动，它全长一千一百多公里，却把三百多公里的曼妙身姿留在了南充。西山之麓，西河像嘉陵江的毛细血管，延伸到了更远的深处。河岸的玉带路像绸带，系住了南充城，与嘉陵江交融。

这一天的玉带路不平静，它发生的事震惊了所有南充人。2003 年 8 月 6 日晚 9 时许，玉带路发生了一起抢劫案，南充交警赵刚勇擒劫匪负伤。事发当时一辆出租车行驶至此，遭遇前排就坐的一平头男青年持刀抢劫。身着便服的赵刚正驾车经过，追上抢匪，喝令其交还司机的钱物，并大声喊道："我是警察"，就在他掏出警官证时，穷凶极恶的歹徒悄悄摸出匕首，朝赵刚的左腹狠狠刺去。

接到群众报警电话后，我迅速赶到了医院。连夜采访写稿，赵刚的名字，震撼了千千万万人的心。与此同时，全市掀起了一股学习英雄的热潮。

"人民警察爱人民。"时任南充市公安局副局长的何希全在新闻发言会上深情地说。熟悉何希全的人都知道：他身材魁伟，声音洪亮，个性分明，疾恶如仇。

"我是从枪林弹雨中挺过来的，几次从死神身边逃离，等有空我给你们具体谈下。"他对我说。但他总没有空，带着我们一次又一次奔赴到了采访第一线。

3

危难之时显身手，男儿豪情更风流。

2004 年 4 月 8 日，市延安路发生了一幕惊人场景，当日上午 9 时 20 分，一位婆婆掉在了雨棚上，现场情况万分紧急。

雨棚距地面十余米高，而支撑婆婆的仅是一个简易的支架！就在千钧一发之际，一名消防队员突然凌空出现。只见他紧紧扭住系在身上的保险绳，朝着雨棚上的婆婆慢慢滑去，数百名围观群众屏住了呼吸。就在接近雨棚的那一瞬，这名消防队员以迅雷不及掩耳之势，一把就将婆婆揽在怀中。

这名英勇的消防队员叫上官惠忠，时年 27 岁，来自江西省遂川县，早在 2003 年 3 月，他就被公安部评为“全国公安消防部队执勤岗位练兵先进个人”。

长期的从警跟踪采访告诉我：公安工作，似乎是一场没有硝烟的战斗，从城市到乡村，从经济到民生。

2004 年 5 月 31 日，南充东观冷冻厂“问题猪肉”中的 3 名犯罪嫌疑人归案，这起震惊全国的大案也随之水落石出：几名犯罪嫌疑人合伙租赁了东观冷冻厂，以加工食品为名，从各种渠道收购病、死猪等，然后做成肉食罐头，销往外地。

法网恢恢疏而不漏。案子告破，是何希全最高兴的事儿。他会带我们到他的家乡南部县城，去吃名小吃肥肠干饭。10 元或者 8 元一碗的肥肠干饭，很好吃。他说自己很想念家乡的味道，但是肥肠一般要放辣子，他不能吃。记忆中，他还总喜欢随身携带一瓶醋，当饮料喝。

4

这是我记者生涯中永生难忘的一天。

2004 年 7 月 13 日，有读者举报：在顺庆区永丰乡，有一伙不明来历的人正在给几百个农民上课，鼓吹一种叫“泰元”的保健品能治百病，且“学生们”越来越多。其中一个身患重症的农民，已经花万元购买了这种粉末胶囊。

当日上午 11 时 30 分，我和另外一名男记者赶到现场，就在男记者手举相机拍照时，被其中一个授课人发现。他迅疾发动不明真相的听课群众围殴我们。身陷重围的我们，幸被一知情农民引出才得以脱险，在他的地下室，我拨打了 110。

当双桥派出所的民警出现在面前时，我心里百感交集，同时又温暖如春。民警很快就控制了现场，又把我们安全护送出乡。当何希全副局长获悉我们的情况后，又立即派出两名警察，把我们送回报社。

5

2004年的国庆节很快来临。

夜幕降临，南充城一片火树银花。为了体验巡警的节日工作，我和南充市公安局的巡警们一起进行了市区治安巡逻行动，并按市公安局指挥中心110的指令出警，亲历了不少令人难忘的突发事件。

10月2日晚7时08分，一个6岁多的小女孩在市五星花园走失，9时许，小女孩找回，其父母喜极而泣；10月3日晚7时59分，市玉带路彩虹桥附近有20多个青年人携带砍刀等准备打架，巡警火速前往，一场“恶斗”被及时制止；10月4日晚9时42分，嘉陵区耀目路某居民楼发现一个无人认领的密码箱，箱内不断传出令人恐怖的“嘀嗒、嘀嗒”声。巡警四处走访，找回密码箱主人，原来是一场虚惊。

……

之后，我曾经又深入南充市监狱、南充市戒毒所等，看民警们像春风化雨般，给一个个家庭送去新的希望和力量。

6

嘉陵江滚滚而过，岁月如逝。但在他们的每个日子中，却是情和爱的考量，是生与死的分界线。

南部县武警廖先龙跳入嘉陵江，与洪峰巨浪殊死搏斗，救起了3名落水儿童；阆中市武警李忠文抓捕犯罪嫌疑人时被砍中6斧，但他身负重伤与歹徒搏斗，将其擒获；顺庆民警李春林，为保护两名妇女，被歹徒用铁棒击中头部而壮烈牺牲；高坪民警任文斌在办案中遭遇车祸，献出了19岁的年轻生命……

即使后来因工作调动我离开了记者岗位，但这些年轻的面孔仍然不时出现在我的脑海，出现在最需要他们出现的地方。

2008年5月12日，汶川大地震发生后，南充受到强烈波及，市民们纷纷在广场等地露宿。他们可曾知道：广场外执勤的战士和民警，一夜未眠。

2010年7月24日，嘉陵江特大洪峰过境南充，南充安然无恙。南充可曾知道：在市驻春路低洼地带，武警们连夜在桥头堆砌好了沙袋！

2011年秋天，我调到了南充市旅游局工作，从警的记者生涯从此成为我永不磨灭的珍贵记忆。

7

2011年6月21日《人民公安报》头版刊登了一篇通讯，看完文字的一刹那，我不禁痛哭失声……

他走了，身旁留下几本日记、几篇文稿，还有一个小写字板和笔，那是他病危前因无法说话，用来与探视的战友交流用的工具。他，就是曾任四川省南充市公安局党委副书记、副局长的何希全。

身患重症的何希全在弥留之际，含泪用颤抖的手使尽最后的力气写下："我不怕死，但一想起要永远告别工作那么多年的战友，我又不忍落泪。"永别了战友、亲人以及他钟爱的公安事业。

何希全以超乎常人的意志和毅力与病魔抗争了10年。早在2000年5月，何希全就被医生诊断为鼻咽癌，并在成都接受化疗。出院后他把喝茶变成了喝醋，同时加强了身体锻炼。但不变的是，他照样加班加点，照样没有节假日。何希全开玩笑地说："我要与死神赛跑，不然，今后不好去见马克思。"

2004年7月，何希全从南充市公安局党委副书记、副局长的位置上退了下来。这距离他 1974 年 2 月参加公安工作，已整整 30 年。退居二线后，他选择了公安宣传工作，并担任起市公安局专职的新闻发言人。他心细如丝，对每一篇报道都在专用的笔记本上一一记载，几年下来，记了密密麻麻十多本。

何希全出生在南部县一个贫苦的农民家庭。汶川大地震后，为了帮助外出务工的受灾群众抢种抢收，他还拖着病体与其他民警一起，到高坪区龙门镇谯家坟村为村民收麦播种。

我那时才得知：原来他喝醋和不爱吃辣子，竟然是在与死神赛跑，而我永远也没有机会再听他摆谈自己怎样出生入死的细节和故事了！

8

2018 年，为充分展示罗瑞卿同志为开创和发展国家公安事业作出的重大贡献，国家公安部决定将罗瑞卿纪念馆纳入全国公安民警革命传统教育基地。罗瑞卿纪念馆不仅记载着首任公安部长罗瑞卿同志的爱国情怀与丰功伟绩，还承载着公安事业的初心和使命，它将为新中国成立 70 周年和公安部建部 70 周年献礼。

站在西山之颠，就在华灯初上的那一瞬间，南充的一幅安居图在眼前徐徐打开：嘉陵江上，白鹭在翩翩飞舞，野鸭子们游来游去，撒网的渔舟开始归来。夜色阑珊，花儿在悄悄绽放，天地间一片静美。但每一盏灯、每一朵花，都珍藏着这个城市的曾经过往，都铭记着它的某一个片段或者细节。

同年，党中央、国务院发出《关于开展扫黑除恶专项斗争的通知》，部署在全国开展扫黑除恶专项斗争的工作，广大人民群众拍手称赞。

2019 年夏天，我自驾游到了青海和甘肃等地，哪怕在阿克塞茫茫戈壁的无人区，都能看到公安民警巡查的身影。那一刻，我深深地明白了：我们在与平安同行，我们永远和祖国同在！

为了 373 名游客的安危

——南充市“8.8”九寨大地震救援纪实

天降横祸

纵然时光飞逝，它也永远铭记这一天。

8 月 8 日，晚 9 时 19 分，四川省阿坝州九寨沟县，只一刹那，山摇地动，乱石飞溅，一场“7.0”级的大地震又一次袭击四川。

其时，由四川航空旅行社有限公司南充分公司组团的草原四日游（若尔盖—古羌城）一行 47 人，避开暑热南充，正前往风光无限的川西大草原。马上到九寨沟神仙池路口啦，著名的九道拐就在视野前方，清凉的山风吹来，游客们兴致盎然，此时，谁都没有料到，灾难突然来临。

“轰”的一声，天摇地动之后，山体塌方，一块巨石飞来，砸中车体中部。天降横祸，1 人被巨石砸中后因流血过多死亡、13 人重伤、14 人轻伤。事故发生后，受伤人员被全部转送至九寨沟医院进行治疗，剩下的人员原地等待援助。

整装待发

一人受难，万众连心。

是夜，灾情发生，南充无眠。

“8.8”九寨大地震牵动南充的心，市委主要领导当即批示：全力救援救治伤员，积极处理好善后事宜。市旅游局、市民政局、市公安局等相关部门联手协作、及时跟进、妥善处置。市政府迅速召集市旅游局等相关单位，安排部署救援工作，成立应急救援队伍。

与此同时，南充市旅游局成立地震应急协调领导小组，密切关注救灾情况进展，接收省旅游发展委员会发布的各类文件和通知；向市政府应急办上报了信息；进一步核实辖区各旅行社组织接待赴九寨沟旅游团队游客的伤亡情况、救治情况和返程情况，及时向市委、市政府报告；制定了《南充市旅游局应对九寨沟 7.0 级地震工作方案》，下发了《南充市旅游局关于迅速做好九寨沟地震游客疏散转移和信息报送工作的紧急通知》。

市旅游局同时还成立了九寨沟 7.0 级地震应急协调领导小组，局机关相关科室负责人为成员。领导小组下设信息收集报送组、应急协调工作组、援助保障工作组，领导小组办公室设在市旅游局办公室，电话 24 小时保持畅通。

9 日下午，由市旅游局牵头，市民政局、市公安局、市中心医院、顺庆区政府、四川航空旅行社有限公司南充分公司等单位组成的紧急救援队伍整装待发。市公安局抽调精兵强将，负责一路的交通安全；市民政局备好衣服、食品等后勤保障物资；市中心医院抽调了最好的医生护士，又调出全部的救护车支援到第一线；四川航空旅行社有限公司南充分公司积极做好了游客及家属的安抚工作。

6 时许，救援队伍由市旅游局带队，连同 22 名相关人员（5 台车辆）进军地震救援第一线。

全力以赴

临危受命。星夜兼程。

我市地震救援组从广元出关，一路飞沙走石，加之余震不断，但是没有人退缩。市中心医院一名女护士，此时尽显巾帼风采；救援小组大多是转业军人，彰显出男儿的英雄本色。他们遵照指示，冒着生命危险，克服了一切困难，在甘肃文县设立了临时后保点。又遵照执行当地救灾指挥中心的规定，做好应急协调工作，协助救治伤员，安抚游客情绪，有序组织游客撤离。

针对九寨沟16名滞留游客情况，经省卫计委统一指挥协调，其中有5名受伤游客由南充市中心医院救护车接到，送回南充市中心医院接受治疗；有4名受伤游客由绵阳医院救护车接到，送回南充市川北医学院附属医院接受治疗。

“川北医学院女教师潘秋予回家探亲遇地震，一直奋战在抗震救灾一线，事迹很感人。”南充游客都在传说着这句话，而仍在九寨沟县人民医院救助伤者的潘秋予饱含深情地说：“救援工作到今天基本结束，不过，我还在做一些收尾工作，站好最后一班岗。”

潘秋予是川北医学院预防医学系党总支教师党支部书记、社会医学与卫生事业管理教研室教师。8月8日，她回家探亲看望父母，没想到刚回到九寨沟县的家中就遇到地震。是留在家中安抚年老多病的父母，还是利用自己所学救助受伤群众？潘秋予选择了后者。她连续4天4夜冒着余震，不分昼夜，在九寨沟县人民医院救助南充等各地游客和当地群众89人。

众志成城。11日16时，南充旅行社组织到九寨沟、若尔盖、红原等地的旅游团队共计373人，全部安全撤离。

春风化雨

12日，南充救援组将1名死者和27名伤员全部疏散转移出灾区，死者送南充殡仪馆，6名重伤员送省人民医院和省骨科医院，1名重伤员在绵阳中心医院，14名伤员送中心医院，6名送川北医学院治疗。

12日、13日，市委市政府相关领导分别前往四川省人民医院、四川省骨科医院，看望慰问正在这里接受治疗的南充籍地震重伤伤员。

8月13日上午，市委主要领导来到四川省人民医院病房内，走到病床前与伤员和医务人员交流，详细询问伤员的伤情，了解他们的治疗情况，告诉病员医院将采取最好的治疗方案和最精心的护理，尽最大努力让伤员们尽早康复；并鼓励他们一定要坚强，要有信心勇敢面对，配合医护人员早点把伤养好，祝愿早日康复出院。

当天晚上，市卫计委、市旅游局、市民政局等负责人一行还前往南充市中心医院看望慰问转院回来的南充籍九寨沟地震伤员，要求医院创造最好的条件，提供最好的服务，让伤员得到最佳的救治。并叮嘱在场的医护人员，务必做好伤员救治工作，并多对地震伤员给予生活上的关心和帮助。

南充正值酷暑，但是病房内外，通过新闻报道得知消息的果城人们感受到的是丝丝春雨，那样入心和温暖。

情满果城

13 日上午，在蓉城，四川省人民医院重症监护室。当市委主要领导来到病房时，伤员屈小平拉着这名同志的手，眼角溢出了感动的泪花："谢谢南充市委市政府，共产党真的好！"

随后，南充市相关领导分赴省人民医院、省骨科医院、川北医学院、市中心医院、绵阳市中心医院，看望并慰问了 27 名重伤、轻伤员和死者家属。

14 日，在南充殡仪馆，死者火化，后事得到妥善处理。27 名重轻员在各自医院都受到精心治疗，情绪稳定。

危难关头，万众一心。南充——美名盛誉的果州，嘉陵江像一条玉带般飘绕而过，把最美的身段留在这里，也赋予这一方人智慧、勤劳和勇敢。而坚强、团结、友爱的南充人，从古至今，演绎出的都是一首平和而刚毅的大爱之歌，生生不息，永远流传。

鸟鸣嘉陵江

01

清晨，是窗外的一声鸟鸣让我睁开了眼睛。“叽叽、叽叽”，声音清脆空灵，像玉石般不含丝毫杂质，露珠儿般滚落心底。我立即探出头去，发现在庭院的围墙根下，一株数年的桑树开始发芽。在这个病毒正肆虐横行的公元 2020 庚子年，那只鸟儿却旁若无人梳理着羽毛呢。

这个春节，“武汉”两个字，变得像巨石一样沉重，压得人们喘不过气来。一场史无前例的流行疾病——新型冠状病毒肺炎，正在人间肆虐。从 2020 年 1 月 23 日武汉封城的那天开始，我的心就始终没有从这个城市落下，脑海里一直盘旋着的画面，是每天从报纸、电视里得来的有关它的人和物事。

面对疫情，封闭城市所有通道，这是一个英雄城市的断腕之举。看着镜头前空荡荡的东湖、黄鹤楼，看着无言诉说的一栋栋楼宇，看着肃穆寂静延伸到远方的武汉长江大桥，“我们的城市生病了！”武汉这只腾飞的鸟儿，翅膀被病魔折断了。听着苦难中人们的哀吟，我不禁潸然泪下，心也在跟着哭泣。

但春天似乎来了。爆吐的桑芽告诉我。它们鹅黄般的牙尖很快就会舒展开去，变绿、变阔，然后蚕们就会被喂得肥美滚圆，吐出一根根洁白的丝。这真是一个神奇的过程。而这个城市——四川南充，毗邻嘉陵江中游，位于四川盆地东北部，它周围栽种着很多桑、果树，或从“有果氏”之国算起，自古以来人们就缫丝养蚕，至今有两千三百多年的历史了，城市因此有了一个很动听的名字：“丝绸之都”，或者“果城”。据专家考证，它也是丝绸之路的一个起点，因此又被中国丝绸协会授予“丝路源点”的美名。

嘉陵江全长一千一百多公里，却把三百多公里曼妙的身姿留在了南充，“丝绸之都”因此成了嘉陵江畔最美的记忆。或许也是鸟儿们的天堂呢。此时，更多的鸟儿在庭院外鸣叫，那里有一排排的小叶榕，高大茂密。我的眼光游走在街道，不经意间，发现一种叫红叶李的行道树上，竟然密密地筑着鸟巢，一个、两个、三个……不到十米，每一棵树上都有，有的鸟巢居然低到只手可触。红叶李树叶子已经掉光，在静静等待今年春天的花蕾绽放。而鸟巢还裸露在外，不知道是去年遗留的，还是新年筑就的，但是没有人去打扰它们。这些鸟儿们，把“家”安在高大繁茂的小叶榕上面也就罢了，还敢“大张旗鼓”地在低矮的红叶李树上生儿育女，胆子可真够大！平时从树下经过，即使车流声如雷，也压不住它们群集的欢鸣声。

02

还在正月，这场看不见的阴霾笼罩着果城，新型冠状肺炎病毒正肆虐着中华大地，人们正在同一场看不见的战斗斗争。看着那个在镜头前大步流星走进武汉病房里的老人，那个给武汉乃至整个中华民族都带来温暖和感动的老人——他的名字叫钟南山，我的心踏实了；看着镜头前一张张被防护镜勒出印痕的脸庞，看着他们请愿上“战场”的宣示书，看着他们身上穿着的白大褂——他们的名字叫医生，或者护士，我的心也踏实了；看着镜头前一排排整齐的队伍，一个个矫健的身姿，看着他们身上穿的迷彩服——他们的名字叫军人，我的心更加踏实了。

大家都积极响应政府号召，待在家里静静隔离。庭院冷清，街道冷清。天地之间，鸟儿们依然还在飞翔。它们叽叽喳喳飞过窗户和屋顶，在蓝空留下清晰的音迹和旋律，谁说不是在歌唱春天的到来呢。

我羡慕地看着鸟儿们从窗户外飞过、飞远，突然想起了一只叫“小熊猫”的鸟儿，此时它是不是也待在楼房里，和主人们一起在抗击新型冠状肺炎病毒？“小熊猫”现在是南充摄影家赵冰一家的心肝宝贝，我还记得他给我讲救助“小熊猫”的每个细节和情境。

翻开赵冰的微信，不停地往上翻，终于搜索到“小熊猫”的视频。与树枝上跳跃的鸟儿相比，它的胆子更大。但见它旁若无人地飞落于一个人的掌心，然后侧转过毛茸茸的小脑袋，从手机视频里往外看我。它黑白相间的羽毛非常显眼，一双机灵的小眼睛滴溜溜地转动着，充满着无邪与天真的神情，像个婴儿般稚嫩和可爱。把温暖掌心给予山雀的赵冰，是南充市一名观鸟摄影爱好者。至今他仍然清楚地记得：那是春末夏初的一个日子，大风暴雨过后，天空放晴。他扛着摄影器材走出家门，想开车到嘉陵江边去拍摄鸟儿的踪影，这是他多年来养成的习惯和爱好，也是他认为很幸福的一件事儿。

03

这些年，这个城市一直在变化，街道在变宽，行道树在长高，湿地公园在增多。城市之边的西山也越来越葱绿，西河水清澈了许多，嘉陵江碧蓝如玉。“原始生态”的观念，像鸟儿一样飞进了人们的心中，扎根下来。沿着嘉陵江，是一条坚固的防洪大堤，堤外是绿意氤氲的湿地公园，红的花绿的草，还有嘉陵江上空翩翩而来的各种鸟儿，成了南充不可多得的一道美丽风景线。

南充人们惊喜地发现，从去年 11 月份起，不知不觉间，南充境内候鸟渐多。它们不知从什么地方飞来，也陆续加入这个城市大家庭，在嘉陵江上空展翅翱翔。只要天气放晴，在明亮的阳光下，那些肉眼可见的红嘴鸥、野鸭等就会群集起来，在碧蓝的江水上浅翔、追逐、嬉戏，为冬天的果城带来一抹亮色，也给这个城市带来勃勃生机。其中在下中坝嘉陵江大桥下的湿地公园内，候鸟数量最为密集，成为摄影家们竞相追逐的对象。

嘉陵江流经的南北走向，成为候鸟越冬的绝佳迁徙路线。再加上嘉陵江优质的水源，以及沿江梯级水电站放缓水流，给候鸟越冬带来便利条件，成就南充嘉陵江段候鸟翩飞的壮美景象。西华师范大学生命科学学院胡杰教授通过多年的跟踪观察发现：每到 11 月中下旬，候鸟们便飞越秦岭，千里迢迢来到嘉陵江南充段上“做客”，为市民们带来一年一度的观鸟季。到第二年 3、4 月份时，它们才会陆续离去。在他的监测记录中，其中有 26 种冬季迁徙水鸟（针尾鸭除外），包括红嘴鸥、大白鹭、普通鸬鹚、白骨顶以及各种野鸭等。

初到南充时，大量候鸟与人一样，对陌生地充满警觉，只要有人靠近，它们便会展翅离去。渐渐地，或许是孩子们纯净的笑容，抑或是他们手中的食物，打动了这些自然界的精灵们，鸟儿们不再拒绝与人共融共生。它们一边啄着美食，一边打量着这个城市，演绎出一幅和谐生动的美丽画卷。

这样的场景，让镜头前的赵冰感慨不已。他觉得眼前的每一只鸟儿，都像自家的“小熊猫”，那是一只鸟儿与一家人的血脉之情。还记得那天早上，暴雨后的果城空气格外清新，当他正要打开车门时，却发现风挡玻璃上有一个小东西在蠕动。这是一只从小叶榕树上被吹落的鸟儿，周围已经没有了它的家园。他赶紧将其捧在手心，并小心翼翼带回了家。通过百度查询，得知鸟儿种类为小熊猫山雀，于是一家人亲切地给它取了个名字叫“小熊猫”。

04

带回家的“小熊猫”生命微弱，头无力地耷拉着，但它还是在努力叫唤。赵冰赶紧买来小鸡饲料，找来小纸杯，以温开水调和后，把“小熊猫”放在一张干净的纸上，然后用牙签挑起饲料一粒一粒地送到它嘴里。

前几日，他哪里都不敢走，专心待在家里喂养“小熊猫”，每十五分钟一次。一周后，“小熊猫”眼睛灵活生动起来，赵冰出门办事，便把它兜在怀里，随身携带着它的食物。“小熊猫”长出羽毛后，赵冰改喂了它喜欢吃的面包虫，并用镊子夹到它嘴里。但淘气的“小熊猫”常常主动跳到他掌心，自己啄食面包虫。它俨然成了这个家庭不可分割的一位成员。

“小寒”是另一只鸟儿的名字，它遭遇意外时，境遇与“小熊猫”不同，它受到了重创，险些丧命。幸好它掉进了一个医生的家里。2020年1月5日那天晚上，南充市第五人民医院医生王军下班回家，她钻进厨房正要做晚饭，窗外突然扑腾进一只受伤的鸟。王军立即接在手心，仔细检查它的身体，发现它右半身被什么东西粘住了，嘴紧闭，右眼睁不开，右翅耷拉着，双脚也被一种黏糊糊的胶状物固着……不知它在外究竟扑腾了多久，进屋后就蜷缩在地板上，了无生息。王军立刻戴上手套，剪去鸟儿粘住的羽毛，再仔细地为它清洗干净，然后用棉签为它洗净眼睛，吹干羽毛。终于，鸟儿开始动了，右眼也睁开了，还在地板上跳来跳去。“明天如果你恢复得好，我就放飞你！你叫小寒吧！”王军这样发了一组微信，同时配上在嘉陵江边和鸟儿们的合影照。

“小熊猫”一天天在长大，羽翼渐丰。赵冰和它的感情也越来越浓厚。但每次打开鸟笼子，他都有一股淡淡的忧伤：“小熊猫”的父母在哪儿？它的族群在什么地方？“人的离世，就是生命最完美的释放。尤其是现在新型冠状病毒肆虐的非常时期，我更加体会到生命的重要，人与自然的和谐共处。”赵冰的话撞击了我的心灵：我们生活在这个世界上，总会遇到一些这样和那样的事情。正如此时我手中捧读的《世界简史》。纵观人类文明史，生命的出现是从海洋到陆地，它的发展和进程又是多么地不易。这当中有自然界无情的摧毁，也有战争和疾病的残酷掠夺。但是，一直没有什么能够阻挡人们生活下去的信心和勇气，就像中国英雄机长刘传健那样，在天地间谱写的那一个新传奇。

我和英雄机长的相识，源于今年除夕之夜前的一次空军飞行员们家庭聚餐。拨通他电话时，按捺不住激动的心情，表达了对他的仰望和敬畏。“这就是一次正常的飞行任务，没有啥。”电话那头，刘传健轻描淡写地说。虽然极其普通的一句话，却把浓浓的真情散播到了天宇间。“谢谢大家的支持、关心和点赞，困难是暂时的，只要大家齐努力，一定会迎来更好的春天。”他在微信上如是说，在他身后，是医务工作者们坚毅的眼神。

“虽然都戴着口罩，眼神里却有歼灭病毒的狠劲，有控制疫情的决心，有临危不惧的勇气，有爱国爱民的柔情，这就是最美逆行者——四川去武汉的医护人员们。向他们致敬！武汉加油！加油！”打开微信朋友圈，看见英雄机长刘传健发的这条微信，我的眼眶一下湿润了，时间显示是 2 月 2 日晚上 9 时 48 分。就在当天，四川省第三批援助湖北医疗队医护人员和物资乘坐 3U8101 次航班奔赴武汉。此次运输任务由四川航空承运，执飞机长正是主动请缨执飞运输任务的“中国民航英雄机长”刘传健。

同在当天上午，空军出动 8 架大型运输机，从沈阳、兰州、南京、广州四地出发，空运医疗队队员和医疗物资飞赴武汉。8 架飞机依次降落在武汉天河机场，第一时间将医务人员和医疗物资送到最需要的地方。这是继汶川、玉树抗震救灾之后，空军参与非战争军事行动同时出动大型运输机数量最多的一次。

05

“我不禁想到了我的小熊猫，它的归宿，它的未来。”这是一个男子以“父亲”的身份，对“孩子”——一只普通鸟儿的真情告白。2020 年初，赵冰惊喜地发现自家楼顶飞来了一群小熊猫山雀，他迫不及待地打开了鸟笼子，毫不犹豫地放飞了“小熊猫”。看着“小熊猫”远去的身影，泪水在他眼眶里打了好久的转。

从除夕开始坚守在防疫救治工作岗位的王军说，“小寒”在第二天也回到了蓝天。也许此时它正飞过嘉陵江。也许它还会知道：救助自己的主人，此时正在一个看不见的战场，和南充那些捺下手印、剃光头发的医护工作者们，还有中华大地千千万万的勇士们一起，要去打赢一场攻坚战。

是的，武汉，成了全国人民共同的痛。他人的命运，何尝不是我们每个人自己的命运。在苦难面前，中华民族就从来没有屈服过。我身边的人表现得是如此地悲壮而刚烈。川北医学院第一批、第二批医疗援助小组成员写下誓愿书，捺上指印，踏上了武汉的征程；微信朋友圈中一个叫蒋莹的女医生，当所在单位南充市中医院通知她备选入武汉医疗援助队后，为上“前线”减少感染和麻烦，当天她就毫不犹豫剃光了自己的一头秀发；民建南充市委副主委张宏标立即捐资现金10万元和其他一些医疗物质；西充县调拨十吨有机蔬菜，火速送往武汉……

因为，这是人们共同的家园，是自然和万物共生的地方。当春天的鲜花开满大地，桑叶绿了树枝，这个有着两千三百多年历史的城市——南充，也一定会成为丝绸之路上一个崭新的起点。而嘉陵江上，相信天更蓝、水更清！

发表于2020年《四川文学》第4期

凤仪湾的蝶变传奇

1

这里是四川南充嘉陵江边的一个湿地公园，名字叫凤仪湾。经历了严酷的疫情期，凤仪湾终于从冬天的桎梏中苏醒过来，重新开园了。

在这里，嘉陵江两岸青山对峙，碧波暗涌；湖中的小岛上，候鸟们正展开翅膀，再次踏上迁徙之旅；湿地之上，是欧式风情的农家小镇；小镇之外，是一大片的有机农业生态示范园，农民们正忙着播种、锄草，一年一度的春耕开始了。

谁能料想，此前的凤仪湾，到底经历了怎样的命运？它最初原本只是嘉陵江边的一个水湾，因为人们过度的沙石采挖，它被变成了嘉陵江边的一个巨大荒滩！

2

一切从头说起。

嘉陵江从秦岭山麓涓涓而出，像一条血管般流经川、陕、甘、渝的部分地区，在中国西部的高山和沟壑间搏动。它一路汇聚成川，纳溪成流，宛如勇士般劈波斩浪，奔涌而来。

它蜿蜒而至四川南充，在蓬安、高坪和顺庆三县（区）交界之地，却突然沉寂下来，形成一个低沉的水湾，仿佛一个乡愁浓郁的中国结，温润了这里的乡野。

一湾之上的蓬安县周子古镇，是汉代大辞赋家司马相如的故乡。其出生地相如故城遗址，今天还在悠悠地诉说着司马相如一生的传奇故事。嘉陵江流经这片土地，浸染了文脉的馨香，又积淀了丰厚的人文风情，形成了一湾美丽的田园风光。

凤仪湾之下，左面是凤山，隶属南充市的顺庆区；右边是元宝山，则归属于南充市的高坪区。凤山和元宝山两相对翼，它们分别位居江之左右侧，像凤凰展开的双翅，护佑着这里的山水美景。

山之侧，水之畔，丰富的人文故事由此衍生和发展。传说司马相如曾在凤山上鼓瑟而鸣，“凤兮凤兮归故乡……”凤仪湾由此而得名，人们还在山上筑琴台寺以示纪念。后琴台寺几经战火毁坏，现仅存遗址，不禁让人追古怀今。

3

嘉陵江全长一千一百多公里，却把三百多公里曼妙的身姿留在了南充。南充人们自古以来就有缫丝养蚕的习俗，传承至今已经有两千三百多年的历史了。2010 年，南充因此又被中国丝绸协会授予“中国绸都”的美誉。

元宝山所在地为高坪区江陵镇，这里水草丰美，桑树成林。其中高坪境内就刻有“丝绸源点”的碑石，为中国古代丝绸之路起点之一。

物宝天华的人文大地，给予这里人们丰厚的报酬。曾经的嘉陵江上，舟楫渔歌，商旅往来，好不热闹。深山的桐油、丝绸、大米、茶叶等，源源不断运送于各个码头，由此入长江、大海……去往世界每一个角落。

凤仪湾之下，古老的江陵渡也经历了这样的繁盛往事。但渐渐地，因为历史的发展，更便捷的陆路交通取代了嘉陵江水路昔日的辉煌。凤仪湾沉寂了，江陵渡凋敝了。蜿蜒而至的江流静静地流淌着，淤积了大量的沙石，成为人们新的建筑材料。

20 世纪 80 年代初，随着城乡建设发展的蓬勃兴起，这里的沙石也成了建筑用地的绝佳材质。一时间，元宝山下，采沙船整天轰鸣着，呈现出一派繁忙的景象。

沙石被一车一车地拉走了，人来了又去了，之后的凤仪湾再次沉寂下来。它遍地坑洼，卵石横陈，荒草丛生，更像是一个被扒光皮毛的凤凰，被遗弃在嘉陵江边。它默默地注视着滔滔而过的嘉陵江水，渴望着再次展翅而飞。

4

春花开了又谢，时光流逝。

新的历史机遇又来了。从嘉陵江向西，两千多年以前，那条越过亚洲的高山、荒漠和大河的商路，从中国通往欧洲的古老丝绸之路，再次回到世界的视野。

翻开史册，在古代，以成都为起点的南方丝绸之路，又叫“蜀身毒道”，“蜀”指四川，“身毒”是对古时印度的称呼。

南方丝绸之路，是中化民族走向世界的最早尝试，是西南各民族先民寻求对外交往不懈奋斗的轨迹。它也为司马相如打开了人生的另一片天地。

汉武帝建元五年（前 136）任司马相如为中郎将。“使因从成都南丝路灵关道而下，边行边派人整修道路，而至沫水（大渡河）、若水（雅砻江）、通灵关，桥水（安宁河），以通邛，笮……”他这次出使西夷，既整修了南丝路灵关道北段，团结了西夷诸少数民族，又开发了西南边疆，沟通了中外，成为丝绸之路的又一开拓者。

在司马相如的家乡南充，这里又是川北大木偶的故乡，其为国家级非物质文化遗产。2014 年 6 月，南充举办了首届国际木偶艺术周，以后每三年为一届。2017 年 6 月，在第二届国际木偶艺术周中，中外友人相聚南充绸都，四十六支国内外艺术团参与了此次木偶艺术展演交流。

开幕式上，“弘扬传统艺术·促进共融发展”的倡导词，得到了与会国家的赞同。南充原创的大型木偶剧《丝路驼铃》，正好契合了“一带一路”的主题精神，受到国际友人的高度评价。没想到在此交流期间，南充和法国由此结缘，为以后的中法现代农业合作打下基础。

其时，四川省委、省政府在“一带一路”的战略背景下，正推进川法合作的现代农业重点示范项目——中法农业科技园。把它定位为“中国的农业公园、都市的后花园、旅游的目的地”，将嘉陵江生态保护和农业旅游有机融合起来，以打造高品质的田园综合体。

5

凤仪湾——中法农业科技园南充港航园区就这样应运而生。

2015 年，南充与法国阿登大区签署了协议，共同打造嘉陵江凤仪湾农业科技示范园区。总体规划面积三万亩，包含了高坪区的江陵坝、杜家坝、吊马坝、元宝山、亭子山和顺庆区的黄伞坝等区域。项目内容有中法创意智慧农业区、中法现代农业展示区、中法现代农业湿地生态种养区、中法美丽乡村小镇、中法合作康体养生基地、生态旅游观光区等。总投资约十八亿元。

2020 年，疫情后的这个春天，走进园区，风景别样美。泛舟湖上，粼粼水光，倒映着岸上知名的或者不知名的花草，显示着湖水的清澈和纯净。湖水来自嘉陵江，有地下暗道直通江面，另有泄洪的功用。

湖畔，成片的鸢尾花抽出了新绿，睡莲们正蓄势待发。湖中的四个岛屿——玫瑰岛、荷花岛、百草园和野趣岛，它们两两相望，中间的芦苇花正随风摇曳，像白云般飘落在这里。

有人唱歌，合着“欸乃”的桨声，成群的野鸭子们钻进了水里，苍鹭等展翅而出，直上蓝空。但它们很快就恢复了平静，湖中最大的荷花岛和百草园岛都是它们的家园，没有人去打扰它们。

在这片广袤的水域，今天已经形成了一条完整的湿地生态链，其中野生鱼类达到三十多种，候鸟也近六十余种，包括班头雁、棕头鸥、燕鸥、白翅浮鸥、赤麻鸭、绿头鸭、白骨顶、小天鹅、白鹤、大雁；还有被列入国家一级重点保护野生动物名录的小天鹅等。

嘉陵江沿岸，南充已经有数十个生态湿地。凤仪湾是其中最大最完整的原生态湿地。大地上，是花海、平湖、草滩、栈桥……天空中，是飞鸟、白云……世间万物都是有生命的，它们正与人类和谐相处，共融共生。

回家的路

1994 年春天，我和先生在老家重庆大足空军某团认识，其时我还在驻地附近的登云中学教书。

先生家在四川南充，婚后 7 年，我跟着他来到嘉陵江边的这座城市，于此定居，并改行当了记者。大足和南充，从此犹如我生命之树的根须和枝叶，给予我精神和魂灵的滋养，支撑着我立于大地，向上、向上……两地之间，仿佛叶对根的依恋和相守，从不失约，在每个春节，或者特定的日子。两地之间的路，也成为一条丝线，串起故乡、母亲和我，也串起乡愁、回忆和我……

第一次到南充，是 1995 年的春节，婚后。年初二，7 点多钟，我俩在学校门口的登云场上等车。8 点左右，坐上了从大足到石马镇的中巴车（我们得在那里中转，守候泸州、宜宾、荣昌、隆昌、永川这五个班次到南充的车，它们每天只有一班，大约集中在 10 点至 11 点经过石马镇，错过便不会再有）。

这年的春节奇寒无比，居然下起了大雪。半个小时后，我和先生在石马镇的岔路口下了中巴车，在雪地里等候到南充的长途车。我的双眼直愣愣地盯着每一辆从身边驶过的车，全然不顾寒风呼呼刮过。一个小时很快就过去了，眉毛上有霜凝结，脚也冻木了，但回家的热情没有消减我们等车的决心和信心。10 点左右，泸州的车来了，我们摇臂高声呼喊着，欣喜地迎了上去。

车厢里、过道上都坐满了人，空气很闷，又堆满了东西，各种难闻的气味混合，呛得我只想呕吐。车每颠簸一下我都痛苦万分，何况这路程也太远了！度时如年。我默默地数着走过的站名，石马、万古、雍溪、铜梁、旧县、合川……一点左右，车到了合川郊外一个地方停了下来，司机把全车人都赶下了车，轰进了路边一个小餐馆，该吃午饭了！他吼道。有些人舍不得花钱，花一元买了开水泡方便面吃。餐馆后有厕所，一张塑料布分成男女厕所，每人5毛。有人骂骂咧咧，没办法，只能就范。

半个小时后，车继续上路。路歪歪扭扭，蛇一样盘旋在丘陵地带。这面山坡翻过去了，又到另一个山坡，不同的只是地域的转换，比如从重庆境内到四川了。到四川了！我兴奋起来，又一路数着站名，武胜、吉安、烈面、嘉陵……

下午五点左右，车行驶到一个小山岗附近，山顶长满松树，山湾有一条清澈的江流缠绕而过。“快看，嘉陵江！”先生高声喊着。“南充快到啦！”车里有人欢呼起来。绕过山岗，就是凤垭山，公路像一条绸带，从山顶直直地铺陈到谷底，绕上了一座大桥，那是收费站。大桥那端，城市的灯火隐约可见，那就是南充城。

此时，天已经快黑了。家，马上就要到了。

“就在我离开南充到北京上军校那一年春节，凤垭山口发生过一起重大车祸，一辆从外地回家的长途大巴，因为下雨路滑，刹车失灵，车子直接滚下去，从大桥那里冲进西河，一车人全部遇难。”先生说。

家就在眼前。回家的路，近在咫尺，但却成了一车人的不归路。我无法想象在大桥的另一端，在城市的某个角落某个窗口里，究竟有多少人的心在破裂。但我相信一个城市的疼痛记忆，可以让人铭记一辈子。

也是这条回家的路，有时候它就像一个恶魔，让我亲眼看到了它的无情它的残酷。那是婚后第二年，春节探亲后，我们一大早从南充返回大足，就在合川郊外，在一座窄窄的桥下，一辆从仪陇开往重庆的大巴翻滚到了河里。

堵了很久的车。车子可以开动时，我从桥上经过，我伸出头看坠在河里的大巴车，窗口里有一个女孩子的尸体横陈在那里，一条红艳的丝巾系在她的脖颈上。我很想哭，可是根本哭不出来，一车人全部死了！他们都是从南充仪陇出发到重庆的，也许外面的世界承载了他们太多梦想，可是这个石桥中断了他们的梦想!

因车祸耽误了时间，天太晚了，没有车到大足了。那天晚上，我们被迫在合川住了一宿。那一晚，我满脑子都是女孩子系丝巾的模样，红的像血，滴了一路。

时光荏苒。路在变宽，变直。

2002 年，我跟着从部队转业的先生回到南充，在《南充晚报》当了一名记者。一天，我被报社派去采访一则新闻：西河桥上的收费站被拆除了！一条宽阔的大路从南充城市延伸出去，到重庆……

2004 年，南充绕城高速建成通车。这是全国二级城市中第一条绕城高速公路。

2008 年，南渝高速建成通车。这一年，我买了一辆别克旅行车。春节，从南充开车到合川，仅仅用了一个小时，然后取道铜梁至石马的一级公路，三个半小时回到母亲家。

2014 年，重庆三环高速绕到了铜梁等地，合川到铜梁只需要 20 分钟。再后来，铜梁到大足也直通高速。这一年的春节，我们开车从南充经合川过铜梁到大足，两个半小时回了家。

2017 年 7 月 1 日，南充市委市政府举办了“庆七一、迎十九大、做合格党员”的主题演讲。我讲了嘉陵江的故事，讲了从南充到重庆这条路的故事，我的演讲得了一等奖。会后，制作光碟的小伙子看完我的演讲录像后，号啕大哭。那天，他翻来覆去地看了几遍，泪流不止。他是地道的南充人，多年前的那次事故，他有亲人在里面。有人告诉我。

谨以此文，写给这些年筑路的人，写给那些为圆梦而努力的人。写给我今天生活的城市，写给我出生的地方。历史，终究会记住这一切的。

第二辑　绸都留影

诗书万卷韵华夏

印象嘉陵江，山水南充城，天光水色如画卷。

美丽南充，是它300公里嘉陵江曼妙的身姿，是它2200年骄傲的身世，是它760余万的四川第二人口大市，是它三区六县（市）1.25万平方公里的土地，写出厚重的篇章。

中华文化，一脉相传。南充是“三国文化”“丝绸文化”“春节文化”的发祥地。春和景丽，登西山万卷楼，感怀陈寿于此著书《三国志》，探寻三国文化之源；丝路寻芳好去处，走进百年六合，体验缫丝养蚕之乐，探寻丝绸之路源点；追根溯源，到“春节文化之乡”阆中，寻访落下闳故里。

一部中华史，文化是灵魂。弘扬中华优秀传统文化，传承民族独特技艺，是世界非遗的川北皮影，是韩国平昌冬奥会上8分钟的川北大木偶表演，是获得中国群星奖的民俗亮花鞋，是散落在民间的川北剪纸和川北灯戏，还有那翻山铰子、蚌舞、傩戏和根雕……让它熠熠生辉。

一方山水风光，一世繁华丰饶。南充天地之美，美在文化，美在历史，更美在人心。它积淀了丰厚的文化精神，就那样憧憬着海的梦想，滚滚东流。

嘉陵江畔，文化代代传承，和这里的人们一起，同荣共生。

川北明珠耀西华

人文高地

中国西部，嘉陵江像一条血脉，从北至南穿过四川南充，墨染万卷书香。

南充人文，由此衍生。这里土地肥沃，盛产桑茶，遍种果树，成就“绸都”和“果州”的美誉。

在这里，有西汉天文学家落下闳，恒定岁首《太初历》；有中国辞宗、赋圣司马相如，吟诵一曲《凤求凰》；有西晋历史学家陈寿，潜心著书《三国志》，有民主革命家张澜、红军之父朱德、共和国大将罗瑞卿……写出厚重的篇章。

果州书韵，一脉相传。

中华人民共和国成立初期，这里是川北行署驻地，胡耀邦同志为第一任行署主任。崛起于此的西华师大，20 万平方公里的土地，35 万莘莘学子，74 载岁月荣光，讲述着西部的传奇。

它犹如一颗闪光的珠贝，藏秀于青山绿水之中，因袭着熊猫文化、红色文化、巴蜀文化等，在生态学、政治学、中国语言文学、天文学、化学等学科领域卓尔不凡，熠熠生辉。

它是一棵茁壮成长的参天大树，正博取着生命的光华和灿烂。学校的生态学与生态治理学科、政治学与社会治理学科进入四川省一流学科建设，化学学科、工程学学科进入 ESI 全球排名前 1%，ESI 高被引论文数量排在省属高校首位，2020 年自然指数名列全国第 160 位。

它璀璨的光芒，耀亮华夏，夺目四海。截至目前，学校已经与美国布拉夫顿大学、中俄克拉荷马大学、韩国牧园大学等国，以及台湾世新大学、彰化师范大学高校建立了研修访学合作项目。

2015 年，自老挝的第一批留学生们走进这片土地，美国、印度、马达加斯加……截至 2018 年 7 月，西华师大共接收语言生 100 余人来这里求学。不同的语言，共同的追求，吟咏出川东北大地崭新的诗行。

展翅高飞

回首过往，筚路蓝缕。

1937 年，抗日战争全面爆发，东北大学内迁四川三台县；1946 年，东北大学回迁沈阳，部分川籍师生留守故土，组建私立川北农工学院；1950 年其更名为“川北大学”，嘉陵江畔展华章。

“不看牌子看货色”，时任中共川北区党委书记、川北行署主任胡耀邦同志给予深切厚望。1952 年，学校并川东教育学院、四川大学和华西大学的部分专业，建四川师范学院，为新中国第一批本科师范院校；1956 年学校一分为二，部分迁往成都，为四川师范大学；南充校区则历经南充师范专科学校、南充师范学院、四川师范学院后，于 2003 年蝶变为“西华师范大学”。

从东北到蜀地，烽火硝烟尽，西华天地新。

70 余载砥砺奋进，迎来百花满园香。今天的它，是一所学科门类齐全、办学条件优良、师资力量雄厚、教学科研成果丰硕的省属重点大学；它拥有 17 个硕士学位授权一级学科，8 个专业硕士授权类别，9 个省级重点学科，2 个省一流建设学科，1 个省博士后创新实践基地，9 个学科联合培养博士研究生……

桃李芬芳，灼灼其华。从南充师范学院、四川师范学院、西华师范大学品牌，它是风雨中成长起来的一只雄鹰，正在嘉陵江的上空翱翔。

俊杰辈出

细雨微风嘉陵岸，疏影横斜水清浅。

仿佛一转身，就会遇见参天古树，青砖瓦舍，涟漪池塘……一代又一代教学名师，在西华学苑辛勤耕耘，在果州大地播种希望。

凤凰鸣矣，于彼高岗。

著名墨学家伍非百，古代文学专家周虚白、傅平骧，古诗词专家郑临川，哲学专家李耀仙，大熊猫之父胡锦矗，生物隐翅虫科分类专家郑发科，数学函数论专家顾永兴，历史学专家吴景贤、柯昌基、龙显昭……学高为师，身正为范；巴蜀文化研究所、三国文化研究中心、写本学研究中心、西部区域文化研究中心……华夏文明，一脉相承。

诺贝尔化学奖获得者阿龙·切哈诺沃教授、中国工程院院士付小兵、樊代明教授特聘于西华师大。“国家有突出贡献专家”“中华优秀科技工作者”等荣誉加身的胡锦矗教授，引创“世界上首个野生大熊猫观察站”“世界上第一个大熊猫保护中心”等，三尺讲坛，硕果累累。

近 5 年来，学校承担国家级“本科教学质量与教学改革项目”170 项目，省级 284 项；有国家级教学团队 1 个，国家精品课程 1 门，国家精品视频公开课 1 门，获国家级省级教学成果奖 47 项。

本科生获国家级省级奖项 659 项，全国师范生教学技能比赛获得等级与数量位居西部地区参赛高校前茅，153 人次成功申报国家级创新训练项目、国家级创业实践项目。研究生发表 SCI、CSSCI 论文 369 篇（其中 ESI 高被引论文 34 篇），12 篇案例成功入选“中国专业学位教学案例中心案例库”。考研率达 20.98%，其中被 985、211 学校录取的学生超过 50%。

学校先后为社会培养了以中国科学院院士、国家杰青、长江学者、国家级教学名师等优秀人才为代表的 30 余万毕业生，为国家经济社会发展做出了应有贡献。

乘风破浪会有时，直挂云帆济沧海。

扬帆远航

每天清晨，当迎曦湖、毓秀湖从黎明中苏醒，“巴山高、嘉陵长，钟灵毓秀出栋梁……”

学校“1359”的发展战略，“双一流”的目标建设，人才培养质量提升工程、师资队伍建设强化工程、科技创新能力跃升工程、一流学科建设推进工程、现代大学制度建设工程、教师教育特色彰显工程、开放合作办学拓展工程、区域文化传承引领工程、民生事业发展改善工程等“九大工程”，于嘉陵江畔，吹响一首时代的号角。

“不看牌子看货色”，35 余万西华师大毕业的学子，毕业生就业率一直保持在 90% 以上，连续 5 年被评为“四川省就业先进集体”；这里是四川省委组织部在四川高校唯一授牌的“优秀大学生选调基地”，这里是“全国教育硕士专业学位研究生联合培养示范基地”；西大学子社会实践连续 8 年受到团中央表彰……

不忘初心，不负韶华。学校高度重视对外合作交流，不断加强校地、校企、校校合作。先后与南充、绵阳、德阳、巴中、阿坝等地市州签署校地合作协议，与重庆机场集团有限公司、四川省商业建筑设计院有限公司等企业签署校企合作协议，与日本千叶大学、美国中俄克拉荷马大学、四川师范大学等国内外高校签署校校合作协议，与中国大熊猫研究中心、四川省大熊猫生态与文化建设促进会、卧龙、唐家河等国家级自然保护区签署专项合作协议。

近年来，学校对外合作交流成效显著。先后获得地方政府各类项目经费支持近 5 个亿，与地方政府就基层治理、川陕苏区党史研究与宣传、清代南部县衙档案整理与研究等方面的合作取得实质性成果，牵头承担了国家林业局大熊猫全国调查研究项目，与中科院水生生物研究所等研究机构搭建技术研发平台，建立了与中国科学院国家天文台、紫金山天文台等天文学研究机构的科研信息数据共享机制，投资建设了唯一一所由高校参与建设的 50BiN 中国节点望远镜，组建了“西华师范大学附属巴中实验中学”“西华师范大学德阳附属中学”，与成都市实验小学等 14 所四川省名优小学共建小学全科教师教育协同创新中心，形成了对外交流合作的良好局面。

“时代重任永不忘，传承文明振家邦……”这是西华学子英勇顽强的呐喊声，它响彻在奥运会的领奖台上，铭刻在“创青春”的挑战台中，响彻在川东北大地的上空。

南充拥有世界非遗两项，国家级非物质文化遗产保护项目 5 项，列入省级非物质文化遗产保护项目 29 项，全市不可移动文物保有量居全省第三位。

南充非遗：方寸舞台　世界传奇

一

时间回溯。

2018 年 2 月，在平昌冬奥会闭幕式上，来自南充的川北大木偶——两只熊猫队长造型惊艳全球。南充，让更多人记住了它的名字。

川北大木偶的前世今生之谜，也被更多人揭晓：它是南充市首批国家级非物质文化遗产，至今已有 300 余年历史，诞生于仪陇县石佛乡。据传清初移民时，由一杨姓家的木偶艺人带来，代代传承，直至蜚声国际。

木偶也是有灵魂的，它的动态与神情让人感受到它生命的存在。穿衣、脱帽、拂袖、吐火、变脸、书法……

嘉陵江孕育的生命艺术形式，不只有川北大木偶，还有川北皮影、川北剪纸、川北灯戏等，与江一同生息。

千里嘉陵江水色，含烟带月碧于蓝。

嘉陵江是南充的母亲河，勤劳善良的南充人民，在嘉陵江水的哺育和滋养下，创造了辉煌灿烂的文明。各种文化在此交相辉映。

全市现有国家级非物质文化遗产名录 5 项，省级非物质文化遗产名录 29 项，位于全省前列。县级以上非遗代表性项目共有 513 项。川北大木偶、川北皮影、川北灯戏、川北剪纸被誉为“四朵金花”，其中川北皮影被列入世界非遗名录。川北大木偶惊艳平昌冬奥会，民俗亮花鞋喜获国家群星奖。

除此外，还有川北嫁歌，阆中倮倮说春，嘉陵、顺庆和西充的蛴蟆节，南部的傩舞，蓬安的蚌舞，营山的翻山铰子，嘉陵江号子等传承久远，至今人们耳熟能详。

二

2020年1月10日至16日，在美丽的嘉陵江畔，省级历史文化名城，相如故里——蓬安县，南充市首届非物质文化活动周开幕式暨南充市2020年“龙腾狮跃闹新春”活动启动。

本次非遗节以“非遗流芳嘉陵江·龙狮贺岁南充城”为主题，举办了非遗节开幕式暨演出、“印象嘉陵江”非遗保护成果专题展、“巧手夺天工”传统手工艺展、“舌尖的记忆”非遗美食展、南充市“龙腾狮跃闹新春”舞龙舞狮启动仪式和龙狮“十进”情景式巡游等活动内容。

印象嘉陵江、山水南充城。为扶持和完善我市的非遗保护传承体系，让非遗走进景区，真正走进广大市民朋友们的心中，为加快建设文化强市旅游强市、争创全省文化旅游副中心奠定良好基础，南充市文化广播电视和旅游局特地组织举办了此次活动。期间，全市60余项代表性非遗登场，以秉承千年技艺，展现民族智慧，彰显大城风采。

南充首届非遗节，既是对中国传统文化的一次社会实践活动，以增加民族的自豪感，同时也努力为南充人民营造欢乐喜庆的节日氛围，让群众高高兴兴过大年。

民族的就是世界的，这些珍贵的南充非物质文化遗产，凝结和传递着南充儿女共同的情感和思想，也成为中华大地文明不可分割的一部分。

早在2019年10月17日，南充就举办了第七届中国成都国际非物质文化遗产节南充主题分会场，开展了非遗保护成果专题展、“巧手夺天工”传统手工艺展、“舌尖的记忆”非遗美食展、非遗节目展演等活动。短短五天时间，就有40余万人参观留恋，取得了丰硕的成果。

三

1月17日下午，四川省2020年千龙千狮闹新春集中展演活动在阆中古城华丽启幕，来自全省各地的66支队伍、1000余名舞龙舞狮艺人同场献艺，为鼠年新春热闹添彩。

南充自古有舞龙舞狮的习俗，民间广泛流传着彩龙、板凳龙、火龙、草龙、高桩狮、高跷狮等传统习俗，至今已传承1300多年。当天来自三区六县（市）的9支舞狮舞龙队伍，再现了这一辉煌；由300人组成的民俗方阵，敲响了巴象鼓，打起了莲箫，舞动了翻山铰子，鼎力助推此次活动的成功举办。

4月1日，在仪陇县思德广场，南充非遗展演正热闹举行。它是以“安逸走四川·春游到仪陇”为主题的四川省第十一届（春季）乡村文化旅游节的内容之一，旨在借助集中开展非遗展示活动，发动群众参与和体验，在提供多样化的文化产品、丰富群众精神生活的同时，营造激发社会共享保护成果、弘扬和传承中华优秀传统文化的氛围。

川北大木偶、阆中王皮影、仪陇三乡文化、营山凉面、高坪竹编……琳琅满目的非遗实物和精彩的非遗表演吸引了不少市民驻足围观。不仅如此，市民还与非遗传承人面对面交流，聆听非遗实物背后的故事，为乡村文化旅游节增添了浓浓的“文化味”。

当天的思德广场上，人来人往。第一个展区前，头戴盔甲、身披战袍的川北大木偶伫立台前，栩栩如生，就吸引了不少市民前来观看。

中国四川大木偶戏，是世界稀有剧种，距今已有300多年历史。川北大木偶是杖头木偶，在长期的艺术实践活动中逐步发展，形成了人偶同台、亦假亦真、以假乱真的艺术风格。

它造型生动、制造精良、形象逼真、偶身高大、形神兼备、酷似真人；表演生动细腻、丰富离奇，不仅能穿衣解带、拂袖掸尘、吹火点蜡、吸烟喝茶，而且五官灵动，下腰叩首、舞刀弄剑、吹拉弹唱，尤其在表演神话、童话、特技等方面更有独到之处。2006年，它入选国家首批非物质文化遗产名录。2018年，川北大木偶亮相平昌冬奥会，并荣获北京8分钟演出“特别荣誉奖”。

仪陇剪纸作为省级非遗项目，在非遗展上受到青睐。剪纸传承人何小锵老师正拿着剪刀创作作品，许多市民紧盯着何老师的手，等待着作品成型。

仪陇剪纸源远流长，蕴藏着古老的文化内涵，具有朴实自然的艺术特色。过去，仪陇剪纸多见于喜笺和刺绣，同时，它和仪陇皮影、蓝印、民歌紧密结合，互生互长，并行发展。仪陇剪纸既不同于北方剪纸的大刀阔斧，也不同于南方剪纸的精雕细刻，而是粗中有细、细中有粗。1995年，仪陇被国家命名为“中国民间艺术之乡（剪纸）”，2009年，仪陇剪纸被列为四川省第二批非物质文化遗产名录项目。何小锵不时向围观的市民讲解仪陇剪纸文化知识。

四

仪陇举办的非遗展览分为手工技艺展和美食展，最先映入眼帘的是川北大木偶。木偶被称作是傀儡艺术的冠冕，但川北大木偶却是有灵魂、有血肉、有情感的。川北大木偶经典剧目《彩蝶的传说》讲述了梁祝凄美爱情故事，在国际上获得了极高的赞誉。

阆中王皮影在2011年被列为世界级非遗保护名录。早在1988年，阆中王皮影就在王文坤的带领下，走出了国门，走进了维也纳金色大厅的舞台上。迄今为止，王文坤也是唯一一个站在维也纳金色大厅舞台上的中国农民艺人。在交流演出期间，奥地利总统看完表演后，不禁赞叹：这才是真正的东方艺术！

天府之国、美丽四川，山山水水入画来。一针一线锦绣四川。南充是千年绸都，蜀绣就是用真丝作为原材料进行刺绣。丝线极其细腻，共有120种针法，不同的作品都要用不同的针法来展现。

苏东坡曾说过，宁可食无肉，不可居无竹。南充人民将竹子文化演绎到极致。用竹丝编制成人们今天幸福的生活。竹编技艺也在传承与创新下，深入人们的日常生活中。

源远流长嘉陵江，千年绸都南充城。蜀锦是四大名锦之一，已经走过2000多年的历史了，人们至今可以感受蜀锦的柔顺与丝滑。

西充曾经是古代的充国，同时也是纪信的家乡，被称作是忠义之乡。西充的剪纸就融合了浓厚的古代气息，传承至今。而仪陇剪纸出自仪陇“德乡”，它不同于南方剪纸的细腻，异与北方剪纸的粗狂。仪陇剪纸是粗中有细、细中有粗，独具韵味。

仪陇是篆刻之乡。印从书出，印外求印，顾盼生情。仪陇篆刻有的屈曲有的平直，就如同每个人的人生。

仪陇莫氏古琴又称作瑶琴、七弦琴。有一句话是君子左琴右书。现在有很多学古琴的人想通过此方式来修身养性，提高涵养。古琴最重要的是静，何为静？敬也。

嘉陵江穿城而过，沉淀下了很多鹅卵石。嘉陵江文化也孕育而生。就在这一颗颗普通的鹅卵石上，山也是一幅画，水也是一幅画，正如南充人民的生活也是一幅美丽的画卷。

南部有着西南最大的一个水库，有13亿立方米的水，也被称作我们中国人的水立方，它沉淀了深厚的文化，树皮画就是其中之一，它们各具形态，表达着库区人民对美好生活的向往与追求。

而那些普通又不普通的面塑，成为不一样的艺术品。它们被称为立体的画、无声的戏。它来源于民间，根植于民间，成为生活中一道亮丽的风景线。

如果要问人们现在追求的生活是什么？肯定是原始、生态、健康的生活方式。棕编完美地诠释了人们这一追求，棕编技艺深入了我们的生活，大到家具小到钥匙扣。

还有木雕传统技艺、古法制香等。古韵悠悠，香飘万里。它们集山川日月之精华，以最自然朴质的方式再现传统技艺，为人们带来美好生活的感官和享受。

一草一木、一山一水……南充大地的每一处风景，都融合了它们自身的魅力，有着不屈的精神和意志，焕发出昂扬的生命力，这也是每一个南充人的真实写照。

首发南充文旅微信公众号、学习强国转

川北皮影是川北地区皮影的统称，其杰出代表是阆中王皮影和南部马王皮影，2008年被国务院批准为全国第一批非物质文化遗产保护（拓展）项目。2011年，阆中王皮影率先被联合国教科文组织列入“世界人类非物质文化遗产名录”，2019年，南部马王皮影也进入此名录。本文着重写了阆中王皮影的传承和发展过程。

川北皮“影”记

一

腊八节已过，街面上游人倍增。透过院落木雕户牖的窗棂，空气中除了淡淡的醋香外，还多了些许年糕的味道。赶年的脚步越来越多了。

清晨，阆中古城之外，从嘉陵江上升起的白雾弥漫开去，笼罩了四围的锦屏山，隐隐约约地呈现出山与水、水与城的大致轮廓。此刻，天光水色正当时。一幅传说中的阆苑仙境图，竟是那么逼真地出现在人们面前。

渐渐地，阳光撩开了云层，也拨开了白雾，映照了江水，金子般辉映着古城。恰此时，在古城的阆水中路上，一个世界上最大的红灯笼晶亮了人们的眼眸，它是2020年春节文化博览会的主会场，内为演艺大厅，总建筑面积1152平方米，可同时容纳400人。

这座庞大的灯笼形制建筑体，因四川盆地冬日不可多得的阳光照耀，而显得越发明亮和通透。它笑眯眯地看着来来往往的人，似乎是两千多年前的那个智者，成了历史的见证者和代言人。

阳光移照在古城一隅，这里是大东街96号。在一栋恢宏的木建筑楼里，阆中人王彪坐在办公室里发呆。时近正午，窗外街上，熙熙攘攘来往的人群，并不知道此时的他正在思考着什么，他的心事又是什么。

此时，楼下的大门敞开着，门楣上方几个鎏金大字赫然入目：川北王皮影民俗文化园。此园建筑面积近四千多平方米，投资数千万元，是阆中首个以保护、传承非物质文化遗产为目的的建设项目。2014 年 5 月开工建设，历时 4 年，终集大成。

如果说阆中古城彰显了这方山水的历史血肉之躯，那么作为世界人类非物质文化遗产和中国非物质文化遗产的著名商标“王皮影”，则是阆中古城精神气质的外在显现方式之一了。

在大东街一侧，一株枝繁叶茂的大黄葛树遮蔽了街道，只把那虬曲盘旋的根四处延展，裸露着树的心怀和胸襟。

平时，每每从树下走过，凝视树梢扫过的川北王皮影民俗文化园，作为艺术团团长的王彪，心里就会滋生一种别样的情怀，一种无以诉说的乡愁：是时候安放自己的心灵了，就把这里当成“王皮影”的根吧！

古城里，新建的文化园与其毗邻的建筑物风格不同，体现在它的每一面窗户、每一扇大门，甚至每一个镂刻的木雕上，都镌刻了皮影的切身实际动作。它们仿佛“影”的活化石，却又真实地演绎着人世间的爱恨情仇，无声地把情感和思想传达到每一个第一眼看到它们的人。

想要看一场真正的皮影表演，需要屏住呼吸，等待舞台幕布的开启。穿过时空的隧道，回到皮影表演的最初期，通常就在喧闹的锣鼓声中，一个个“影”人在幕帘上轮番出场，或唱或跳，或打或闹，满足各自的愿望。

演绎方面，建成后的文化园还将进行各种民俗表演，文化园以皮影展示为重头戏，同时还有川北灯戏等阆中特色的文化项目的介绍和表演。王彪将其总结为一档节目，一台晚会，作为文化园的台柱子。

现在，在川北王皮影民俗文化园的剧场内，在小小的舞台上，通过那些出场的“影”人，如何将流传于川北几千年的文化融合进去，成了王彪一直思索并努力要做的事情。

二

天地之间，时光如白驹过隙，又一年岁月匆匆而逝。岁寒年末，中华民族一年一度的传统佳节——春节快来了。

四川东北，嘉陵江边，古城阆中。中天楼下，在那些闪着青色光芒的石板路上，条条小巷子被切割成岁月的经纬线，穿过它两千三百多年的历史，向着古城的更深处漫溯。

于是，在古城的每一个院落中，在每一个院落的廊檐下，都挂满了圆圆的红灯笼。这一片朗朗的红色，映照着街头巷尾，也传递出阆中作为“春节文化之乡”的浓浓温情和些许古韵。

古巷商铺林林总总，摆满了古城“三绝”特产之张飞牛肉、保宁陈醋和阆中蒸馍。

牛肉黢黑，因三国蜀将张飞镇守阆中七年，传说专为其带兵打仗熏制而成的途中补给食品，一如张飞面相黢黑而得名。来势勇猛的张飞，虽音迹远去，但古城中尚保留着当地百姓为之而筑造的“汉桓侯祠”。此系无头尸身冢，却忠骨永存，凛然千秋。

当街而过，最能牵绊人脚步的，是古法酿醋和缫丝的过程以及场景图。主人通常在门楣下摆一面大石磨，磨孔上轻烟袅娜而出，磨槽中醋液汩汩而流，美极了。

闻着淡淡的醋香，面前置一桶蒸熟的蚕茧，穿着蓝花布的姑娘稳稳地坐在屋当中，用一片亚麻布包了头发。她们眼神明亮，神情专注地紧盯着手里的活儿：捡拾蚕茧，厘清丝线。过程繁杂，忙而不乱。

嘉陵江畔，沃野万顷。在这片土地上，人们自古以来就有种桑养蚕的习俗，所产丝织品也经嘉陵江通达长江、黄河甚至海内外。2004 年，中国丝绸协会授予四川南充“中国绸都”的美誉，而行政管辖隶属南充的阆中市，无疑成了这片天空最闪耀的一颗星。

翻开史册，一个被岁月尘封已久的老人，也抖落了历史的尘埃，在星空重放异彩。他就是西汉著名民间天文学家落下闳。

关于落下闳,《史记·历书》曰:“谓而巴落下闳运算转历”;《华阳国志》载:“文学，聘土落下闳，字长公，阆中人也”；西晋南充著名史学家陈寿《益部耆旧传》又载曰:“闳字长公，巴郡阆中人也。明晓天文地理，隐于落亭。武帝时，友人同县谯隆荐闳，待诏太史，更作《太初历》。拜侍中，辞不受。”

因发明《太初历》，恒定岁首春节，确立二十四节气，2004 年 9 月 16 日，经国家天文学联合会小天体提名委员会批准，中国科学院国家天文台将国际永久编号为 16757 的小行星，命名为“落下闳星”。

五千年相承的中华文明，既是先民们《诗经》里“舞之蹈之”的诗意生活，也是“坎坎伐檀兮”的农事稼穑。农事与诗意交融，民族的气节得以滋养。而二十四节气的确定，让“天人合一”的时令节气渊源久长。

2010 年，阆中被中国民协授予“中国春节文化之乡”的称号，落下闳也被人们亲切地称为“春节老人”。春节，它就像一根精神和血脉的纽带，由此把华夏民族紧紧相连。

古城阆中，曾为巴国别都。据《华阳国志 · 巴志》云:“阆中有渝水，民多居水左右，天生劲勇，数为汉前锋陷阵，锐气喜舞，便进入了皇室宫廷。”传说巴渝舞就是古巴人在同猛兽、部族斗争中发展起来的一种集体武舞。

作为 2020 年春节博览会重头戏之一，那一方小小的舞台，如何才能把南充的国家级非物质文化遗产川北灯戏、川北大木偶，以及代表阆中本土民俗文化的巴渝舞、竹马、牛灯和傩戏等文化元素糅合，一同呈现给观众，成了王彪的心头忧虑。

身为王皮影的第七代传承人，王彪和兄弟王访身怀民间艺术的家传绝技，赢来世人喝彩无数，看似风光无限。但路漫漫其间，他们所经历的辛酸和苦难，付出的心血和汗水，又有几人知晓呢？！

三

小小舞台，方寸之间，尽容天下之事。家事、国事……让王彪颇为自豪的是：把川北皮影艺术带到国际舞台上的，是爷爷王文坤。

川北皮影是川北地区皮影的统称，其杰出代表是阆中皮影和南部皮影，这两种皮影是2008年国务院授牌的全国第一批非物质文化遗产保护（拓展）项目，2019年又同时被联合国教科文组织列入“世界人类非物质文化遗产名录”。

阆中皮影又叫王皮影，始于明末清初阆中宝台乡王氏家族，目前已流传近300年历史，其特点是皮影造型美、身影适宜，结构均衡，雕刻技法娴熟。唱腔除借用川剧五大声腔外，还博采民间流行的山歌、小调以及佛教、道教音乐，深受川北群众喜爱。特别是在第五代传人王文坤的大胆创新下，阆中皮影走上民间表演艺术的高峰，蜚声海内外。1988年6月，以王皮影为主的四川省皮影艺术访问团一行6人到世界音乐之都维也纳等城市进行了为期12天的访问演出，轰动了世界。奥地利总统看了阆中皮影后称赞：“这才是真正的东方艺术！”

据《南充市志》载：川北皮影戏班社分为土皮影、广皮影、王灯影。一个演出班由七八人组成。

土皮影是川北土生土长的皮影。它有“大门神”（影人高二尺二寸）和“中门神”（影人高一尺六寸）两种。“大门神”已绝迹多年。土皮影的人物造型，鼻子圆，嘴较尖，脸成鼠面形。擅演《封神》《西游》《三国》等连台本戏，以唱高腔闻名。由多人拦门（提走影人），众人唱，以武戏为主，火戏、水戏堪称一绝。代表剧目为《火焚摘星楼》《火云洞》《火烧观音院》《大闹金兜洞》《大战碧被潭》等。已故的民间皮影艺术家韩华峰、韩建夔提走的《火烧濮阳》，扑、滚、跳、提技巧娴熟。在数百年土皮影的发展史中，出现一大批名提手，近代首推“灯影大王”田桂山。田桂山（1892—1959），南充县闹溪河人，12岁学演皮影，拜川北河名提手曹德明为师，20 岁成名。1959 年，参加四川省曲协老艺人座谈会，演出看家戏《孙悟空大闹天宫》，技艺精湛，同行钦佩不已。

广皮影系清乾隆年间，陕西渭南皮影艺人杨二本逃荒流落西充县槐树乡传播渭南皮影艺术。影人线条流畅，曲直有度，玲珑剔透，细腻美观。特点是：鼻尖、嘴尖，提走灵活方便，高八寸至一尺，又称为“小门神”。当地皮影班不惜重金买下皮影，偷经学艺在川北流传开来。南部县马王乡何正同，祖上五代都唱土皮影，父亲何南山改唱广皮影，并名扬川北。广皮影是一人拦门，表演生、旦、净、末、丑各种人物，唱胡琴、弹戏两种声腔，善演文戏，多在“情”字上做文章，代表剧目有《春林借妻》《麦里赠金》《九江河》《玉山会》《郭胡迪骂阎罗》等。20 世纪 60 年代，何正同中学毕业随父学艺，能演出大、小皮影戏一百多本，表演的人物多姿多彩，细腻生动，连影人喘息的动作都表现得逼真动人。先后受原文化部、总参谋部、中国作协、四川省政府、重庆市政府邀请，参加北京迎接新世纪春节联谊会、四川国际电视节、四川省首届专家日、重庆三庆活动等大型演出活动。德国汉学家、皮影专家奈·西门博士评价：“南充的皮影戏和唐山丰润县的农民皮影戏是中国最好的。”德国汉堡皮影剧团团长托梅露易丝、法国谢戈文女士、日本早稻田大学戏剧博物馆稻叶明子研究员曾先后到南部县马王乡观看并同台表演皮影戏。托梅露易丝说：“我回国后，可以骄傲地向世人宣告皮影在中国确实存在，而马王皮影表演技艺最为精湛。”中央电视台、国际广播电视台、四川电视台、《四川日报》等新闻媒介曾作专题报道。

王皮影是阆中市宝台乡已故著名皮影雕刻、表演艺术家王文坤吸收、融合土皮影和广皮影两者的艺术优点发展出的一个新品种。人物脸部呈椭圆形，影人高 1 尺 5 寸（属中门神），秀气明朗。一人拦门，提走影人。王文坤出生于民间艺术世家，曾祖父王家禄、祖父王仁和、父亲王元顺都是剪纸、泥塑、木雕、彩绘、皮影的雕刻制作能手。王文坤 9 岁师承祖辈艺术，后又拜川北郭正权为师。1978 年 7 月，奥地利中国友好协会代表团访问成都，王文坤在生牛皮上15分钟雕刻《喜鹊登梅》作品一幅，奥中友协秘书长格尔特·卡明斯基博士特赠女皇银质纪念币一枚。1988年6月，王文坤三代4人应奥中友协的邀请，赴奥地利做为期半个月访问演出。奥地利前总统基希施莱格与他们合影留念并称赞：“你们这个皮影，雕刻、提走非常好，最惊人是雕刻。”1989年5月，应四川大学博物馆的邀请，王文坤、何正同两支皮影班赴成都为十几个国家的专家、学者做专场演出。10月，两人又到重庆参加中国首届长江民间工艺艺术节演出。

四

年逾半百的王彪是阆中“王皮影”的第七代传承人，皮影戏在这个家族已经传承三百多年了。在他的心中，爷爷的地位是不可撼动的，是丰碑，是他前进的方向和动力。

“爷爷曾在维也纳金色大厅表演过皮影戏，受到奥地利总统接见，我不能让皮影戏在我手里失传，给他丢脸！”这是他常常挂在嘴边的一句话。

回想历程，王彪感慨不已：自己从小接受了最严苛的科班训练，跟着爷爷上山下乡，走村串户，已经掌握了娴熟的皮影戏技艺。但是随着时代的发展，皮影戏渐渐从人们的视野里消失，曾经辉煌灿烂的王皮影也面临着这种险境。

是放弃家传的技艺外出打工谋生呢，还是苦苦支撑这个已经不能养家糊口的老本行？思考良久，他做了一个大胆的抉择：先打工挣够本钱，再发扬光大家传技艺，绝不让祖传行当丢失在自己手中。

1991年，王彪含泪告别爷爷，只身一人到了深圳，进了康达集团。“我从小没读多少书，初中都没毕业，更没有资格参加高考，没得啥子技术，只有从最基层打工做起。我选择了养猪这个职业，开始学养殖技术，以便日后回去创业。”在城市的高楼里，这个来自川北阆中的中年男人开始了自己的梦想之旅。

“农民的娃儿能吃苦，不和别人攀比高低。有一次我正在单位上班，一个陌生的中年男人走了进来，但是先后两次都被我撵了出去。原因是他要到生产车间，但需要消毒才能进。我严格按照规定，对他说遵照制度，不然经理看到要炒自己鱿鱼。那男子说就看一眼，我说一眼都不行。我看他抽的烟是红双喜，10 元一盒，而我抽一元一盒的香烟，便知道此人不同凡响。”

“他当时问我干啥的，我从不介绍自己是搞皮影戏的，那时候我不自信。皮影戏当时是上九流，比叫花子好一些。我说我是农民，他说你不是普通的农民，你做工作有秩序。”

“他看出我的刻苦和努力了。我从最基层到高管，只要了三年时间。他说我们国家的文化早晚都要受到特别的重视。他学位很高，很有见识。那天之后，他给我的工资是 12 万元年薪，吃住都由单位负担，但是只准我干 3 年。三年时间满了，他把我辞掉了。财务喊我去结账，我把该拿的工资拿了，发现还多出半年的工资。”

鞠躬辞别深圳，王彪的心早飞回到了故乡。

五

“这年春，一个偶然的机会，我在北京琉璃厂参观时，看见一个男子在把玩皮影。熟悉的东西，久违的乡情，一下勾起了我的回忆。我当时无地自容，心想自己祖祖辈辈都是搞皮影的，现在却这样没名堂，没守住传统的技艺。”

“我就搭讪收藏皮影的老板，因为普通话很差，喊了他两次，他都不搭理。最后我用四川话招呼他，他走过来了，问我：你懂皮影吗？我回答：我不懂，但我可以学。他态度立即热情起来，说：四川是皮影戏的骄傲。然后拿了一份泛黄的报纸走过来，指着上面一个巨幅照片问我认识这个人不。我说这个人我知道，是我邻居。我不好意思说是我爷爷。他那份报纸是1988年出版的，他一直珍藏在身边。”

“爷爷在我心中太了不起了，迄今为止，他是中国第一个走进维也纳，在金色大厅展现民族技艺的普通农民！当时奥地利总统看了他的演出后，只说了一句话：这才是真正的东方艺术！爷爷和总统的合影，已经被奥地利国家博物馆收藏，要花60元门票才可以看到他的照片。”

“当年爷爷视皮影戏为生命，表演剧目从不用打底稿。就是雕刻皮影人物形象也信手拈来，熟稔于心。皮影戏班需要很多乐器，包括鼓、锣、钹等，他也样样精通。不但如此，爷爷的声音穿透力很强，模仿能力也惟妙惟肖。因为各个角色的性格把握到位，扮相出的男声高亢洪亮，女声珠圆玉润。方寸舞台中，生、旦、净、末、丑，每个人都有自己的故事和精彩。”

“在当时的皮影戏班，爷爷挑大梁，饰演主角，行话叫‘拦门将’，这是整个皮影戏团的灵魂。表演时，爷爷心手同一，头里装着故事情节，嘴上熟练唱着台词，手上不停牵动皮影……一个个人物角色轮番上场，喜怒哀乐尽情演绎。台前观众看见的千军万马，其实都是爷爷一个人在幕后操纵。”

“我怎么能轻易丢失这项安家立命的家业呢？”自幼跟着戏班演出的王彪，在爷爷的手把手教导下，从敲锣打鼓，到唱川剧，再到演皮影戏、雕皮影……王彪的每一步都走得不容易。

2000年春，阔别家乡已久的王彪回到成都，打算重振家业。他在西南交大附近的一个地方租了房子，每个月房租600元。每天虽然起早贪黑，却一直倒拿钱给同行表演的几个人。

“雕塑家赵树同对我说，坚持走下去，就有前途。这是创业时我听到的最温暖的话。在我的人生中，两个不同的人说的同样的话，拯救了王皮影。”

“顺着赵树同指的路，我一步步往前走。他收藏有国内外的皮影，但是从来不做买卖，哪怕收进来一元的价格，给一百元钱他都不会出卖，宁愿捐给别人。他在成都美院教书。他说为了找到我，找了好几年，但找到南充就断线了，而那个时候我还在深圳打工。”

“命运的转机很快来了。有一次香港行政事务处到西安买皮影，但是西安没有。后来辗转到成都，从我这里买到了需要的东西。当对方负责人拿到东西后，爱不释手，让我一定坚持下去。这给了我极大的信心和鼓励。为了开发成都市场，我在人民公园表演。当时门票 2 元，大人只需要 12 元，喝茶看皮影，原生态现场伴奏。一个娃儿只需要 6 元，8 个人为其服务。”

“后来遇到一个中年男子，说要为孩子们表演一场皮影戏，问我好多钱，我说不要钱。他说不要不行，我说你随便给，别人都以为我傻。其实我当时是求之不得。后来给孩子们演了皮影戏，他给了我 200 元。原来他是一个学校的班主任。”

“自从去学校演了后，后来每天有二十几个娃儿到人民公园来，再后来甚至有上百人来观看表演。家长和娃儿也一起来了。我忘不了 2003 年的那一次的表演，成都电视台找我到武侯祠公演，有个老太太看了皮影戏后当时就哭了，她说自己小时候喜欢看，后来进城就再也看不见了皮影戏，那天是圆了她儿时的梦。”

“随着名声的响亮，我们挣钱越来越多，开始一个人一个月挣 180 元，后来一个月一个人可以挣 7000。但那时钱和名对我没用，我很享受皮影戏给大家带来的快乐，说明很多人喜欢和需要它。我想回家乡了。”

“2004 年 3 月 28 日，我放弃成都市场回到阆中。我是在阆中长大的，在剧场公演，1200 人，节目排中间，谢了三次幕。民间艺术有根，我要回到阆中，那里是我最终的选择。”

六

2004 年 4 月 18 日，王彪携带家眷和戏班，终于回到古城阆中，入住古城一家客栈，为乡亲们表演皮影戏。

经过几年的发展，王彪和哥哥王访终于在古城恢复了家传祖业，人气爆棚。2007 年，王彪做出一个大胆的决定：打破皮影戏传男不传女、传亲不传外的行规，在全国招收首批 22 个学徒。

“当时就想一门心思传承这个技艺，弘扬中华传统的优秀文化，所以给学生们管吃、管住，每个月还发补助 600 元。因为自家没有那么多房子，就在外面给学生租住，加上吃喝补助等费用，8 个月时间，共花了 11 万多元。”

“让我最难过的是，这批学生最后一个都没留下。其实很多学生对这个并不是真正热爱，只是一时好玩。来了一演皮影，发现并不那么简单，感叹读大学都没那么难。大学读四年就可以，学这个皮影戏要五年，还不一定能出师。”

“我记得最后一名学生央求我放他走的情景。我问他走了后去干啥？他说当兵，保家卫国。我马上说你去。他走了后，我把窗帘拉起，一个人躲在屋子里号啕大哭。我不是为花了钱心痛，想想自己过去学技艺，啥子都是自己学，还要给戏班洗衣做饭。今天娃儿们跑完了，我不断反省自己，是做人有问题，还是技术有问题？”

“这年九月，我再次来到北京，找到当时的文化部长。部长问我在哪里？我说自己在北京。他说你到我办公室来。我说我上不来，门卫不让进。上去后，部长问我有啥事？我就说了学生的事儿。他给我鞠躬两次。然后说你做了功德无量的事儿，但是操之过急，非遗才出，你脚步太快。你花了好多？十几万。我想办法补上。”

“从北京回家后，在省文联的支持下，我加入了中国民协。2008 年着手申报世遗，2009 年注册了川北王皮影。要做就做好，我不搞似是而非的东西。”

“2010年要参加上海世博会，因为皮影要放进花车，主办方要求我把皮影做大点。我就提前两年开始准备，开始把皮影做到1米多大，放到远距离看不清楚，又调整方法重新做大。后来做成了世界最高的皮影，三米八。做这么大的皮影很花时间和金钱，用了五张牛皮，折合人民币20多万元。展览结束，看着竞相与之合影的人，我心里很欣慰。”

“演完皮影戏，我从上海飞成都，在飞机起飞前接到当时的联合国教科文总干事伊琳娜·博科娃的电话，要我给他们做专场表演。联合国一行共五个人，我准备了六份皮影，他们问好多钱，说其余同行都想要买这个皮影。他们从报纸电视上看见这个东西，感到很新奇。”

“2010年正式通过国家非遗。2012年我再次在全国招生。这次招人不要文凭，哪怕一个字不认识都行，但是必须要热爱和钟情这个事业。这次又来了20几个娃儿，我选了6个，现在他们都留下来了。后来我开始到高校去选学生，力求培养更高素质的人才和队伍。”

“还记得2012年那次，寻访欧洲，包括法国、布鲁塞尔等五个国家。我们出国表演，代表的是国家形象。到欧洲演出时，受到当地人们的喜爱和追捧，欧洲直播整个演出过程。一场表演时间20分钟，每个人需要门票60欧元，在美国需要80欧元。演出完后不敢上街，大人小娃都追着我要签名，甚至追到机场。爷爷的夙愿，我终于实现了！”

“在政府的支持下，2015年我开始修建皮影博物馆。2019年才完成。与此同时，我开始走进高校，给大学生们授课，目的就是宣传中国自己的文化，皮影是中国传统文化中的一种。这期间我拿了很多奖，包括山花奖、国际金狮奖等。我还改变了一些剧目，把落下闳、张飞等人物的故事融进情节，就想在中国，在阆中，把这个民间文化发扬光大，希望更多的人喜爱。因为传承依靠家族，发扬光大靠社会。”

在过去，皮影戏的受众主要是农民，大多在农村排演，条件简陋，好多人都是在爸爸妈妈的肩膀上，看完了自己想看的剧目。为了让大家更舒服地看皮影戏，唤回儿时的记忆，王彪带头修建了皮影博物馆。今天，一次可容纳 200 个人的阆中古城皮影剧场，凝固了中华民族的珍贵记忆，珍藏了阆中古城悠久的自然和人文历史，在古城的一隅发出灿烂的光芒。

水光潋滟话北湖

南充市中心，升级改造后的北湖公园，沐浴着晨光醒来，像一位手捧书卷的女子，散发着淡淡的清香，从唐诗宋词的意境中走来，芳华毕现。

我心念念之。沐浴着朝晖，初进园子，最先入目的是一道仿古墙。白色的墙面，青色的瓦檐，古色古香的墙体，一如龙蛇般逶迤开去。它仿佛时光的巨人，指引着我的脚步，也牵连着我的思绪和记忆：关于城市的荣光，关于眼前的景致。

我清楚地记得，1995 年第一次跟着先生从重庆回南充，那时候婆家还住在北湖公园后。当时进北湖公园还需要买门票，但偶有竹林婆娑的枝叶伸出墙外，向世人打招呼。“北湖以前是农田，小时候我们经常去抓鱼、采莲。”先生说。

北湖曾经是一片荒地，在汉代叫“鱼池”，明代称为“北湖”。2008 年，公园获批国家级 3A 级旅游景区，成为南充人心中的城市会客厅，也是旅居外地南充游子的乡愁记忆。

今天的北湖公园，卓然而立于时空之镜下，雅致而端庄，让城市的会客厅，更多了一份超然的气质。于公园入口处眺望：草坪一片接着一片，绿意盎然；郁金香一朵连着一朵，花开正艳；荷塘边，几株新移植的桃树居然顶住了寒风的侵袭，长出了嫩嫩的芽尖，仿佛在向春天呐喊；而荷塘里，莲叶也努力挣脱寒水的围困，努力向上，想要浮出水面，看一看外面的世界。

此时此刻，我想公园的路们是欣喜着的。它们有的铺上了青条石，有的点缀着小白石，不但变宽变多，给人增加了行走空间和心理赏阅空间，环绕着湖行一圈，与水亲吻着，引来游人无数，伫立于垛口围栏拍照、留恋打探。

湖水真清啊，倒映着远山近水，也映照着这个城市的过往。它是不是也在回望着历史：天啦，就在这里，曾经是一片荒地，也曾是一块水田，或者是一个鱼塘……无意中，我也成了城市的见证人。二十世纪九十年代中期，我从重庆迁居南充，北湖公园正对着的明宇酒店是当时最高的楼，穿过高楼，迈过几条胡豆花盛开的田埂，至正在修建的火车站。“南充马上要通火车了！ 我以前在北京上大学还得跑到成都去坐车，要七八个小时呢。”先生总是爱说这句话。

而现在，水草在浅滩油油地招摇，充满着诗情画意，储蓄着我无限的想象和愿望：多么想要撑一根长篙，向着湖水更深处前进；或者满载一船城市的湖光山色，在星辉斑斓里放歌！

君不见：嘉陵江两岸，绿树成荫，流泉飞瀑与落红，描绘出一幅立体的嘉陵江风光图；一幢幢高楼大厦，在嘉陵江边奇迹般崛起；一条条高速公路，在南充周围玉带般伸延，飞机、动车等快速现代化交通工具，把南充和全世界相衔。滨江大道车流如织，坚固的防洪大堤，把这个城市所有的苦痛和往事，都挡在了历史之外。

今天，南充作为成渝经济圈中的重要交通枢纽和商贸中心，正发出灼灼的光芒。诚如此时的北湖，它包容了一个地方的人文精神和内核，天、地、人、万物都和谐相处于一个空间，以优美的姿态呈现给世人。

冬菊傲骨，开满了园子。新栽的树木们并不言语，只在默默聆听，或者静静思索。而那些伫立于清波之上的石桥们应该是喜悦着的。它们独自成立，又互相守望，或者曲折迂回，或者坦荡而行，直通向湖中小岛那飞檐翘阁的小亭子。它们也连接着周围的广场、草坪、花园、石雕群像等，恨不得阅尽这个拥有 2200 多年历史的城市的人文底蕴和历史风貌。

竹林深处，“疏影横斜水清浅，暗香浮动月黄昏。”那是张澜先生的雕像，梅影绰约，风骨傲然。竹林前，在一片宽阔的水域，立着一块青色的石碑，上书“朱德贺龙钓鱼处”，引起人无限的遐思。

在岛屿和竹林之间，一对情侣正走过石桥。姑娘突然跑起来，裙裾飞扬，笑声洒落水面。湖岸的水草应和着笑声，轻轻摇摆着。但湖之深处的水却不动声色，依然澄碧静谧，像姑娘的眼眸，透出万千风情。

石桥那边，湖中的岛屿应该是惊喜着的。三个岛子翠微苍苍，享受着城市不可多得的乡情。翡翠岛仍然保留着原来的原始和生态，却又增加了些花木，匠心于此，独立于湖心，应该是鸟儿们的天堂。想想它们在这里栖息、觅食、赏景……宛然生活于城市之中，却又翱翔于城市之外，心空应更是高远和明净，像那些此刻正在湖边寻觅幽静和诗意的人。

阳光落在花木上、水草中，我看到了光影的跳动。就仿佛看见一个清秀的女子，撑着油纸伞，独自徘徊于深巷，重拾了我们想要的乡情、乡音、乡恋……不管是翡翠岛右边的嘉湖书院，还是其左边鸡鸣楼的书店；也不管是公园这头那些描画着远古人类符号的石头，还是公园那边竖立着的一个个活字印刷体，是它们给予了我写作的灵感，想要表达自己的情感和思想。

阳光下，我走过草坪，走过竹林，走过茶楼……我看见胡耀邦亲笔题写的“北湖公园”几个大字依然熠熠生辉；看见雕有三国文化、丝绸文化、红色文化和嘉陵江文化的石墙，在偌大的广场里，像历史的长河，袒露着南充的心迹。

我走过写着孝悌忠义的画廊，走过雕有梅兰竹菊的窗户，推开嘉湖书院的大门，仿佛走进了北湖的心脏。从那些正在展出的字画和照片中，南充的历史和现实也在这里交融。南充的美，正在这里发出灿烂的光芒，应和着外面的阳光，挂在了人们的脸上。

而那时，就在北湖公园的正大门广场，一个叫郑尧的老人，正用水笔蘸着湖水，在地上写了一排庄重而肃穆的字：万事如意年年喜！“太美了，太美了！”一个旅居外地的游子也连连惊叹，他姓张，营山人。是的，我的心也开始欢悦起来，因为那些路们、树们、桥们、小岛们、鸟儿们……它们的喜悦而喜悦。

抬头望去，阳光正好，沐浴着北湖、城市……凤凰于飞，正展翅腾空。眼前，每一株树上，都安放着许多的人工鸟巢，我的心也顿时沉静柔和下来。心安处是故乡，那时的阳光，也刚好落进了我的心底。

发表于2020年1月9日《南充日报》

嘉陵江上歌声飞扬

嘉陵江上，百舸争流。物阜民丰的南充，她是一幅壮丽的画卷，正在嘉陵江畔徐徐打开；继往开来的南充，她是一只蜕变的彩蝶，正在嘉陵江上翩翩起舞；如诗如画的南充，她是一个动人的音符，正在这片广袤的大地吟唱，随着日月斗转星移，跟着四季更迭永远。嘉陵江边，南充人民正以高昂雄壮的歌声，向祖国表达着自己的无限深情。

放歌嘉陵江　颂歌献给党

一条江流过，一座城崛起。

滔滔不绝的嘉陵江，诉说着千年南充城今天的故事和传奇。2019 年 6 月 28 日至 7 月 1 日，连续四天，在南充市顺庆区滨江阳光广场，“放歌嘉陵江 · 颂歌献给党”——南充市庆祝中国共产党成立 98 周年惠民系列演出如期举行。一道道丰盛的文化大餐，吸引了近 5 万名观众在现场观看。

嘉陵江畔舞姿翩翩，果城之夜歌声飞扬。为隆重庆祝中国共产党成立 98 周年，讴歌党的光辉历程，铭记党的丰功伟绩，引导广大干部职工不忘初心，牢记使命，由南充市文化广播电视和旅游局主办，南充市文化馆、顺庆区文广旅局、顺庆区中城街道办事处承办了“放歌嘉陵江 · 颂歌献给党”大型惠民系列演出。

在南充的江城和嘉水之间，人们共同演绎的这一场盛大的歌舞盛事，让时空停驻，让真情永远。

6 月 28 日晚，19 时许，广场周围座无虚席。但仍有母亲抱着孩子，丈夫携手妻子，老人牵着老人，不断朝这里奔来。人们欣欣然而来，急切地去赶赴一场嘉陵江边的文化盛宴。

一时间，滨江阳光广场人流如织。观众们按捺不住喜悦的心情，期盼着演出的开始。舞台一侧，南充市文化馆和南充歌舞剧院、四川省大木偶剧院、南充市杂技团、南充市川剧团等专业文艺院团的演员们静静等候着，时刻准备着为广大市民奉上一份精彩纷呈的文化大餐。

广场四围秩序井然。摄影家们严阵以待，嘉陵江上空两架无人机高飞，它们睁着鹰隼般的双眼，去准备抓拍一个个精彩的瞬间。

一切准备就绪。雨后初霁的南充，空气清新而迷人。

就在印象嘉陵江湿地公园对面，在宽阔美丽的高坪江东大道之上，每一座建筑物突然披上金色的外衣。它们刹那间光芒万丈，辉映着碧波暗涌的嘉陵江，成为一幅绚烂的果州图。那时那刻，刚好一架飞机凌空飞过，机身也涂抹了金色的光辉，引来众人惊喜不已的欢呼声。

演出正式拉开帷幕。在男、女主持人激情澎湃的声音中，演员们依次闪亮登场。演出节目一个又一个如珠似玉，歌曲《我和我的祖国》、舞蹈《秀色》、杂技《力量》、大木偶《蝶梦缘》、川剧《梨园荟萃》等 11 个综合类文艺节目，让观众们目不暇接。

当全国首批非物质文化遗产——川北大木偶在舞台中央精彩亮相，手书“不忘初心”时，全场寂静无声，人们睁大了眼睛，屏住了呼吸，生怕错过每一个生动的细节；当《我和我的祖国》歌声响起时，全场掌声雷动，人们情不自禁舞动手中的小红旗，齐声合唱，把一颗颗赤子之心袒露在嘉陵江畔，与嘉陵江水一同呼吸。

“让文化演出真正惠于民”，这是南充文旅人一句真情的告白。当晚演出结束后，阳光滨江广场上的人们，沉浸在一片欢乐的海洋。

果城沸腾了。嘉陵江边万人齐声同唱歌颂祖国的讯息，通过报刊网络等迅速飞向祖国大江南北，《人民日报》、央视新闻移动网、四川卫视、香港商报网、《中国文化报》、中国发展网、搜狐新闻、今日头条等十多家主流媒体纷纷进行报道，赢得各方点赞。

6月29日晚，在相同的时间、相同的地点，阳光广场音乐及器乐演奏专场举行了。表演器乐奏《北京喜讯传边寨》、二胡独奏《想亲亲》、笛子独奏《牧民新歌》等13个节目，让观众们大饱耳福。

原定演出3场，见市民热情高涨，市文广旅局当即决定加演1场，满足群众期盼。7月1日晚，就在果城华灯初上时，身着华服的姑娘们闪亮登场，舞蹈专场又拉开序幕。汉唐舞《花语蝶》、旗袍舞《雨中华》、古典舞《红颜旧》、印度舞《火红的玫瑰》、新疆舞《美丽丝韵》……秋水共长天一色，绚丽无比的果城之夜，仿佛花儿在尽情绽放。

此次惠民演出，不仅有南充市的专业文艺院团，还有部分业余文艺演出团队以及机关单位共同参与，他们通过惠民演出抒发南充广大群众对党和国家的热爱之情。7月，市文广旅局还组织了文艺工作者赴各县（市、区）开展惠民演出。

歌唱新中国·逐梦新时代

千里嘉陵江水色，含烟带月碧于蓝。

李商隐的这首诗句，是送给嘉陵江最好的礼物。

金秋的嘉陵江，天蓝水碧。9月23日，由南充市委、市政府主办，市委宣传部、市直机关工委、市文化广播电视和旅游局承办的“歌唱新中国 逐梦新时代”庆祝新中国成立70周年合唱比赛如期举行。当天，在“印象嘉陵江”湿地公园，来自全市的16支合唱队、5000多名队员们引吭高歌，把南充儿女们对祖国的热爱、对新时代的赞颂，化作最动人的和声，献给伟大的祖国。

23日一大早，来自全市各行各业的合唱比赛队员们，早就按捺不住激动的心情，化好精致的妆容，身着华丽的演出服装，三五成群地赶往“印象嘉陵江”湿地公园。

太阳出来了，江边的芦苇花也扬起来了，它们随着晨风在飞舞，好像也掩饰不住自己高兴的心情。狗尾巴草上还沾着前夜的露水，一颗颗晶莹剔透，它们映照着园内灼灼开放的鲜花，静静地等待着盛宴的到来。

公园正中，一湾清水前，舞台中央，高大宽阔的屏幕无比夺目。“歌唱新中国 逐梦新时代——南充市庆祝新中国成立70周年合唱比赛”这些大字，像熊熊的火焰，点亮了人们的心灵。

合唱比赛在《祖国颂》歌曲中拉开帷幕。你方唱罢我登场，随后，各参赛合唱队伍一一登台亮相。他们群情激奋，《今天是你的生日，我的祖国》《在灿烂的阳光下》《中国进入新时代》……一首首歌颂党、歌颂祖国、讴歌伟大新时代的经典歌曲，在嘉陵江的上空飞扬。

今天是你的生日，我的祖国……深情的歌声响起，情到深处，这动人的旋律也感染了在场的每一个人。观众席上，人们目不转睛地盯着舞台，不停地挥舞着手中的小红旗。现场成了欢乐和喜庆的海洋。

当日上午，机关企事业组7支代表队进行了精彩的比赛；下午，各县（市）区组9支代表队也进行了激烈的角逐。

经过一天紧张有序的角逐，合唱比赛于当晚落下帷幕。高坪区代表队演唱的《黄河船夫曲》《中国进入新时代》，市级政法系统代表队演唱的《在灿烂的阳光下》《保卫黄河》以高分获得特等奖；教育体育系统代表队、市党群系统代表队、顺庆区代表队、蓬安县代表队分别获得一等奖；离退休干部、政府办系统、阆中市、嘉陵区、仪陇县代表队分别获得二等奖；国家税务总局南充市税务局、市卫健系统、南部县、营山县、西充县代表队分别获得三等奖。

本次合唱比赛取得圆满成功。它历时2个月，全市近3万名机关干部职工积极踊跃参与。大家演唱的30多首歌曲，表达了对祖国的赞美之情，讴歌了70年来伟大祖国取得的巨大成就。也充分展现出新时代760万南充人民坚定自信的精神风貌，并吸引了央视、四川卫视等媒体的聚焦。

9月24日17时50分，央视CCTV-13新闻频道《新闻直播间》，以《五千人齐放歌 歌唱新中国》为题，向全国人民展示了合唱比赛盛况。当晚，四川卫视《四川新闻》也以《迎国庆 丰富活动祝福祖国》报道了合唱比赛节目。

让我们一起来为祖国歌唱吧！

礼赞新中国　奋进新南充

七十年峥嵘岁月，七十年众志成城。

中国西部，四川盆地东北部，拥有2200多年建城史的南充，正蓄积生命的力量和青春的芳华，化作彩蝶，在嘉陵江上空展翅翱翔。

为庆祝中华人民共和国成立70周年，由南充市委、市政府主办，市委宣传部、市文化广播电视和旅游局承办的“礼赞新中国　奋进新南充”大型文艺晚会，于9月29日晚在“印象嘉陵江”湿地公园正式上演。晚上8时，文艺晚会正式开演，全场掌声雷动。“我和我的祖国，一刻也不能分割……”南充市多支合唱团共600人、南充市五星小学150名孩子，以及南充师范学校100余名学生组成的大型合唱队伍，唱响了《我和我的祖国》。

第一篇章《我和我的祖国》主题音乐响彻夜空。优美的歌声回荡在嘉陵江畔，震撼人心，它拉开了此次文艺晚会的序幕。全场上万观众齐声合唱，掌声雷动。

嘉陵江上歌声起。在美妙动听的音乐中，一张张青春的面孔，在星空下，随着音乐翩翩起舞。

嘉陵江两岸，正是华灯初上时，城市的夜景璀璨夺目，映照着奔腾不息的嘉陵江水。一个个动人的音符，跟随着这浩浩荡荡的江水，也在南充广袤的大地吟唱着。

第一篇章结束，第二篇章“红色基因”拉开序幕。群舞杂技《血脉之纤》的登场，把人们的心带回到了那个火红的年代和岁月。

嘉陵江婀娜腾转一千一百多公里，却把三百公里最曼妙的身姿留在了南充。它积淀了丰厚的文化精神，就那样憧憬着海的梦想，滚滚东流。是春节老人落下闳，是赋圣司马相如，是《三国志》作者陈寿，是民主革命家张澜，是开国大将罗瑞卿，是红军之父朱德……铸就南充美丽的风骨。

第三篇章《大地欢歌》，走过《春绿》《夏红》《秋黄》《冬雪》，直至第四篇章《春之交响》完美落幕。在如诗如画的舞台意境中，通过歌舞、戏曲、非遗艺术、杂技、民间艺术等节目，将南充丝绸文化、春节文化、民俗文化等一一呈现。

嘉陵江自上而下，见证了嘉陵第一江山的伟岸，嘉陵第一桑梓的浪漫，嘉陵第一曲流的传奇。印象嘉陵江，山水南充城，不只有那山那水那人，还有一脉相承的文化，生生不息的精神。是奥地利维也纳金色大厅王皮影的传承人，是中国群星奖的阆中老观镇民俗亮花鞋，是散落在民间的川北剪纸和川北灯戏，还有那营山的翻山铰子、蓬安的蚌舞、南部的傩戏和根雕……让它熠熠生辉。

第五篇章《大城崛起》，当韩国平昌冬奥会上惊艳8分钟的两个川北大木偶“熊猫队长”惊喜亮相时，其随着音乐在舞台中央穿梭，将演出氛围推向了新高潮。观众们不停按下快门键，从不同的角度展示着它们的风采，“熊猫队长”成了全场的焦点。

高潮不断迭起，当“五星红旗迎风飘扬，胜利歌声多么响亮。歌唱我们亲爱的祖国，从今走向繁荣富强……”歌声唱起时，晚会第六篇章《歌唱祖国》以全体参演人员齐唱《歌唱祖国》为整场演出画上了完美的句号。

央视《新闻联播》及时报道了南充的这一盛况。我们歌唱祖国，我们歌唱家乡。忆往昔，峥嵘岁月稠。展未来，盛世书华章。70年砥砺奋进，南充大城已崛起。嘉陵江畔的南充人，正在续写着古老的千年传奇，谱写着新时代向“成渝第二城”华美转变的动人乐章。

发表于2019年第10期《银幕内外·文旅》

万卷楼与《三国志》

读书破万卷，下笔如有神。每次走进万卷楼，仰望陈寿怀抱书简的青铜雕像，我都会想起这句至理名言。

万卷楼位于四川省南充市的西山风景区，始建于三国蜀汉建兴年间（公元222—237年），是西晋著名史学家、《三国志》作者陈寿青少年时代读书治学的地方。唐代又在楼前建甘露寺，形成建筑群。后因年久失修，于20世纪60年代被毁坏。现存的万卷楼于1990年由政府拨款恢复重建，它壁倚青岩，气势雄浑，为三重檐式木石结构楼阁，由陈寿读书楼、陈寿纪念馆和藏书楼组成。它仿佛是一卷古书，写满三国的故事和传奇，散发出淡淡的墨香。它又仿佛是一帧中国画，蕴含着深厚的人文气息，吸引着世人的目光。

嘉陵江逶迤千余里，把300公里曼妙身姿留在了南充。清澈纯净的嘉陵江，像乳汁滋养了这一方子民。这里土地肥沃，自古以来人们栽桑养蚕，遍种果树，成就“绸都”和“果州”的美誉，成为中国南方丝绸之路的源点。山之侧，水之畔，南充人文，由此衍生、发展与传承，一代史学家陈寿在此诞生并成长。历史风云瞬息万变，时代江河浪淘尽，陈寿的万卷楼与《三国志》，却跟着四季更迭，永远成为三国文化寻踪探秘之地。

万卷楼下，依次是陈寿故居、陈寿其师谯周之墓，然后是嘉陵江大桥，它一头挑起西山，一头连着南充城。大桥之外，是滚滚而过的嘉陵江；大桥之内，是碧波荡漾的西河。西河是嘉陵江上最大的支流，像一条锦带缠绕着南充。西河之上，人们架起了一座仿古的风雨廊桥，似乎想唤醒那些沉睡在历史中的往事和情怀。

我曾数次跨过风雨廊桥，仰望万卷楼阁，心生敬畏之情。1000多年前，这里还是寂静的山林，一个孱弱的少年（陈寿自幼多病，家人希望其体格强健，故取名陈寿）研习端坐，饱读诗书，于乱世中修得一身才华，其所著《三国志》与《史记》《汉书》《后汉书》并称“四史”，在中国文化的长河中熠熠生辉。

“千秋笔写千秋史，万卷楼藏万卷书。”石梯之上，两只神兽“天禄”和“辟邪”一左一右端坐，护佑着这里的山林、楼阁、城池。石梯两侧，魏、蜀、吴的国旗还在风中猎猎作响，但历史的脚步却渐行渐远。只有拾级而上，走过257级的台阶，走进重檐楼阁的万卷楼，才能在《三国志》的翔实叙述中，走进烽火硝烟的三国，去回顾那段风云激荡的历史。

万卷楼中陈列着各种版本的《三国志》以及大量的文字、图画、表格、照片、实物等资料，详细地介绍了陈寿的坎坷经历、著书史实及其对后世的影响。四壁彩绘的16幅以《三国志》史实为内容的三国壁画，堪称国内一绝。南北廊轩中以《三国演义》故事为内容的仿汉代拓片型的线刻壁画、各地书法名家为万卷楼创作的书画楹联，观之让人如入三国之境。

走进万卷楼，就仿佛打开了一座三国文化的宝库。在一个汉代说唱陶俑前，我常常驻足看他敞胸露怀，双脚叉开，咧开大嘴，敲击乐鼓。他眉开眼笑的样子，给沉寂的万卷楼增添了许多生气与活力。纪念馆陈列的三国文化内容十分丰富，兼艺术性、学术性、历史性和游览性于一体，对研究和弘扬三国文化，促进三国文化与世界民族文化的交流，具有积极的推动作用。1993年，来自美国、加拿大、日本及中国的100多名专家学者在这里举行了“三国文化国际学术交流会”，海内外专家一致认为：南充是陈寿的故乡，陈寿《三国志》是三国文化的源头，南充是三国文化的发祥地。

我曾陪同一位日本学者走进万卷楼。他走到耸立在万卷楼庭院中央的高5米、重1吨的陈寿青铜雕像前，神情肃穆，深深叩拜在地。那一刻，文化超越了国界，像一条血脉，在人们的精神领域共通。我也曾陪同央视《走遍中国》栏目组于此取景，当怀抱书简、虬髯铜须的陈寿在镜头中出现时，他清瘦的面容、明亮的双眼和睿智的目光，穿越历史的长河，在嘉陵江的上空，像一盏明灯，点亮了我们心中的希望和梦想。

原刊于2019年08月14日《人民日报》海外版、中宣部学习强国转载

熠熠生辉蛴蟆灯

他们手中高擎的蛴蟆灯就是岁月传承下来的宝石，在文化的长河里熠熠生辉；他们那一声声激情的吟诵和歌唱声早越过百年光阴，穿过时空界限，震撼着世间的生灵。

“蛴蟆公，蛴蟆婆，我把蛴蟆送下河……”每当元宵节到来之际，南充市嘉陵区的三会镇，就有各地不断涌来的人流齐聚街头，汇聚成一个涡流中心。数万人同时举起一盏盏纸糊的竹灯笼（名蛴蟆灯），高唱着音律简单却极其扣人心弦的蛴蟆歌，目睹静伏于此地多时的一只竹制巨型蛴蟆王伸个懒腰后，叉开四肢，张开大嘴，鼓动腮帮，伸出喉舌，被四个壮汉吆喝着抬上轿子，颤悠悠地开始了游行。

这一次，我被人群簇拥着前进，像蜗牛挪步。红红的灯笼汇成一条闪亮的长龙，沿着老街游弋着，它雄赳赳地穿过学校、医院，游过麦香四溢的面包店和五颜六色的商铺，朝春天的田野进发。看看啊，青春的孩子扶着年迈的父母，羞涩的姑娘拥着俊朗的小伙，年轻的夫妻牵着学步的孩童……每个游人的脸似乎都激动得通红，好似酒精催熟的样子。高亢的拉歌和声嘶力竭的呐喊，霎时间缩短了人和人之间的距离。

从成都龙泉赶来参加节日的两个小伙子，抬着红红的大蛴蟆灯，其中一个小伙子扯着嗓子带头喊音，那浑身散发出的蓬勃精神和力量，迅速感染了长龙般的队伍，欢乐的浪潮一阵高过一阵，直至拐出街头，奔进田野。

突然间，几声轰鸣过后，山头盛开出一朵朵璀璨的礼花，瞬间映照了那静静的河流和山川，也播映出历史和远古，以及这片土地上的沉寂和悲欢，还有那曾经的故事，那积淀的文化长河。在川东北深山的一隅，在嘉陵江水潺潺流过的一湾，我仿佛看见素衣长袍的黎民百姓在血雨腥风中奔跑和呐喊，我还看见美丽灼热的大地上生灵涂炭，春天本来笑着走向这里，大地却沧桑荒凉一片，蟒蟆瘟疫肆虐，残酷的战争又血洗人间……历史的胶片回放，闪过远古，闪过清初，闪现今天，仿佛凤凰涅槃，定格于清丽婉约的嘉陵绸都，声名远播的三国陈寿万卷楼，藏珠含翠的七宝寨……嘉陵的柑橘在开花，嘉陵的桑蚕在吐丝，嘉陵的白鹭在翩飞……

沿着嘉陵溯源而下，不必说阆中的皮影，蓬安的蚌舞，营山的翻山铰子，南部的傩戏，西充的灯戏，顺庆的大木偶……沿江无数朵珍奇的浪花，汇聚成嘉陵江畔南充璀璨的文化星河，嘉陵江滚滚而下，它也融入长江，融入大海，成为中华大地的一朵奇葩，在星光的长河里闪耀。

礼花在不停闪耀，静寂的河流和山川仿佛突然间被热闹欢乐的人群惊醒，人们来到西溪河边，纷纷把手中的蟒蟆灯插在溪边。今天的西溪河，把岁月的尘埃淘洗，把历史的沉寂和痛苦掩埋，夜色阑珊，空气中送来细微的暗香，那是麦苗和菜花的气息，应和着人群欢乐的呼声和歌声，安静地流淌着。

发表于 2018 年 3 月 2 日《四川日报》“原上草”副刊

七宝寺：书韵雄风今犹在

山山环绕，一桥相连，一水径流，此为七宝寺之山形地貌。从南充开车西去，上高速路行约50公里，至七宝寺路口下，便可至绝境。桥今名为南池大桥，一条公路从桥面延伸至远方。桥底有拱洞相通，远看如长虹卧波，平添了许多古韵。

水为西溪河，清澈透亮。家麻鸭在桥这边“嘎嘎”叫唤，野鸭子在桥那面潜水、嬉闹。一湾水岸，或者竹林婆娑，或者古树森立，尽显山水的不俗气质。四面环山，三面环水，铸成七宝寺的傲然风骨。

宝寺流芳

据《南充市志》载：七宝寺为明清建筑物。寺始建年代不详，明正德十三年（1518年）重修大殿，清康熙四十七年（1708年）增修前殿。坐北朝南，由牌坊、山门、前殿、正殿、魁星楼、文昌楼、厢房等组成，建筑面积约1200平方米……

关于七宝寺的由来，当地民间传说堪称一绝。七宝寺社区居民师怀明老人今年已经79岁了，祖祖辈辈生养于此。他告诉我，小河从前名为师家河，后改名西溪。以七宝寺藏珠山（音）为中心，周围有六座山围绕，从正前方的长对门山（音）向右开始计数，依次是老道山（音）、打磨嘴山（音）、六斗山（音）、藏珠山（音）、园宝山（音）、大山山（音），故名七宝寺。

七宝寺又名藏珠山，让人好奇。还好有向导——七宝寺镇社区书记何昌跃。他家就在桥那边，每天打开家门，就与七宝寺相逢迎。七宝寺升级为“国保”后，山门被锁上，由他管理钥匙。“我是1963年出生的，

1983 年才从七宝寺高中毕业。佛家的金、银、砗磲、玛瑙、琥珀、琉璃、珊瑚被视为七宝，传说山上有个藏宝洞，七宝寺因为珍藏了这些宝贝而得名。”

传说毕竟是传说。这七座山，山山相守，却是真的。山不在高，有仙则名。又据《南充地区文化艺术志》载：七宝寺前殿外建有山门，山门外 5 米处立一木牌坊，通高 7 米。牌坊顶架部分，原有斗拱，正中嵌“七宝庄严”画。牌坊下修石梯 97 级，西侧古木参天。杨瞻书写的“七宝寺木质画额保存在南充县（今高坪区）文物保护管理所……

“停骢暂说禅家话，尘障情怀觉洒然。”穿越时空，这句流传了四百多年的禅语仿佛又在耳边响起。寻声而望，时任川北区域巡视的朝廷官员杨瞻途经七宝寺，为其山势所迷恋，欣然题诗《题七宝寺》，诗文至今高悬古屋礼堂。而一块镌刻在礼堂石壁的明嘉靖二十二年的斑驳石碑，还记载了他督促地方官员修建大桥的惠民之举。当地人们为感念其恩德，把大桥命名为杨公大桥。

师怀明老人回忆当年事，仍激动不已：他家在大山山下，1979 年修建公路，从山崖下的蛮子洞（音）里挖出一把宝刀。“刀把子都是好的哪，刀子透亮，挖出后就交给当地文物部门了。”杨公大桥因此被改建，又因七宝寺书院名南池，人们称之为南池大桥。

冬阳正好，于桥上仰望，七宝寺并不高峻，掩映在一片古树翠柏中，西溪河玉带般绕过。寺外壁垒森严，苔藓密布。山峰、溪水、峭壁、殿堂、书院……书写着一座宝寺的传奇和风流。不信请看，山门上的“果西名胜　蕴玉含珠”八个鎏金大字，可以明证。“果”，取其南充“果州”之义。

铁血丹心

我好奇上山，先探秘当地百姓口耳相传的“藏珠洞”。它又名“神仙洞”，隐于峭壁之中。

在何昌跃书记和何昌清老人的带领下，我在竹林里摸索前行。面前的悬崖峭壁，狰狞怪异，我大着胆子，钻进传说中的“藏珠洞”或者“仙人洞”，伸手却不见五指。赶紧取了手机照亮，不见珠宝和仙人，却发现现代人生活的遗迹。

“这里是当年地下党开会的地方！”何昌清老人肯定地说。老人今年67岁，思维清晰，说话爽朗。他说其中一个地下党员叫杜培心，是学校的教导主任，每天晚上等学生睡觉后，就去南充贴标语。他假装问路，趁警察不注意，就把标语贴其背后。杜培心后来被国民党抓了，装在铁桶里被火烧烤，最后英勇牺牲。

我想了解更多的故事，他说长辈何昌树知晓。我立即下山，专程拜访何昌树老人。何昌树，生于1933年，七宝寺镇社区居民。老人精神矍铄，讲述似乎是他的快乐：他曾于1948年在七宝寺读高小，1952年又重读了一次。叔公何骥告诉他，七宝寺里有地下党。1933年，伪县长易维精派人抓地下党，在七宝寺教书的地下党苏俊、罗天照、赵全英都被抓了，后来都被处死了。

英雄赵全英的确切事迹，我在《南充市志》上找到了答案。赵全英（1915—1933年），女，南充县（今嘉陵区）人，年幼时在赵氏祠堂读书。1931年初，进入七宝寺小学女子高小班。七宝寺高小当时是中共南充西区地下组织和南充中心县委的重要据点。赵全英向往革命，在党组织的培养教育下，她明白了许多革命道理，常对同学说：“我们女子也应有所作为。”不久，她由南充西区共产党组织负责人、老师罗天照及何朴林介绍加入中国共产党，负责南充西区青年妇女工作。她常常摸黑去远离学校十多里的天宝宫、河高山等地参加党的会议，组织进步青年和妇女贴标语、散发传单，领导妇女抗粮抗税……

1933年初，在中共南充中心县委领导下，成立了西区游击队。赵全英除做青年妇女工作外，还参加游击队，夺取大悲寺西充警察分队的枪械，惩治反动督学袁国仕，活捉恶霸地主何坤举。杨森大为恐慌，多次派军警去西区清乡。6 月 7 日，赵全英不幸被捕。由于密报，县长易维精知道了她的身份，对赵全英施尽酷刑，皮鞭抽、坐“软板凳”，逼她供出党组织，赵全英宁死不屈，未向敌人吐一个字，易维精又令她的母亲前去劝降。亲见女儿被折磨得不像人样，母亲泪流满面，痛不能言。赵全英却劝母亲要坚强，不要向敌人屈服。国民党一姓张的营长，见十几岁的赵全英年轻漂亮，想娶她为“小”，以荣华富贵诱惑其叛党，被赵全英一顿痛骂。6 月 18 日，18 岁的赵全英与另外 8 名共产党员被易维精杀害于南充城外西桥。

在今天七宝寺中学的橱窗里，一名叫王时浩的人如此缅怀女英雄：家家饿殍不安宁，满志踌躇蓄飞腾，血染西河铸大业，心倾北国仰升平。三年赤胆忠于党，十八青春永破冰。七宝长遗无限恨，杜鹃日夜哭全英。

仁人志士洒热血，敢叫九州换新颜。藏珠洞，因为这些有名或者无名的地下党员，而永远闪放光彩。

书韵悠悠

拜谒山寺，从大门开始。进得山门，便是石梯。何昌跃书记说右边以前曾是一座古墓，今天长出了小树。石梯上的牌坊，以前为木头浮雕，被毁重建后改用水泥柱头，用涂漆雕花。今牌坊下有两石狮镇守，而从前是四个。从前庙门右的大松柏，须两人合抱，后被人砍了，今人又移栽补植了一棵小柏树。

进庙门，过一殿，上二殿。两边栽着蜡梅树等，簇拥着木屋子、洗衣台。原来此寺曾为七宝寺中学，木屋子或为当年老师宿舍或为学生寝室。一眼望去，前面的木房子层层交错，狼牙抱角，又依山顺势而下，各自分为文昌楼、魁星楼和南池书院。

今屋子凋敝，空无一人。二殿为当初学校礼堂，废弃杂物众，间夹杂着一块“杏林春暖”的匾额，原是校友书赠七宝寺中学的。又折回身，埋头仔细辨认弃于檐下的牌匾，上面找到七宝寺的办学历程。

清乾隆七年（1742 年），在外为官的进士王灏晚年辞官解绶归故里，于七宝寺旧址捐资建造房屋开办南池书院，聘请进士、举人、博士、增生、拔贡、廪生等有名望的名士讲明经学，群贤来此就读者众。一时间，“环南邑州县，文风丕振、蒸蒸乎有白鹿之风焉。”后王老虽殁，但书院延师授徒始终未弃，直至清末。

清末废科举，兴学堂，推行学校教育。1912 年，本地廪生何淦侯先生率里人，前往七宝寺打菩萨、逐和尚、提庙产，收复管理全部园林，创办了私立七宝寺高级小学。1931 年，时任南充督学的张澜先生，亲自到七宝寺任命金宝乡何秋江先生担任校长。1932 年改为南充县第十一小学，1938 年又改为七宝寺中心国民小学……1948 年，由社会名流和贤达罗克正、何伯庄、李询刍等，发起创办了私立南池中学。中华人民共和国成立以后，七宝寺内设立南充市第三初级中学，1954 年更名为南充县第六初级中学，1958 年更名为南充县龙泉初级中学，1997 年更名为南充市七宝寺初级中学，2002 年升格为全日制普通完全中学——四川省南充市七宝寺中学。

历史风云变幻，但书香墨韵依然。“没事闲坐　有福读书”，在礼堂这副对联指引下，我穿过文昌楼、魁星楼而至南池书院。然人已去，楼已空。只有底部屋子层层堆砌的桌子椅子和板凳等，还彰显着当初这里的办学盛况和辉煌。

门口横放着几块石匾，上书“奉天承运，皇帝诏曰……”何昌跃书记说，今天魁星楼下的消防池，以前名叫太平池，石匾就是在那里被发现的。村民曾抬去盖茅厕，后来被当地一何姓人家收集，重新放回书院。七宝寺久远时曾为当地显贵何家家庙。

下山，仰望七宝寺，整栋建筑采用传统的均衡对称方式布局，以纵轴线为主，牌坊、山门、前殿、大殿，文昌楼、魁星楼被廊庑巧妙地连接在一起，精巧完美。

在山门口巧遇七宝寺中学教师李天强。今年58岁的他，毕业于西华大学。老家在重庆潼南，当年毕业分配时，听南充同学说七宝寺风景好，就来这里了。他开始教初中物理，后来教高中物理，现在又教初中物理。时代变迁，他仍然意气风发：还记得从前的样子，天井两边都是教室。校长住神仙洞上面，学生住在文昌楼上。到学校报到的那天晚上，就住在校长隔壁，居然看见一条蛇慢慢往上爬，觉得很原始和生态。现在也觉得美……

于此教书36年的李天强，是真的喜欢上这里了。一如周围的居民，一如采访完后的我。

发表于2019年11月25日《成都日报》“浣花”副刊

表老者张澜

回溯历史。

1949 年 10 月 1 日，下午 3 时，在世界的东方，北京天安门城楼上。这一刻时间凝固，这一刻山河动容，这一刻全世界人的目光聚焦。

庄严的《义勇军进行曲》响起。中央人民政府主席、副主席和委员们各个就位。人民领袖毛泽东庄严宣布："同胞们，中华人民共和国中央人民政府在今天成立了！"

中华民族一个伟大的时刻终于到来！群情振奋，大地颤动。

一袭长衫，一脸深情，一身风华……开国大典上，就在毛泽东同志身边，一个白胡子长者也被历史镜头永远定格，他就是刚刚当选为中华人民共和国副主席，也是中国民盟主席的四川南充籍著名人士张澜先生。

拳拳爱国心，张澜一生的夙愿，在中国共产党的领导下，终于得到实现。"荣辱与共，肝胆相照"，曾经的烽火硝烟岁月，曾经的犀利战斗檄文，在这一刻，都化作新中国蓝天上的白云，注视着这一条东方巨龙的苏醒。

此时此刻，先生心绪意难平。他精神矍铄，目光迥然，站在天安门城楼上望长空，望华夏，也回望自己的人生征程……

1872 年 4 月 2 日，嘉陵江畔，玉带河边，在川东北南充市的西充县，一个叫中和（今名莲池）乡的四合院里，一声响亮的婴啼打破山村的静寂，一个小男孩呱呱落地。时为秀才的张父，喜滋滋地捧起儿子，怎么都想不到他将会是时代的一个浪潮，翻卷出玉带河，奔向远方。

上善若水。水润万物。

男孩成长，私塾求学；青年才俊考中秀才，留学日本，回家乡兴办学校；民主革命家大义凛然，奔走呼号……无论是在川东北的嘉陵江畔，还是在重庆的上清寺、上海的永嘉路，先生一路风华，一身正气。

在周恩来的勉励和帮助下，张澜领导民盟与中共密切合作，坚持抗战，反对投降，坚持团结，反对分裂，使民盟成为无愧于中共所期许的“民主运动的生力军”。

“人不可以不自爱，不可以不自修，不可以不自尊，不可以不自强，而断不可以自欺”，先生的座右铭“四勉一戒”就是其自身的最好写照。

从民主革命、土地革命、抗日战争、解放战争，直至中华人民共和国成立……根是华夏，魂是中国。1947 年 4 月，在 76 岁生日那天，先生挥毫写下了几行大字：以义持己，则富贵不能淫，贫贱不能移，威武不能屈。

历史远去。翩若惊鸿。而永远守望着他的，是家乡的一山一水、一草一木。

二月，川东北的南充市西充县，在莲池乡的张澜故居，梅花弄影。遥想民国的风吹过，月色如水，漫过心田；绿墙红瓦，枝叶婆娑，清影独立。思想的种子在破土，在抽芽；理想的火花在碰撞，在迸发；血色黎明，走出一个民主革命的伟人。

“零落成泥碾作尘，只有香如故。”它可曾望见远方，先生踽踽独行的背影？路窄、坡陡，山长水远又算得了什么？

“疏影横斜水清浅，暗香浮动月黄昏。”凌寒独自盛开的各种梅，一簇簇，一丛丛，或白或红，清冷高洁。它们在山谷，在人间，傲视着寰宇。

梅影绰约，风骨傲然；碧水微风，莲叶田田；山势清奇，涤荡风云。花无语，山无言，却只等一人！

且看故居道路宽阔，屋舍俨然，修葺一新。山水之间，历史和现实交融，亲情和乡情相聚，怦然心动。

花样西充

我的心里一直装着一间草房子，一块青草地，一条小溪流……是它们让我的心灵停放和安稳，从故乡到他乡，从梦境到现实，从高地到平原，从丘壑到丛林……西充是这样一个地方！蜀地之北，南充西南，无论春秋，不管冬夏，经年花开，绿意盎然。

二月，张澜故居，梅花弄影。“疏影横斜水清浅，暗香浮动月黄昏。”家乡重庆晚报采风团的作家们一进梅园，便欢呼不已。凌寒独自开的各种梅，或白或红，傲视山野。遥想十余年前定居南充，身为《南充晚报》的一名记者，曾拜谒先生故里，路窄、坡陡，山长水远，感叹着张澜走出的不易。再次造访于两年前，我已调至南充市旅游局工作，故居道路宽阔，已荣升国家 4A 景区，颇为自豪。此次随家乡人走进它，融入了亲情和乡情，怦然心动。先生一生钟情梅花，晚年情寄《梦南溪山庄竹盛长》，梦回故里。但其一生为民主事业奔走呼号，竟未成。在他 140 周年诞辰之际，故居 27 亩地各色梅花盛开，终遂心愿。毛泽东言：“表老者，天下之大老也！”然大老“表里如一，方正做人”。这堂堂正正几个大字，今在故居表方广场碑柱上熠熠闪光，映照着前面的玉带河，也顺势融进了嘉陵江。

第二站，古楼村。漫山遍野的桃林，蓄势待发。虽然花还未开，但是作家们异口同声的话温暖了彼此的情怀：我们可以想象它们盛开的样子！古楼顾名思义，必定是有故事的村落，我们也可以想象，或许三国的烽烟弥漫，张献忠的铁骑曾踏过？因为史上的充国从不缺乏故事——公元前 204 年，汉王刘邦被项羽围困在荥阳城中，汉大将军纪信“舍身救主”。后来，刘邦在纪信家乡置“安汉县”，赐“充国”。充国传承着久远的历史文明，诠释着渊源的华夏精神，刀耕火种，蚕桑渔业。虽然距南充咫尺，却保有古代汉语入声字的独特方言。充国出产红茗，又称“茗国”，此茗非寻常，已被列为国家保护品种。今天的充国更像一名少女，身着“中国有机生态县”的锦缎，手持彩练当空舞。其中最有代表的便是古楼镇一年一度的桃花节了。我几乎每年都会来这里。桃花开了，千朵万朵压枝低。它们兴高采烈，像一个个精灵，风儿吹过，每一个花神都会颤动，让我情不能自已。而曲径通幽处，有茅舍、池塘；有小溪流、青草地……每当此时，我屏息静气，这难道就是我心之栖息地吗？

双龙桥的夜晚最迷人，那就在这美美地住一晚吧。作家们走进它已是傍黑，油菜花开得很茂盛了，那样子不再低眉颔首，和羞走；而是以热烈的态势，舒展着风姿，恣意地行走，抒写着中国西部最美山村的故事和传奇。双龙桥的水很清冽，倒映层叠的乡村小别墅，以及那山、那树，还滋养着这一大片沃土。空气中有玫瑰的芳香，鸟儿晚归的鸣叫……农民们在自家别墅前掐菜，他们分明是在大地上作画，正托起生活的调色板呢。行走在岸上，嗅着淡淡的青草味，听着汩汩的泉流声，我常常怀疑自己是不是走进了画里。这里也是国际微电影拍摄基地，那么我们就是片中人了吗？那天晚上，来自山城的作家们惊喜不已，觉得是找到了隐秘的世外桃源。而我再次推开印象田园酒店的窗户，在影影绰绰的红灯笼中不禁迷醉，不知道是在天上，还是在人间。

天上取样人间织。孟春，太阳却炽热。我们兴致勃勃地走进春天的花海。情之所至，重庆作协名誉主席黄济人挥毫泼墨：花样西充！爱情孕育的季节，浓郁的情感也氤氲在中国义兴百科有机生态公园的每一个角落。金色的虞美人……一大片、一大片，情侣们依偎在花海中，白色的婚纱衬托着瓦房山的田园。孩子们也来了，在池塘里兴奋地捉泥鳅呢；老人们坐在条石凳上，对着熟悉的磨坊唠嗑往事。这是乡愁凝聚的地方，也是舌尖争夺之地：价格不菲的牛奶猪肉和葵花鸡蛋等有机生态食品，足以让味蕾产生永久眷恋。

回转晋城，纪信广场，莲花湖畔。魏明伦的纪信广场赋，一字一真情，也写尽了西充的内涵和精神。几年前，我曾经带领央视《走遍中国》栏目组寻访西充的人文经典，后来川北灯戏进入了导演的视野，它被国务院授牌为首批“国家级非物质文化遗产”，融合了歌舞、皮影表演等，后来该栏目以《高手在民间》播出了西充人演绎的精彩片段。今天，我久久地注视着高大的石碑，想起了南充西山上屹立的开汉广场，北湖边凝神思索的张澜先生塑像，那是南充的地标和名片。花样的西充，应该是勤劳守信诚实的西充人培植出的一朵永不凋谢的花朵。

回到家，我把心里想到的美，变成眼前实实在在的风景；我把西充无限的风景，依循内心的指引，化作汩汩流淌的文字泉流，让它们美成我心中的一个花园：有一间草房子，一块青草地，一条小溪流……永驻心间，他乡是故乡了！

本文荣获“西充——中国西部现代农业公园”旅游征文大赛优秀奖

伏羲和女娲的升钟湖情缘

1

这是中国西南最大的人工淡水湖。它傍依阆中和广元苍溪，犹如一颗明珠，在远山深处静静地散发着光彩。

这里是四川省南部县的升钟湖，它因拥有13亿立方米的库容量，被称为中国人的“水立方”；加之每年秋天举行的世界钓鱼大赛，又被称为中国的钓鱼城。

这13亿立方米的水，我们每个中国人都可以掬一捧属于自己的水滴，以滋养我们的灵魂和生命。

湖之深处的水，是那样清澈，那样碧绿，让人忘情和动魄，它就是一汪淌过心上的瑶池碧水。嘉陵江最大支流西河源自升钟湖，一带西水碧波去，蜿蜒八百里。它滋养了生活在这片土地的人们，也衍生了丰厚的人文情怀和精神。

每次走进这里，我的心就会融化在这里的水中。这里的一草一木，就会用它们的绿色渲染我的情感，让我想起从前和今天的故事，感恩和感激那些捧出生命灵魂为它而歌而舞的人！

2

衣袂飘飘，古乐声声。

一池碧水娴静安卧，一碧瑶池降落远山。一带西水碧波去，蜿蜒八百里，柔情人肠断。

恍若红尘一梦。幽幽远古，传说中的人祖母亲华胥单单钟情于阆中风水福地，在阆中南池（今七里坝、马驰坝整个地区）边孕育了伏羲，文字记载见于《路史》：“太昊伏羲氏，母华胥，居于华胥之渚。”对于这个记载，《路史》作注说：“所都国有华胥之渊，盖因华胥居之得名，乃阆中渝水也”，后伏羲降生的地方便名为凫慈乡。阆中人民今还特地在逶迤连绵的青山下和婉约秀美的嘉陵江边修建了一个气势恢宏的“华胥广场”，以纪念这位中华人类始祖伏羲、女娲的生母。

有孕在身的华胥带领部族沿渝水（嘉陵江）而上平息了入侵者，到达甘肃天水成纪生下伏羲，伏羲长大后竞选上九大部落总首领。传说他和女娲曾三次回到母亲原来居住的地方，造福一方子民。

伏羲第一次回母亲家，是带着 9 岁的妹妹女娲。他们回到华胥之国，教人类织网捕鱼，改变了当时人们的生活。

伏羲第二次回华胥国，在西水之滨教人打猎（今升钟湖一带的西河流域原属古阆中管辖）。有一天，突然间电闪雷鸣、狂风大作。紧接着倾盆大雨从天而降，持续一月余，人间顿时成为汪洋大海。

人世间危在旦夕。

3

亘古洪荒，天宇苍茫，世界混沌。

水柱倾泻，恣意四流。剑门擎天。支一块娲仙五彩的炼石。

是你吗？当世界一片洪荒混沌之时，取来五色石块炼出五彩晶石，又高擎剑门手持彩石，把破碎的天一点点地补起来？

“头枕剑门五指山，两臂舒揽江阆南。绿衣鱼腹若屏镜，嘉陵江中洗金莲。”映照着剑门峡关的英姿，蕴藏着阆苑仙境的光华，升钟湖——它分明就是女娲仙子赐予人间的瑶池，在远山深处孤寂沉睡上千年。

难道不是吗？且看娲仙山（今南部县保城乡古寨处，又名尖山和烟堆山），仿佛回到亘古久远的年代。瞧，聪慧善良的女娲仙子正斜躺在悬崖峭壁上，枕着足下的浩瀚碧波，做着美梦呢。

你可知道你洒落的香甜汗珠，已春风化雨，至剑门关下，蜿蜒而成八百里西河，歌唱到长江，又奔涌到东海？你可知道升钟湖这一池水，多少年来，它甘洌如泉，像乳汁一样，哺育着儿女，滋养着大地？

这绝不是传说和故事！娲仙山上那枚天然奇石，就是她睡觉翻身的时候，不小心从兜里掉在地上的五彩石。不信，南部人民还把女娲睡觉的山叫娲仙山，并在此建有娲仙古庙呢。你看庙门有联云：苍天柱倾，始得女娲炼石补；山河瓦碎，代有才人辟地开。

啊，亲爱的仙子，你是不是太累了？我多么想掬一捧清澈的湖水，洗去你远来的疲惫和尘埃。

4

天蓝水碧，人间重新焕发光彩。

伏羲兄妹在神灵的护佑下幸存了下来，但世界上只剩下了兄妹俩。为了传宗接代拯救人类，经兄妹俩商量，由天意滚石来决定他们是否成婚。

升钟湖山顶有石磨，如从两个山头同时放下磨面，石磨合在一起，他们就能做夫妻。于是他们各取一个磨面，一个在鹤鸣山，一个在香炷山，同时将磨面放下，居然在鲤溪沟黑龙潭附近合在了一起，这真是天意！

升钟湖旁仙鹤成群，环境优美，夫妻俩搭一间草屋住了下来，开始捏土造人。

话说伏羲女娲二回母亲华胥之国，经历了洪水淹没人间，兄妹滚石成婚，捏土造人后，又回到了天水成纪。伏羲已是九大部落总首领，他经常到各部落去视察，解决部落与部落之间出现的问题，解决各部落民众的疾苦，在他呕心沥血的治理下，天下太平，人民安居乐业了。

九十八岁的伏羲厌倦了红尘，便携同女娲娘娘第三次回到母亲曾经的国度华胥国，也就是原阆中辖地。他们从剑门五指山沿着渝水支流西水而下，伏羲在长岭山麓研习易经，画演乾、坤、离、坎等八卦，摆龙马阵形，教化人类用象形、会意等“六书”达意表情，这是人类最早了解世界的文化符号。伏羲潜心研习易理，八十一岁高龄的女娲娘娘不愿打扰他，独自一人故地重游，一路风尘仆仆来到旋子山下，在风斗垭小憩了一会，在她小憩之时手里的拐杖落在地下，化为一条青龙，成为西河。

5

春雨悄无声息，潜入夜，伴着一池碧波，荡漾着我的情感，滋润着我的梦境。

恁是多情女娲仙，舞动一池春水，引来凤凰翩跹，仙鹤蝶飞。惊觉张天师乘云而至，“鹤鸣观”一刹那烟雾缭绕；鲁班师乘兴围“观”，石林瞬间丛生；白蛇娘子抛灵芝，醴峰观中来避难；蚕之始祖螺仙移步盐亭，缫丝仙湖瑶池畔……

春雷惊蛰，声如洪钟。陡然梦醒，原来身居中国四川南部升钟湖。看得见的和看不见的，传说中的与现实中的物象与景致在心底融合，交织成100公里长的升钟湖主航道。它积淀了南部、阆中、剑阁18个乡镇的情感和梦想，以8.4万亩和库容13亿立方米的胸襟，揽我入怀。

梦境依然，皆可印证，乃娲仙遗落人间一画布。

环湖而视，临江坪村中，依依杨柳，曼妙嫣然；凤凰岛边烟波浩渺，鸥鹭翻飞，帆船点点，山水相接，共长天一色；湖岸别墅群里桃红李白，菜花正金黄；娲仙山上春草生，树木郁郁苍苍，间有流泉飞瀑与落红，滴翠空谷，余音绕梁……

更有那布谷鸟儿声声叫，呼唤着游子，呼唤着远方。

湖边热闹起来。“升钟湖，鱼之天堂，水之故乡！”一顶帐篷，一根钓竿，一只干粮袋，一个痴迷的钓鱼者，一帧浓淡相宜的水墨画。淡淡的山影，朦胧的村庄，镜泊的湖面；牵扯着那悠游的鱼儿，嘹亮的歌声，空灵的飞瀑泉音……远处有人家，近处是野渡。为钓鱼，也放飞心情。

6

此时此刻，怎能不歌唱？钓鱼的人收起了鱼竿，赏景的游客们停止了脚步，村民们闻讯欣然而来，美丽的升钟湖畔，由南部县文化馆组织的民间晚会即将开始。一个个精彩的变脸、吐火“把戏”，既扣人心弦又吸引人们的眼球；双峰乡的“傩戏”亮相就不凡，璀璨的南部民间文化，成了一根晶亮的丝，既衔接了升钟湖的历史和今天，又传播了南部人的风华和内涵……

此时此刻，怎能不欢乐？篝火熊熊燃烧起来了，每个人的脸愈来愈清晰，都红得发亮，像熊熊火把，点燃了湖水，点燃了心情，也点燃了今天的生活。

歌唱起来了，酒喝起来了，脚步舞起来了。花灯在旋转，皮影在跳跃……剪纸和根雕也鲜活起来，呼吸着鱼儿送来的风，似飞仙，如西子，沉醉在如诗如画的天地里。

水是湖中的，人是岸上的风景。最动人的是修建升钟水库的人。有一个北京来的专家在升钟湖竣工后，拒绝回到家乡，安居南部，去世后葬在大坝边的高山上。远不止他一个，还有许多这样默默无闻的人。有的有名字，有的没有名字，魂灵和湖水一样清澈，一起荡漾。

江山代有人才出。这片红色的土地上，辈出英杰，这才是丰富我们情怀的精神和核心。由此，南部这清澈的湖水，浩渺的烟波，星罗棋布的岛屿，翠绿的青山和丰富的人文，谱写出新时代的篇章，一如他们的真实写照，笑着走向远方。

慈竹丝丝织锦扇

川北蜀地，山村四、五月，美如画。

池塘，稻田，菜园，竹林……点缀成一块画布，围绕着庄户小院，翠绿清新。

小院很普通。川北民居特色。坐北朝南，泥墙灰瓦，木门木窗，水泥晒坝。它位于四川省南充市营山县朗池镇南桥乡天平村，主人叫何启荣，今年 67 岁，是南充市级非物质文化遗产“营山何氏竹丝扇”的传承人。

小院有些凋敝。老人年事已高，眼睛逐渐近视。但他总爱从城市居处回到这里，总能看到以前的岁月——那些与竹相伴相生的每一天。

院落依旧，但后院的竹林却在疯长，仿佛时刻在等待着他的脚步，等待着他的呼唤，期盼着他对它们生命的一次升华——用万千竹丝织出一把精美绝伦的画扇。

老人情不自禁打开编织竹扇的刀具箱，戴上放大镜，仔细审视这十几把刀子，想释放它们的十八般武艺。他一遍遍把它们擦亮，想让它们放光。

如果生活像一首词，那他的词牌名应该叫声声慢。

刀光像影像，刻录着他每一个与竹扇相融相亲的日子。

比如就在一个清晨，一场雨后，禾苗在拔节，菜苗在生长，荷叶上的露珠儿在颤动……一切都是清澈纯净的样子。天地一片祥和安宁。

房顶上炊烟袅袅，妻子胡瑞琼在煮饭。女儿和儿子外地上学去了。

竹林枝叶婆娑，微风拂过，“沙沙沙”，像天籁，像耳语。

“咯吱咯吱”，脚步声惊醒了竹林。这是一个中年男人的脚步，他面容清瘦，眼神犀利。

竹子们似乎在微笑。这是中国南方很普通的慈竹。一根根竹子，像何启荣的孩子。他抚摸着它们，甄别着它们生长的年龄。

他找准了一株一年生的竹子，把它砍回了家。

他用砍刀去除竹枝叶。再用拉锯截下韧性最强的一节长竹筒。然后用竹篾刀依次划成宽约 1 厘米的竹块。

“噗嗤嗤”，竹子开裂的声音和过程，像洗衣台前的芭蕉花盛开。

削竹丝、煮竹丝、晒竹丝……一节竹子的蜕变，像菜园里飞来飞去的蝴蝶。

接下来的工序交给时间完成，比如酿酒。

静候一把竹扇的新生，像母亲的怀胎十月。

……

何启荣很享受眼前的一切。回想当初，父亲英年早逝，母亲含辛茹苦，把自己抚养成人，娶妻生子。成为一家之主后，上有老下有小，总得掌握一门技艺养家糊口。靠着从父亲手中承继的竹编手艺，后院的竹子成了他取之不尽的宝藏。

从二十世纪六七十年代始，何启荣编织的竹扇就很好卖，乡亲们夸他编的竹扇子又好看又实用。在村里人眼中，何启荣单薄清瘦，常年穿一件洗得发白的粗蓝布中山服，一双解放牌水泥胶鞋，语不惊人貌不出众，是一个地地道道的老实农民。

一个偶然的机会，他得知竹扇可以编成工艺品，这个普通农民的心思就发生了变化，他决意要在竹扇上做出一些文章来。好在贤惠的妻子懂得丈夫，便主动承揽了大部分的家务和劳作，一家人忍受了长达数年的贫穷生活。

何启荣特地到四川自贡竹编之乡取经学艺。

从此竹占据了他生活的主要空间。

他的面前摆着十几把工具刀，它们刀锋锐利、闪闪发光。一截长长的竹节，在各种各样的刀具下，将会完成生命的蜕变，演绎成数千条洁白如绸的竹丝。而这些竹丝，将会用生命去和一把扇子交融，走进艺术的殿堂。

他先将竹块划成宽约 0.2 厘米的竹条；去掉竹条的里层纤维，保留竹条韧性最强的表层；去掉竹条表面的青色纤维；将划好的竹条蒸煮 30 分钟左右，使竹条变成白色；将竹条放在阴凉处晾干；然后放在清水中浸泡变软；用尖刀将竹条刮薄；用尖刀将竹条划成宽 0.1 ~ 0.2 毫米的竹丝；用修面刀将竹丝修薄。竹丝修薄、抛细，再修薄、再抛细……如此循环往复，直至它们细如发丝。

他经过无数次的实验，发现不同色泽的竹丝有了不同的反射效果。且同样的竹丝叠压的方法不同，也形成了不同色泽和明暗相间的图案。如果从不同的角度观看，整个扇面画型栩栩如生。

“营山何氏竹丝扇”就这样应运而生。

那时候没有电灯，晚上他就在昏暗的煤油灯下操作。冬天没有烤火盆，他就用一床烂棉絮裹脚取暖。夏天蚊虫叮咬厉害，他就用一丝烂布条把腿脚缠住。

田野、河流、庄稼……那是大地之母，是它们孕育了万物。他心中构思着一幅幅自然间美妙的图画，他渴望用这万千竹丝去一一表达。

心静，眼才净。不知道有多少个这样的日子，他抛弃了一切杂念，拿出放大镜，神情笃定，去完成一次心灵和竹丝的对话。

雪白的竹丝在跳舞。非图案板块采用挑二压一技法，图案板块则用挑三压二、挑四压三等技法。整个扇面的图案、文字就靠竹丝这千变万化的搭配来构成，不着一点墨痕和色彩。

他决不含糊其中任何一个细节。竹扇主体编织好后，扇的边缘采用优质钢条，并用几千根竹丝细细缠绕，与扇面浑然一体。扇把配用蜀北光洁度好、色泽素雅、质地坚硬的精致黄牛角，再饰以精美的精丝穗子，一件精美绝伦的艺术品问世。

1973 年，何启荣用将近一年的时间，精心创作编织了竹丝扇“熊猫戏竹”。从不同的角度观看扇面，竹子清新淡雅，熊猫憨态可掬，整个造型立体真实，巧夺天工。

1974年5月，在原来的基础上，经过反复提炼、加工，何启荣编织了第二把竹丝扇《喜鹊闹梅》，同年12月《孔雀开屏》精彩亮相。之后几年，《天女散花》《飞鹤仕女》《兰草》《女娲补天》《太蓬仙境》等也相继出现。其中《飞鹤仕女》写进了《营山县志》，《女娲补天》在南充市首届旅游博览会上获得金奖。

花鸟虫鱼、草木野兽……天地中的万物，凝练成一缕缕情思，被何启荣精心地编织进了竹丝扇。

打开他的手，粗糙厚实，满是伤痕。但就是这样一双普通农民的手，却用艺术打开了国门。

2004年，在国家展览馆，外宾们竖着大拇指直叫“ok”“very good”。其作品《跨虎入山》在首届中国民间艺术百绝群英会上荣获金奖。

《跨虎入山》，编织历时一年。用了3500根竹丝，画扇薄如蝉翼，雪白透明。唐朝吴彩鸾降服老虎的情景一一再现，整个画面动静相宜。

观此扇，最美好的时刻，便是在宁静的夜晚，调好灯光，将扇置于桌面，让扇与桌面成30度倾斜角，从不同视角看画，看到的将是两幅各具情态的图；若正视扇的平面，其画荡然无存。

一节普通的慈竹，在何启荣手里，却变得越来越不平凡。一把精美的竹丝扇，一方寸之内可用竹丝400~450根。

他的道路越走越宽。竹扇价格从当初的一毛钱、一元钱，到十元、百元，直至千元、万元……最后彻底脱离扇子本来的实用性，《嫦娥奔月》走进了成都雕塑院和中央美术学院的藏品间，也成为一朵艺术之花绽放在大地上。

2008年4月，“营山何氏竹丝扇”正式列入四川南充市级非物质文化遗产名录。

岁月如歌。

这些年，孩子们考上了大学，到更远的地方求学、工作。何启荣夫妇搬进了在县城的家。村子里的人也都陆陆续续离开了土地，进了城市，买了房子、办了企业……

这些年的生活何尝不是一幅画呢？

但何启荣时常会回到老屋，回到竹林，寻求艺术的源泉。

十年间，我曾数次采访这个民间艺术家，在当地一家技校教授民间艺术课程的他告诉我：不希望这门技艺在手里失传，希望能有更多的人沉静下来学习这门艺术。

他依然坚守着中华传统手工艺人的执着和信念：土地是有温度的，竹子是有生命的。就在竹丝扇的一经一纬间，生活和自然交融。

万物生生不息。这才是中华大地一面和谐共生的美丽画扇。

发表于 2020 年 6 月 17 日《四川经济日报》

“春节老人”落下闳

落下闳，西汉著名民间天文学家，四川阆中人。2004年9月16日，经国家天文学联合会小天体提名委员会批准，中国科学院国家天文台将国际永久编号为16757的小行星，命名为“落下闳星”。

恒定岁首

春节，它像一根精神和血脉的纽带，维系了华夏民族。关于春节，一个被岁月尘封已久的老人，也抖落了历史的尘埃，在星空重放异彩。

他，就是西汉杰出的天文学家落下闳。翻阅史籍，关于落下闳，仅寥寥数字。《史记·历书》：“谓而巴落下闳运算转历”；《华阳国志》：“文学，聘士落下闳，字长公，阆中人也”；西晋南充著名史学家陈寿《益部耆旧传》载曰：“闳字长公，巴郡阆中人也。明晓天文地理，隐于落亭。武帝时，友人同县谯隆荐闳，待诏太史，更作《太初历》。拜侍中，辞不受。”

从《史记》到《华阳国志》，再到《益部耆旧传》，关键词语为姓氏、籍贯、功绩、隐退。但我总想拾掇其中的片段，力图还原两千多年前一个民间天文家的形象。

落下闳的家乡有“阆苑仙境”之称。阆中三面环山、一江环抱。周围山形如高门，因名阆山；嘉陵江流经阆山下，又名阆水；城在阆山阆水之中，故名阆中。若逢雨后初霁，江上雾霭袅袅上升，如梦似幻。“千水成垣，天造地设。”《中国国家地理》如此阐释阆中的自然地貌。从今天的气候条件来看，阆中属亚热带湿润的季风气候，四季分明，气候温和，年平均气温十多摄氏度，有利于观天测地。

我曾数次登临阆中古城的中天楼，每次踏上漆黑锃亮的木质楼梯，就仿佛穿过了历史的烟云，触摸到古城的脉搏。阆中的人文精神是厚重的，战国时它曾为巴国别都，后历代王朝都曾在这里设置郡、州、府、道、治所等。

在中天楼上，看青色的屋檐一字排开去，像鲫鱼背脊有力而雄壮地叠加。透过精雕细琢的户牖，凭栏远眺，古城之外，碧波暗涌，青山对峙。真道是“三面江光抱城郭，四围山势锁烟霞”。如此一来，我的想象就无限延伸了。

时光溯回到公元前 110 年（元封元年）的一天上午，长安古都，汉武帝正焦灼不安：秦以来的轩辕历一直被沿用，但它却不能准确地反映四时交替和天象之变。谁能助我改革历法，造福子民？！颛顼历，又名轩辕历，又叫古四分历。因长时期沿用，误差很大，出现了“溯晦月见，弦望满亏，多非是”的现象。

太史令司马迁等人上书建议改历，汉武帝准奏。落下闳得益于同乡谯隆的推荐，诏命在身，直赴长安，从此三年，潜心钻研。

他结合半生的观天实践，重以观测数据为依据出发，并根据观测天象的需要，研制出了我国历史上的第一台天文仪器——浑天仪。又借助该仪器准确地观测出了日食周期，科学地提出一个月等于 29 又 43/81 日的观点，故又将其称之为“八十一分法”。落下闳还竖竿观日，以竿影长短确定出“夏至”“冬至”，又根据一年中昼夜的长短变化确定出“春分”“秋分”。

在此基础上，落下闳进一步确定了立春、雨水、惊蛰等二十四个节气。二十四节气明确了一年中播种、收获的时间，预测雨水的多少及霜期的长短，农民们可依此规律有序地安排农事。

汉武帝紧锁的眉头终于舒展了！经过他亲自审查，最后决定采用落下闳与邓平提出的“八十一分律历”方案，由落下闳、邓平等 20 余人负责新历的制定。

从公元前 110 年到公元前 104 年，约七年时间，新历方告完成。汉武帝对新历十分满意，改年号元为“太初”，定名为《太初历》，到泰山行封禅大典庆贺新历制成。《太初历》改过去以十月为岁首，确立了以孟春正月为岁首的历日制度。

五千年相承的中华文明，既是先民们《诗经》里“舞之蹈之”的诗意生活，也是“坎坎伐檀兮”的农事稼穑。农事与诗意交融，民族的气节得以滋养。而二十四节气的确定，让“天人合一”的时令节气恒远久长。

归隐故里

《太初历》诞生后，落下闳辞官返乡，归隐故里。当地百姓们每年过春节时，都要焚香设酒祭拜他，并在锦屏山上修建“观星楼”和铸造青铜塑像以示纪念。登上观星楼，那一声声“春雨惊春清谷天，夏满芒夏暑相连。秋处露秋寒霜降，冬雪雪冬小大寒。”《二十四节气歌》铿锵有力的音律，似乎震颤了我的耳膜。它更像一位神清气定的老人，虬髯铜须，目光如炬，穿越历史的长河，从西汉飘然走来。

2010 年，阆中被中国民协授予“中国春节文化之乡”的称号，落下闳也被人们亲切地称为“春节老人”。

2017 年 7 月，落下闳被四川历史名人文化传承创新工程办公室评为首批十位四川历史名人。这位两千多年前的智者，栉风沐雨在嘉陵江边，那瘦削的身形，清癯的面容，深邃的目光，深深地感动着每一个来到他身边的人。

寻访落亭

明嘉靖《保宁府志》（阆中古称保宁）曰：“落下闳字长公，阆中人，善天文星历之学，隐居落亭。”“落亭”究竟是指阆中何处？据 1984 年版

《四川省阆中县地名录》载："桥楼乡有落阳村，因境内有落阳山得名。落阳山，位于老牛山北，正午以后，全山乃能见到太阳，故名。落阳旮，在洛阳山那儿的意思，又说落姓居住于此。"又据《四川通史》载，秦统一后即在此建立了乡、里、亭等基层组织。"亭"相当于现在的"村"。"隐于落亭"就是"隐于"今日的"落阳村"。

通过对桥楼乡落阳山等地的实地考察和研究，四川省社科院学术委员、研究员查有梁教授得出结论：史书上说落下闳是巴郡阆中人，到底是阆中哪里人？原来就在落阳山，就在落阳旮，就在闳庙子，就在桥楼场……到处都是他当年观星的地方。

2015年5月21日，中华人民共和国工商行政管理总局商标局对桥楼乡颁发《落下闳故里》证书，正式命名注册。中国古代如此著名的民间天文学家，生养他的故乡该会是怎样的呢？他的后代又是如何的呢？怀着敬畏的心情，我走进了桥楼乡落阳村落阳旮。

距离阆中古城约25公里的桥楼乡，东与广元市苍溪县相连，西北与其剑阁县接壤，南邻阆中的思依镇，自古人称"牛喝三县水，鸡叫四县鸣"，历来为军事要塞和文化重镇。青山逶迤的落阳村，初阳山、高阳山、落阳山、双阳山、赶阳山……山山合围，气势昂然。

今年70岁的当地村民王玉如告诉我：落下闳是本地人口口相传的伟人，相传他就在高阳山上观测天象。记忆中，落阳山上还建有落垭庙，内有长公殿及落下闳塑像。落阳山下是汉代古墓群，墓门前有万年灯。墓群下是几个大院子，有自家居所，直至1972年被毁，不得已全家搬离。印象中，大院子有厢房、绣房和中堂等。中堂有几块匾额文字：中间为"观天测地"；左右分别是"德血坤贞"和"南山之寿"。大院两侧是古树，前面是高高的台阶、拴马桩、射箭场等。

他们的祖先原本姓"落下"，明末清初为了避免张献宗对异姓家族的屠杀，于是家族中一部分人改成了当地最多的"王"姓，而一部分人却坚持了"落"姓，只不过将"落"改成了同音字"罗"而已。所以至今落阳村的“王”姓只能和外地“王”姓通婚，而绝对不能同本地落阳村的“王”姓联姻。

曾经的古院落不复存在，只留下一片废墟和记忆让人感怀。于此仰望，传说落下闳当年曾观天测地的高阳山青山隐隐，神秘莫测。落阳山下，那一条掩映在古树中的蜀道和365步石梯，以及青烟袅袅的长公殿，勾起了人前往的欲望。

那天，在落阳村长王尧平老人的带领下，我一步步走过古驿道，走过365步年梯，走过长公坪和长公殿，攀上高阳山，居然从废墟上拾起一片瓦。而冬阳也在那一刻破云而出，映着前面的远山近水，一瞬间，我仿佛握住了一个人的手，虽然穿过了两千多年的时光，但依然明亮和暖和。

两千多年后的今天，在桥楼乡的落阳旮，落阳山、长公殿、长公坪等一些山名和地名，仍然彰显着一代民间天文巨匠落下闳不朽的精神。而那些被当地人们心手相传的春节习俗和文化，则像落阳山下桥楼滩河的水一样，流进了嘉陵江和长江，滋养着华夏大地的每一个角落。

曾先后刊于2020年2月3日《人民日报》海外版、2020年2月7日《成都日报》“浣花”副刊、学习强国转

出征

一

正月初一，川东北的南充。上午8时许，川北医学院附属医院新区门诊大厅外，二十名身穿红色冲锋衣的医护人员集合完毕。赴湖北抗击新冠肺炎医疗队出征在即。

“若有战，召必回，战必胜。”这是二十名医护人员的集体请战书。他们来自医院感染科、呼吸与危重症医学科、重症医学科，曾抗击过非典，参加过汶川以及雅安地震灾区应急救援。这支医疗队的医师组长由感染科教授周仲辉领衔，护理组长由呼吸与危重症医学科主管护师张艳担任。

生活中，他们是儿子，也是父亲；她们是女儿，也是母亲。但在请战书上，他们只有一个身份：白衣战士！二十个鲜红的指印，就像二十颗跳动的心，成了冬日的一道动人风景。

医疗队成立了临时党支部，老党员雷震是党支部书记。一一点名：党员张艳、刘永芳、丁雪峰、刘力兴，预备党员唐文君；每个人依次出列，紧握拳头：这场抗疫之战，我们必须打胜！

“逆行，为了医生的使命。武汉，我们来了！”周仲辉发完微信，一行人已踏上征程。去武汉的飞机票上，没有名字，他们的名字都是：医务人员！

二

黄鹤楼下，江城武汉。当天晚上 10 时左右，由一百三十八人组成的四川省医疗队到达。他们分别来自四川省的多所知名医院，任务是入驻协和武汉红十字会医院，全力支援当地医护人员共同开展新冠肺炎诊疗。

夜已深。根据四川省医疗救援队临时指挥部安排，来自川北医学院附属医院的医疗队员负责两个病区。“时间紧迫，当晚，感染科护理专业的老师就给我们做穿、脱防护服的标准培训，并强调细节和注意事项。疫情当前，我们急而不乱。我们知道，严格要求，规范操作，才能保护病人，保护自己。”这是队员唐文君的深夜笔记。

经过一天紧张准备，1 月 27 日上午 7 时 30 分，周仲辉带领队员们正式进入“战区”。这家医院距离华南海鲜市场不到一公里。在五楼清洁区，队员们穿上防护服的那一刻，平时熟悉的容颜全部不见了。为了区分彼此，他们在防护服后背上写上各自的名字，还加了几句话：早日康复，武汉加油！

三

病房在六楼。两个病区，九十张病床。医疗队迅速兵分三路，成立三个小组，分别负责查房和收治患者。

沟通、查房、检查、会诊、测量生命体征……有条不紊。他们中间，包括护理组的十三名队员，其中有八名是“90 后”。在家中，她们有的还是在父母跟前的孩子。但在这里，病人们没有护工，没有亲人陪伴，她们便成了病人的亲人，病人的依靠，输液注射、送水喂饭……

21 床的大爷八十一岁了，病情严重，大小便失禁，吃饭困难，身边没有亲人陪伴。“他就是我们的爷爷。”护士们说。仿佛在一夜间，她们都长成了顶梁柱。

当你意识到自己能保护一位母亲时，那真是当医生极有成就感的时刻。这是雷震医生的感受。那天他值班，一位怀孕二十八周的孕妇在丈夫陪伴下走进病房。这位准妈妈被诊断为疑似新冠肺炎，忧心如焚。雷震立即和另一名专家通力合作，全力救治患者。“这名孕妇现在已经转院，正在接受进一步的专业治疗，等待小生命的降临。”雷震说。

数小时下来，衣服常被汗水湿透，护目镜也被雾气蒙住，队员们还相互打趣说：洗了一次免费的桑拿，安逸！似乎这样，心里的疼痛和身体的疲劳就可以得到缓解。

而当南充 915 直播间电话连线张洪川等医护人员时，他们异口同声：“如果疫情没退，把我撤下一线，我不甘心。”

31 日早上，川北医学院附属医院党委收到十一份“特别”的入党申请书。这是医疗队员们在前线写下的。他们请党组织在抗击疫情的战斗中考验自己！

四

白天，队员们互相协作穿戴防护服，隔着隔离门用纸笔交流情况；夜里，在回驻地的医护人员专用公交车上，他们往往再也支撑不住疲惫的身体，瘫坐在座椅上，甚至因为累迷糊而下错了站。

在医院，一位武汉大爷颤巍巍地拿出手机，“护士，咱们能不能照个相，我想留个纪念。”大爷和医疗队员董媛媛一起，定格了这瞬间。

这特殊的时刻，在病人的心中，医护人员无疑成了他们最亲的人。“12 病区 14 床是一个六十八岁的婆婆，她每天都要按二三十次呼叫铃。但是每次我们跑过去，她却什么事儿都没有。后来我们发现她是一种心理需要，看见我们就感到安全和放心，我们也就当什么都没发生一样，依然铃声一响就跑过去。”唐文君如是说。

“四川人爱吃辣的，希望你们胃口好，干劲更足！”一名叫汪治国的南充老乡得知消息后，开车近两个小时，通过三个检查站，送来辣椒酱等食品。

“虽然都戴着口罩，眼神里却有控制疫情的决心，有临危不惧的勇气，有爱国爱民的柔情，这就是最美逆行者。向他们致敬！”打开微信朋友圈，看见英雄机长刘传健发的这条微信，时间显示是2月2日晚上9时48分。就在当天，四川省新一批援助湖北医疗队医护人员乘坐3U8101次航班奔赴武汉。

2月3日中午，川北医学院附属医院第二批医疗队与医院首批医疗队在武汉会合！另一支由南充市中心医院二十名重症医学、呼吸病学、感染病学医学专家和护理团队组成的医疗队随后也组建完成，和四川其他同行一起踏上抗疫征程。

从正月初一到正月二十，四川省有八批一千两百多名医护人员驰援武汉。这时，还有众多医务工作者，正从全国各地、四面八方，奔赴湖北，支援抗疫一线。

武汉，一定赢！

发表于2020年2月24日《人民日报》“大地”副刊、学习强国转

归航

1

冬去春来，三月花开。武汉江城，樱花如约盛开。

3 月 14 日，这是一个值得铭记的日子。下午 3 时 24 分，协和武汉红十字会医院六楼病室，四川首批援鄂医疗队川北医学院附属医院小组成员负责的两个病区、共 90 张床位全部清零。

这 20 名从四川南充逆行的白衣战士，从 1 月 25 日始，随四川首批援鄂医疗队共 138 名战友一起，乘机连夜抵达武汉。经过一天的准备，27 日投入紧张的战斗，终于在第五十日，驱除病魔，迎来春光。

望着空荡荡的病区走廊，这群骁勇逆行的白衣战士们突然沉寂下来，继而又紧紧拥抱在一起。泪水蒙住了他们的双眼，春天的气息也渗透到了房间的每一个角落。

回首征途，川北医学院附属医院援鄂医疗小组组长周仲辉依然意难平。“国有战，召必回，战必胜。”这是一纸鲜红的请愿书，也是他们发自心底的决心和勇气。

三分治疗、七分护理。8 名“90 后”的女战士们冲锋在前，对每一个重危病人，只要有一线希望，她们也绝“不抛弃、不放弃”，视如亲人，悉心照料。

王浩是医疗小组唯一的男护士，他就专挑为病人移动翻身等笨重的体力活儿干，双手因频繁用消毒液而皲裂肿胀。5 岁的儿子看了后心疼不已，就画了一幅他在打怪物的画，通过微信送给他。

于无声处，温情如水。协和武汉红十字会医院的护士张志琴，闲暇之余，在川北医学院附属医院第一批援鄂医疗队队员们的防护服背后，手绘了一幅幅漫画，有蜡笔小新、海绵宝宝，还有武汉热干面等。携手抗疫，与子同袍。

当这些穿着厚厚的防护服，戴着口罩和护目镜的“蜡笔小新”和“海绵宝宝”们走进病房，操着一口地道的椒盐普通话时，他们那掩藏其后的笑容和温暖，仿佛送来了一缕缕春风。

共饮一江水，川、鄂一家亲。3 月 15 日中午，一位已经治愈出院的盲人婆婆送来了锦旗，上书几个金色的大字：关爱病人，胜似亲人！

截至 3 月 18 日，川北医学院附属医院两批援鄂医疗队 30 名队员，已累计治愈新冠肺炎病人 304 人，实现医护人员“零感染”。

304，这不是简单的阿拉伯数字，这分明是一颗颗跳动的心。它们宛如一朵朵鲜花，开在华夏大地之上。

2

黄鹤楼下，长江之畔，春光越来越明亮。

还记得 3 月 14 日下午那个特殊的时刻，协和武汉红十字会医院六楼大门口，川北医学院附属医院援鄂医疗队负责的最后一名新冠肺炎患者治愈出院。

这是一名中年妇女，她鞠躬辞别医护人员后，仍然一步三回首，眼角含泪，久久不愿离去。

此前她曾在方舱医院就诊，因为心理压力巨大，病情加重，后转至协和武汉红十字会医院。这所医院是四川省首批援鄂医疗队定点援助之地。在这里，她得到了川北医学院附属医院援鄂医疗小组周仲辉、雷震、华西医院罗凤明和协和武汉红十字会医院十二病区李国珍等医生的合力救助。

3 月 19 日 9 时，历史性的一刻终于来临。随着最后一名新冠肺炎患者的背影消逝，协和武汉红十字会医院全部患者清空为零。当天，该医院作为新冠肺炎定点医院被正式关闭。

还等什么呢？！医护人员们迫不及待脱下了厚重的防护服，摘下护目镜，露出印痕斑斑的脸，纷纷走到阳光下，拥抱这醉人的春天。

经过近两个月艰苦卓绝的努力，四川第一批援鄂医疗队成员们和协和武汉红十字会医院的医护人员们终于心手相牵。“武汉胜利，湖北胜利，中国胜利。”他们高声呼喊着。镜头下的合影，既是一张全家福，也是一段被历史封存的永恒画面。

四川、武汉两地医者相约：对新冠肺炎后期进行跟踪康复治疗；今后长期合作，共同探讨科研学术发展。就让春天的这一抹新绿作为见证吧。六棵繁盛的幸福树，被新栽植到了协和武汉红十字会医院的大门里。

这象征着生命的绿树，它们将守护着这段情谊，同岁月一起成长。它们还珍藏着四川医疗队员们此次带来的特殊使命，那就是家乡亲人们的祝福和感恩：2008 年汶川大地震期间，难忘武汉红十字会医院的医护人员们，他们把心血和汗水浇灌在了天府之地。

一枝一叶总关情！

3

3 月 21 日，正值一年春分之际。

一大早，四川首批援鄂医疗队的队员们就开始收拾行李，整装待发。

10 时 30 分，协和武汉红十字会医院门口，两件签满四川和武汉的白衣战士们名字的防护服，相互交换到了对方手中。

道一声珍重，再见了，武汉！

不舍酒店的工作人员们，尽心尽力做好每天的服务工作；不舍风里来雨里去的志愿者们，不计得失每天开车接送；不舍一张张风尘仆仆的面容，那是奔波忙碌着的快递小哥们；不舍居民楼窗口，那一双双目送的眼，那一只只挥动的手……待到明年春暖花开时，我们再回江城看樱花，可好？！

从协和武汉红十字会医院到武汉天河机场，一个小时的路程，沿途警察致敬，汽车鸣笛，行人夹道送别心目中的英雄们。

这也许是今生独一无二的登机牌，这也许是每个逆行者们心中永远的记忆。打开手中紧握的登机牌，发现牌面始发站是武汉，目的地是成都。牌后的字迹赫然入目：最美逆行，同心战疫，英雄凯旋，感恩有你；航班：胜利号；登机口：凯旋门；日期：抗疫胜利日；目的地：美丽家乡。

当白衣战士们登上川航 3U3104 次航班的那一刻，一个熟悉的声音再次响起来："我是本次航班的执飞机长刘传健，寒冬时节，送你们逆行武汉抗击疫情，大家每天都关注着疫情防控信息，在你们的努力下，确诊病例持续减少，治愈病例数不断增加，抗疫工作取得阶段性胜利。我知道是你们日夜奋战，辛苦劳动的成果，感谢你们为这个春天带来了希望，幸得有你们，山河无恙。……"

机舱上，印着一排排"心"图案，挂着一面面五星红旗。乘务员们穿着大红的制服，带头唱起了《我和我的祖国》。在有力的节拍声中，白衣战士们朝着家的方向返航。

此前，南充市第三批出征的南充市中心医院的白衣战士们，也圆满完成在华中科技大学附属协和医院肿瘤病区的新冠肺炎重症患者救治工作，并已回到成都附近隔离修养。川北医学院附属医院第二批出征的白衣战士们，还在武汉大学人民医院东院坚守岗位，帮扶救治，等待回家。

华夏大地，春花已开。那些逆行的白衣战士们，正各自踏上回家的归途。天府之国的美丽南充，已经张开怀抱，等着英雄们凯旋。

发表于《中国作家》和《人民网》"人民战疫"征文

嘉陵江畔好扬帆

——四川省庆祝中华人民共和国成立70周年大型成就展南充馆纪实

引言

一条江流过，一座城崛起。

历史永远铭记：2019年9月28日，四川省庆祝中华人民共和国成立70周年大型成就展（南充馆），在成都中国西部国际博览城国际展览展示中心开馆。

“壮丽70年·阔步新时代”，南充馆紧紧围绕这一核心主题，酷似一艘扬帆远航的“南充号巨轮”，以建设区域中心城市、争创全省经济副中心为目标，依托母亲河嘉陵江，结合南充发展历程、历史底蕴、区位优势、地域文化、时代使命等重要内容，全方位、系统性、立体地呈现了新中国成立70年来南充砥砺前行和辉煌巨变。

南充馆展出历时两个月，受到社会各界群众的广泛赞誉。

中国西部，四川盆地东北部，南充正蓄积生命的力量和青春的芳华，化作彩蝶，在嘉陵江上空展翅翱翔。

时代巨轮

金秋十月，丹桂飘香。

四川成都。中国西部国际博览城国际展览展示中心大厅里，人来人往。四川各个市（州）展馆精彩纷呈。

南充馆位于展示中心的2号馆，颜色雅致，外形独特，展示面积为

275 平方米。

它整体形态庄重大气，分为序厅、主厅、尾厅，仿佛是一艘“新时代的南充号巨轮”，展示了在党中央和省委的坚强领导下，南充历届党委、政府团结带领全市人民，历经岁月洗礼，劈波斩浪、开拓创新、勇立潮头，取得了历史性的成就，以及在新时代满怀信心迈上新征程的决心和勇气。

这是一艘大气磅礴的巨轮，桅杆挺立，彩灯闪烁……它的外墙逼真地再现了南充嘉陵江大桥、南充城市夜景等美丽画面；“建设区域中心城市 争创全省经济副中心”格外醒目。

走进巨轮的展厅，仿若置身时空的幻境，依次看到主厅呈现出的是：南充城市模型沙盘、影像时光隧道、“五位一体”成就展示、“五张文旅名片”……层次清晰，设计精妙。

在这里，南充的历史和今天，南充的人文和生态等，一览无余。图说南充、数说南充、影说南充、物说南充……手法不一；声、光、电、多媒体等技术，把一个鲜活的南充立体呈现在观者们的面前。

嘉陵江源于秦岭，自陕西凤县嘉陵谷奔涌而出后，她沿途纳溪成流，汇聚成川，一路滚滚东来，蜿蜒而至四川省南充市，成了我们的母亲河。

人类，自古以来逐水而居；文明，由此衍生和发展。嘉陵江畔，南充是一部写满厚重人文和自然风光的美丽读本。它拥有太多的自豪和骄傲：是一个历史文化名城，有 2200 多年建城史，孕育了辞赋大家司马相如、史学大家陈寿、天文历法巨匠落下闳等历史名人，是三国文化、春节文化的发祥地……

在这里，人文和山川交相辉映，中华文化一脉相承。南充是文化大市，全市不可移动文物保有量居四川省第三位，有国家级非物质文化遗产名录 5 项、省级非物质文化遗产名录 29 项，川北大木偶、川北皮影、川北灯戏、川北剪纸“四朵金花”享誉海内外。在联合国人类非物质文化遗产代表作名录“中国皮影戏”中，南充阆中王皮影和南部马王皮影成功入选。

在这里，美丽山河纵贯南北，文旅气质脱颖而出。南充是旅游大市，嘉陵江纵贯300公里，素有“果城、果州、绸都”的美誉，拥有阆中古城、朱德故里两个国家5A级旅游景区，是国家园林城市、中国优秀旅游城市。

在这里，将士鲜血染红了故土。南充是川陕革命根据地重要组成部分，历史上有20余万南充儿女上前线英勇抗敌；南充是将帅故里，是开国元勋朱德、民主革命家张澜、共和国大将罗瑞卿、为人民服务光辉典范张思德的故乡，红色文化光耀史册。

在这里，江山代有才人出，勤劳善良的南充儿女承继着先辈们的英魂，努力建设着自己美丽的家园。

中华人民共和国成立之初，南充是川北行署驻地，胡耀邦同志是第一任行署主任。1993年，南充撤地建市。在中央、省委的坚强领导下，南充760余万儿女始终坚定不移地跟党走，取得了辉煌的成就。

嘉陵江敞开胸怀，化为乳汁，滋养着这一方水土，这一方子民。南充，以独特的风水造化，尽享物华天宝。今天的南充，是全省第二人口大市，是国家规划确立的成渝城市群北部中心城市，是省委规划确立的全省七个区域中心城市和经济副中心重点培育城市……

这个古老而年轻的城市，积淀了丰厚的人文故事和风情，正焕发着灿烂的光芒，成为嘉陵江畔最美的记忆。

历史回眸

风云历史，沧海桑田。

中华文明，上下五千年。任何一个地方，在发展的道路上，不可否认，也曾举步维艰，也曾步履蹒跚。但中华民族是一个韧性十足的民族，一路风雨一路歌，文明星光始终辉映着东方的这片天空，薪火相传。

总有一些人，因为深情，所以爱恋；因为挚爱，所以努力。

穿越南充馆的时空隧道，由此可以真切地领略和体味南充发展的每一个阶段，以及每一个阶段带来的撼人心魄的力量和精神。

放眼望去，南充馆“时光隧道”的顶部为蓝天白云，地面为模拟的灵动的嘉陵江水，它既切合了南充的形象口号“印象嘉陵江·山水南充城”，也反映了新时代南充的美好生活，呈现出南充活力、美好、自然、生态的景象。

南充馆特别吸引人的地方，就在于它通过时空隧道的方式来表现历史和今天。展览顺序以时间为轴线，主要分为：中华人民共和国成立—1978 年、1978 年—2012 年、2012 年—2018 年、未来南充。寓意着南充儿女寻找初心、不忘初心，最终迎来新时代、迈向新征程、涌向新潮头的大好局面。

抚今追昔，筚路蓝缕。

首先映入眼帘的是中华人民共和国成立至改革开放阶段，也就是 1949 年至 2012 年。一张泛黄的老照片，一幅荒滩裸地的画面，一次集体大生产大劳作的动人场面……时空拉近，历史镜头重现。回顾中华人民共和国成立初期南充的面貌，再看看南充今天的容颜，两相对比，怎么不让人感慨万分。

光阴荏苒。

时间来到改革开放至党的十八大阶段，即 1978 年至 2012 年。南充五星花园车流如织，行人笑靥如花；嘉陵江大桥不断修建，两岸变通途；第一辆火车驶进南充，第一架飞机飞向蓝天，南充和全世界相衔接……

山乡巨变、江河奔腾……

当时代的巨轮驶入党的十八大后，嘉陵江上百舸争流，春意盎然；南充滨江路上灯光璀璨，夜色迷人……城乡与山水之间，大自然倾情泼墨，绘就好一幅宏大而美妙的中国画。

山重水复疑无路，柳暗花明又一村。

走出时光隧道，一幅南充城的巨照，让大美南充完美呈现于世人面前。最是人间好风光，美丽南充，是它300公里嘉陵江曼妙的身姿，是它2200年骄傲身世，是它760余万的四川第二人口大市，是它三区六县（市）1.25万平方公里的土地，写出厚重的篇章。

南充的一座座桥，一条条路……宛如城市的脉搏，与这个城市同荣共生，见证着它的发展，讲述着它的传奇和故事。

从2002年12月第一条高速公路——成南高速建成通车开始，南充交通发展"一发而不可收拾"，到2018年先后建成南渝、广南、巴南等高速公路11条，实现县县通高速，通车里程546公里，通车里程位居全省第二；南充高坪机场自2004年8月建成投用以来，已开通至北京、上海、广州、拉萨等航线17条，数量位居全省第三；"一港三码头"开港营运，嘉陵江实现全江通航，通航里程301公里，位居全省第1。京蓉高铁、成南达万高铁、汉巴南铁路规划布局，阆中机场即将开工建设，南充将全面进入"双高铁""双机场"时代。

风雨过后见彩虹，历尽沧桑换新颜。

南充人民生活实现从温饱不足到总体小康的时代跨越，在全省率先实现7个贫困县全部摘帽，累计实现1217个贫困村退出、56.9万人脱贫。社会保障实现全覆盖，"五大保险"参保1125.5万人次。居民生活水平显著提高，2018年城镇、农村居民人均可支配收入分别达到30810元、11077元。

那些黑白和彩色的照片，就像南充的眼睛，见证了南充的发展足迹，也记录了这个时代南充儿女的艰苦奋斗和顽强不屈……

伴随着中华人民共和国成立和前行的脚步，在党中央、省委的坚强领导下，南充人民同心同德、艰苦奋斗，经济建设创造了令人瞩目的辉煌成就。经济规模从1949年的1.67亿元分别跃升到1978年的10.29亿元、2012年的1180亿元、2018年的2006亿元，实现了历史性跨越。

不忘初心，牢记使命，南充正朝着全面建成小康社会、建设成渝第二城、争创全省经济副中心的战略目标坚毅前行！

扬帆远航

嘉陵江上好弄潮，奋力者勇争先。

南充号时代巨轮“五位一体”部分，分别从政治、科教、生态、文化……几个方面，凸显时代发展带来的巨大变化。

前进路上，甘愿为人梯，抛头颅洒热血，这是矢志不渝的信念和勇气。“为人民服务”，这始终是一句不变的誓言。

“三严三实”专题教育、“两学一做”学习教育、“大学习、大讨论、大调研”活动，全市党员干部“四个意识”不断增强、“四个自信”更加坚定、“两个维护”更加坚决。政德、为民、担当、实干、廉洁……全国优秀共产党员文建明、党的十九大代表高栓廷、全国人民满意公务员岳春华、“四川好人”陈建清等先进典型层出不穷，政治生态风清气正。

川东北这片肥沃的土地，人文璀璨，闪耀星空。中华文脉相传承，南充科教文卫雁阵齐飞。

建国初，南充已有省蚕研所、南充农科所等科研机构；1958 年在全国率先成立地区科技工作委员会；现拥有 80 余家科研院所、10 余万名专业人才、7000 余项授权专利、3 项国家科技进步二等奖、58 项省科技进步奖，被评为全国科技进步先进市、国家知识产权试点市。

忆往昔，峥嵘岁月；看今朝，聚沙成塔，点石成金，南充大城格局蓄势已腾飞。

建国初，南充常住人口 373.7 万，城镇化率 1.6%。现已发展成全省首批Ⅱ型大城市，常住人口 760 万，城镇化率达 48.1%，主城区面积 145 平方公里、常住人口 137 万，预计 2025 年主城区面积将突破 200 平方公里、常住人口突破 200 万，率先建成“双超两百” Ⅰ型大城市。

老有所依，老有所养，这不再是遥不可及的梦想，南充社会保障有力，百姓安居乐业。1986 年全市启动养老保险，现参保人数突破 400 万、养老机构 1362 个、基金收入是成立初的 2120 倍。医保参保率 97.6%，医保工作多次获劳动和社会保障部表扬。

嘉陵江上，鸟鸣声声；城乡之间，绿意盎然；山与水之间，人们在尽情欢笑。绿水青山就是金山银山。

南充在全省率先推行大气污染防治奖惩考核，全流域推行河长制并实施污染防治断面考核，形成了横向到底、纵向到边的制度体系。2011 年以来，全市共累计完成营造林 288 万亩，森林面积达 756.29 万亩，森林覆盖率 40.64%，林地保有量 609.14 万亩。

中华文化，源远流长。盛世华年，国脉和文脉相连。

南充文化建设主动适应经济社会发展新常态，以改革促发展，成功打造国际木偶艺术周、嘉陵江合唱艺术节、嘉陵江灯戏暨地方戏剧艺术节等文化品牌，成功创建第二批国家公共文化服务体系示范区，多项工作领先周边市州、走在全省前列、国际国内知名。文化产业方面，实现营业收入从建国初期的空白提升到 2018 年 141.12 亿元、利润总额 10.15 亿元、缴纳增值税 3.26 亿元，分别为全省第三、全省第二和全省第三。

嘉陵江边的这个城市，山青水碧，宜居宜业，风景这边独好！那些红色的花瓣，金色的花蕊，正透出无限的地域风情，昭示着更加美好的未来。

文脉相承

川东北大地，钟灵毓秀，人杰地灵。

每天，只要川北大木偶——两只熊猫队长入场，川北皮影亮相，南充馆便立刻人气倍增。它们配合南充五张文旅名片展示，耀亮了大厅，观者甚众。

继往开来的南充，正着力打造全省文化旅游副中心。“将帅故里·红色文化”“历史名城·三国文化”“中国绸都·丝绸文化”“印象嘉陵·生态文化”“世界古城·春节文化”这五张名片，必将唱响并擦亮南充。

这是一片红色的土地。开国元勋朱德、共和国大将罗瑞卿、民主革命家张澜、为人民服务的光辉典范张思德等，他们写满忠诚和正义。

这里是三国文化的源头。陈寿著书《三国志》，彪炳史册；张飞镇守阆中7年，汉桓侯祠巍然屹立。

这里是丝绸之路的源点，她是中国西部荣膺“中国绸都”称号的唯一城市。

这里是嘉陵江身段最柔美的地方。嘉陵第一江山、嘉陵第一桑梓、嘉陵第一曲流……三百里嘉陵风光，铸就南充美丽的风骨。

这里是春节的故乡。《二十四节气歌》发明人落下闳，被称为中国的春节老人，阆中成为春节发源之地。

南充文艺精彩纷呈。国际木偶艺术周、嘉陵江合唱艺术节、嘉陵江灯戏暨地方戏艺术节等文化活动品牌，被国家文化和旅游部赞誉为“西部地区独有的文化盛会”。

南充文化被世界聚焦。川北大木偶“熊猫队长”在韩国平昌惊艳世界；民俗舞蹈《亮花鞋》登上央视春晚并获得第十八届群星奖；阆中王皮影和南部马王皮影成功入选联合国“世界人类非物质文化遗产名录”。

……

展馆现场每天演绎着古老文化艺术的非凡魅力，在木偶剧的翩翩起舞里，在川北剪纸的巧夺天工里，在皮影戏的锣鼓打斗里，在一代代传承人的悠扬唱腔里，蕴藏着非物质文化的不朽精髓，也表达着南充人民对优秀传统文化的深刻追求。

南充因嘉陵江而生、因嘉陵江而美、因嘉陵江而兴，绿水青山就是金山银山。南充儿女有信心和决心：生态打底、绿色发展，让山、水、州、城、人和谐共生，让绿色成为美丽南充最亮丽的色彩，让南充成为嘉陵江畔最璀璨的明珠。

畅想未来

九万里风鹏正举，新时代众志成城。

四川省庆祝中华人民共和国成立70周年大型成就展南充馆巧妙融入嘉陵江、上中坝大桥、丝绸、大木偶、张飞脸谱、川北皮影等众多南充元素，通过设置“时空隧道”、五位一体、五张名片等板块，精选3600余张各时期照片，以昂扬雄姿立体展示了新中国成立70年来，南充经济社会发展取得的辉煌成就，受到媒体关注。

忆往昔，峥嵘岁月稠。展未来，盛世书华章。70年砥砺奋进，南充大城已崛起。

物阜民丰的南充，她是一幅壮丽的画卷，正在嘉陵江畔徐徐打开；继往开来的南充，她是一只蜕变的彩蝶，正在嘉陵江上翩翩起舞；如诗如画的南充，她是一个动人的音符，正在这片广袤的大地吟唱，随着日月斗转星移，跟着四季更迭永远。

新时代，新征程，新作为，当前，南充人民正以习近平新时代中国特色社会主义思想为指导，深入贯彻落实省委“一干多支、五区协同”“四向拓展、全域开放”战略部署，踩着时代节拍，踏着铿锵步伐，满腔热情，满怀激情，在加快建设区域中心城市、争创全省经济副中心的征程中阔步前进。

第三辑　百年梦圆

西部华彩耀星空

神奇美丽的西部，山为骨，厚重的人文气魄成血脉，开出一朵璀璨的文明之花，耀亮着多彩的华夏。从雪城高原，到大漠雄关；从南国椰风，到北国冰挂……

西部的山西部的水，西部盛开的花蕊，独自气质艳芳华。依循着她的馨香，我从东而来，过阆中、广元、汉中、秦岭……我走过蜀道的艰难和险阻，走过八百里秦川的伟岸和雄魂，浸染着十三朝古都的气质，贪婪吮吸着她散发的每一缕芬芳。

这些年，我走过很多地方，从故乡到远方，

这些年，我走过很长岁月，从艰难到幸福。

这些年，我走过很多坎坷，从平原到高原。

中华大地，百年梦圆。这些年的风物已经积淀成闪光的记忆，成了珠贝，在我的灵魂深处发光。那我就虔诚地捧出一颗赤子之心，献给慰藉我心灵的华夏山水大地吧，她让我安宁和温暖！

贺兰山下春风起

从青海西宁到宁夏腾格里沙漠，沿着黄河顺行，是一望无际的高山和荒漠。

山上沙砾堆积，孤寂而苍凉。阳光刺射着它们，也照出了空中的尘埃。沿途，一点点绿色都让我心动不已。沙海中，依稀可见瘦小的杨林或者沙枣树，它们是筑路工人栽种的，正在与自然博弈，和风沙厮杀后挺立下来，只把针尖状的叶心指向黄土，想要活出生命的本质。

沙坡头上麦秸阵

就在夕阳西坠的当口儿，我突然看见黄河摆动柔美的腰肢，呈现出一个大大的“S”形来。腾格里沙漠更像个调皮的大小子，伸出脑袋，想要吸吮她的乳汁。

“沙坡头到了！”不知是谁大声喊道。远处的贺兰山仿佛听到喊声，面颊变得通红。一边是黄河，一边是沙漠，“大漠孤烟直，长河落日圆”，谁说这不是山河与光影的完美交融呢。

山与河边，是沙漠。沙漠边，是包兰铁路，它像龙一样延伸到远方。铁路边是一个个方形的麦秸阵，它们像钉在沙漠外套上的纽扣，固定了移动的沙丘。麦秸阵里，居然长出了不知名的小草或者花儿，正晃着脑袋对春风微笑。麦秸阵那边，有人把沙子踩在脚下，弓着腰在忙碌，那是植树人的身影。

看龙一样延伸的包兰铁路，气势昂扬。沙坡头，原本只是黄河岸边一个大沙丘，人迹罕至，但世界上第一条铺设在流动沙丘上的铁路，就在这里穿越腾格里沙漠。

经过几代治沙人长期不懈的探索，在包兰铁路两侧密集的麦秸格状流动沙丘上，还建起了“五带一体”的防护体系，完成了人进沙退的壮举。麦秸方阵，不知凝聚了多少治沙人的心血和汗水，现在每年仍有全世界各地的人自发前来，参加到治理沙漠的公益活动中。

春天正当时，有人舍家弃业，正在铁路边植树造林和耕种。黄河渐渐转清，荒漠上的小草和花儿多了，小树苗也变成了小树林。良好的生态环境，给了许多珍稀动物一个温馨的家，沙坡头成了世界著名的旅游景点。

黄河耀亮凤凰城

带我走进沙漠的是本地一个中年汉子，回族人，戴一顶黑色小帽，着一件白色褂子，语言诙谐幽默。他不停地唱着“花儿”小曲，也不厌其烦地讲着当地故事。西北人那么喜欢唱“花儿”，想来草木皆是得来不易的缘故。

贺兰山下，在通往银川的路上，紫槐一溜儿排开去，枝丫间挂满了花朵。水田棋盘似的摆好，禾苗的青和大地的黄形成强烈的对比色。黄土地中，一株株西瓜苗开始卷须，向上生长……

黄河一直跟着我走。不，它似乎不再叫黄河了，水质明亮清澈，滋养着一路的稻禾和瓜苗。它仿佛也很平静和从容，就那样波澜不惊地向前流淌着。谁都不知道，它正暗暗蓄积着力量，准备蝶变和升华呢。青铜峡到啦，河流九曲汇青铜，天际奔涌到此平！没有丝毫的犹豫，它从坝顶一跃而下，演绎出一幕“飞流直下三千尺”的人间罕景。

难道就是这瞬间喷发的光芒，耀亮了银川，它故而其名？不，比这更美的是一个民间传说，它极大地丰富了我的念想。传说远古时，有一只象征幸福吉祥的凤凰，从江南千里迢迢飞到塞北。但那时的塞上天地洪荒，旷野苍茫。凤凰祥瑞，给山们披上绿装，使大地成为沃野，又让牛羊的奔跑声唤醒沉睡的平原。顿时，山青了，水绿了，牛羊壮了，人们黄发垂髫并怡然自乐。可凤凰为了护佑此地，竟然化作城池安定下来，故银川又别称为凤凰城。

我念想着银川的名字和由来，牵挂着善良温婉的凤凰姑娘，情不自禁走进银川市中心，在民族团结碑上与她深情对望。而她静静地伫立在银川，也守望着西北。

塞上明珠胜江南

生活在这片土地的人们，他们心手一定是相连相牵的，同心同德地建设着自己的家园。南北方风物文化于此交融，就在一转身，在银川市中心的一个花圃里，我看见牡丹花了。这些高贵的人间仙子，不在传说而在现实：她们真的就在这片土壤这个季节开花了。上苍在茫茫的戈壁之上，成就出一片胜似江南的塞上明珠。

春阳暖暖的。沙枣花不事张扬，淡淡的小花朵，很香，被风送得很远。风也送来鱼塘略带腥味的空气，让人仿佛置身水乡的江南。玉米封林了，小荷露出了尖尖角……风吹叶动，让我忘记了风沙的侵蚀，只想朝着前方的白云奔跑。

白云下面是沙湖。湖边长满蓬蓬的草叶，尖尖的，密密的，连成片，中间开着蓝色的小花朵，像星星。这是什么花啊？还记得有一部电影叫《马兰花开》吗？是的，这就是马兰花，面对美好，它义无反顾地倾尽芳华，这个性实在像极了大西北的人。

很难想象，彪悍粗犷的大西北人是怎么把沙湖调理成一块绿布，布置在几块金色的沙丘之中的。湖水清且涟漪，被分成一个一个的芦苇荡。野鸭在里面拍着翅膀，小鱼儿跳出了水面，飞鸟从身边飞过。栈桥那边，你能看见什么景致？沙丘中间，有一片青草翠微的湿地，和湖相连。

远处，贺兰山的脊骨若隐若现。山体，沙丘，湖泊，湿地……它们构成了一幅立体的水墨画，让那些在沙地赤足奔跑的人尽情地描绘。绿水微澜，春风正起，我不禁也奔跑起来，扑进了那片翠微湿地。

发表于2020年3月12日《人民日报》海外版、学习强国转

战鹰从天安门前飞过

一

我从来没想到，自己会成为一名空军飞行员的妻子，并见证了新中国空军飞行员的成长。

夫籍贯四川南充，一九八九年八月于南充高中被空军某部招飞入伍，进入河北保定飞行学院就读。命运之神安排我和他在重庆初遇的时候，是一九九四年十二月的一个冬天，那时他已在驻地空军某部服役。

初冬寒风料峭。在一个星期天的黄昏，我们静静地坐在机场宽阔的草坪里。灰色的跑道沿着视野的尽头向前延伸，我仿佛看见一幅动人的画面：一架银白色的战斗机呼啸而起，如大鹏展开羽翼直刺蓝天。

翌年农历五月初五，端午节。夕阳收尽天边最后一抹晚霞，恋恋不舍地坠入地平线，宽阔的天幕上点缀着很多星星，欢快地眨着眼。吃罢晚饭，我和丈夫携手步出营房的家，袭一路稻禾的清香，爬上机场附近的一个小山坡，去看当晚的夜航。

山下几户翠竹环绕的农家小院里，飘散出几缕淡淡的炊烟，和着田野里袅袅升起的暮霭，送来糯米粽子诱人的清香。此时，家家户户的门檐上，是不是又挂着一串绿茸茸的艾叶呢？是不是当母亲的正把一个个粽子，喜滋滋地盛在孩子的碗中？

我不禁静静地猜想，抬头间，发现丈夫的神情有些凝重。“上军校前，每个端午节，在家里吃了妈妈包的粽子后，都要带一些到飞行学院去和同学们分享，但现在我们天各一方……”夫沉湎于往事，略带感伤地说。我默然无语。

“看，机场的灯亮了！”他突然高声喊起来。

我循声望去，只见绿草如茵的草坪上，两排蘑菇形的夜航灯次第闪亮起来，宛如一串美丽的珍珠，放射出夺目的光彩；又如天上的星辰，在草丛中明媚地闪烁着。宽阔的跑道尽头，一架战机起飞，又一架战机直扑苍穹……

二

高飞的战机俯瞰着大地，仿佛是一只只雄壮的鹰，勇敢地翱翔，搏击着长空，何惧狂风和暴雨，何惧闪电与雷鸣。

“我的飞行学院的同学余江，在一次夜航中不幸牺牲……”丈夫语调沉寂下去。在辽远而深邃的夜空里，我仿佛看见一颗明亮的流星，陨落在天际。

余江是新中国培养的一名空军飞行员，年轻英俊，他的家在成都，自幼父亲病逝，母亲一个人含辛茹苦把他养大并培养成才。时光，永远凝滞在一九九三年八月二十三日晚。在那次外场夜航飞行训练中，因空中云雾聚集、能见度较低，余江驾驶的飞机在返航途中坠落，不幸殉难。当晚一同参与飞行训练的，还有丈夫和另一名同学赵庆珍，消息传来，他们悲痛万分。

仰望夜空，星辰灿烂。流星缓缓地划过天际，那短暂的一瞬，却成为心中的永恒。余江把一颗英勇的灵魂留驻在了星光里，我不知星空中，又有多少颗这样的灵魂在那里闪烁。

三

日子如水般流逝，后来，我离开了部队，走进了城市，而战鹰一直在高飞。我从丈夫的述说中了解到一些部队的情况：师里有几名飞行员被抽调到了别的地方，去飞更先进的机型和机种，其中的杨利伟更是被选拔到了航天飞行中心，成为全师的骄傲和自豪。

这也是中国人的骄傲和自豪：二〇〇三年十月，中国第一艘载人飞船“神舟五号”飞天，激动人心的时刻通过电视屏幕传到了全世界……

杨利伟带着祖国和人民的希望载誉归来，而另一名空军飞行员赵庆珍，因为一个“义”字，告别年迈的父亲，从江苏千里迢迢来到四川、来到牺牲的战友——昔日的下铺兄弟余江的家，来照顾余江无法再尽孝的苍老的母亲。

因为一个“义”字，他放弃了为之自豪的蓝天梦；因为一个“义”字，他忘不了在余江遗物前的暗暗发誓：“好兄弟，你为祖国献出生命，我会替你照顾母亲，为母亲养老送终！”

四川邛崃，赵庆珍从陌生到熟悉。数年不离不弃地陪伴，无微不至地照顾着余江的妈妈，温暖的亲情在这里延续。后来，他在这里结婚生子。蜀山蜀水，人间至情，他充满深情地对我说：“我和妈妈过得很好。”

二〇一四年五月，赵庆珍荣登中国好人榜“诚实守信好人”榜首。一个人感动一座城。赵庆珍替牺牲战友尽孝的感人故事，在巴蜀大地广为传颂。

四

这一天全世界的目光，聚焦到了中国北京。

二〇一五年九月三日，纪念中国人民抗日战争暨世界反法西斯战争胜利七十周年大会在北京天安门广场隆重举行。十时四十一分，空中护旗方队率先亮相。十一时二十五分，由陆海空三军航空兵编成的九个空中梯队呼啸而来。预警机、轰炸机、加油机、歼击机、舰载机等一百八十三架战机，以新颖的编队低空飞过天安门广场……全场响起经久不息的掌声。

这是中华人民共和国的战鹰在飞翔。它们飞过祖国的蓝天，飞过天安门广场，鲜红的五角星，银白色的翅膀，在灿烂的阳光下是那么耀眼！它们是一只只来自雪域高原的雄鹰，俯瞰着世界屋脊，飞过山川和原野，飞过沧桑的岁月，飞进华夏儿女澎湃的心里。

在中华人民共和国成立的一九四九年十月一日，十七架战机从天安门前飞过，而今天，有更多的战鹰在祖国的蓝天上翱翔。

在四川南充家里，我和丈夫目不转睛地盯着电视屏幕，当战鹰腾空而起的一刹那，我看见他的眼角湿润了。我知道，他和战友们的理想终于在蓝天绽放，其间，不知凝聚了他和战友们多少心血，洒下了多少辛勤的汗水……

二〇一八年国庆节，在山城重庆，向忠、李勇、杨泽平、刘建、杜本平……战友们从全国各地赶来。这些共和国的飞行员，在国家的节日相聚在一起，心潮起伏，感怀不已。他们一杯酒接一杯酒地喝着，一个故事接一个故事地讲着。是的，青春无悔，他们用青春的热血和激情，抒写了一首豪迈的飞行员之歌。

发表于2019年9月5日《中国文化报》副刊、学习强国转

黔山拓荒者

一

她叫龙人瑛，祖籍四川省泸州市。

我和她相识，是在十余年前的四川省南充市。那时我是《南充晚报》的一名记者，她是南充市当地政府引进的一名投资商，她在南充市成立了一家大型的文化康养中心——域外桃源。每天晚上，在这里，身着民族服装的阿哥和阿妹都要扯开嗓子唱响山歌，给市民们奉上一道视听的文化盛宴。这来自云贵高原的民族多彩文化，就像一缕清新的风，很快誉满南充。

域外桃源当年成了辖区的纳税大户，也解决了本地一些下岗工人的再就业问题。我奉命前去采访。在喧嚣的城市一角，域外桃源的装饰风格自成一体：蓝色的青花瓷盘扣满墙壁，五彩的油纸伞倒挂屋檐，蓝色的扎染装饰着主人的起居器物，绿色的竹和桃色的花点缀着茶厅。

龙人瑛个子不高，身材适中，她把一头乌黑闪亮的头发盘成髻，再用一根木头簪子挑上头顶，很是别致。那一身质朴的民族服饰，饰以玉佩和玉镯，衬托出一个女子的贵气与涵养。她认真地看员工们表演高原民族歌舞。域外桃源的女孩子和男孩子们大多来自贵州和云南，他们用业余时间排练了家乡的民族歌舞，在域外桃源简单而高雅的舞台上，把多彩的异域风情传递到了嘉陵江畔的南充。

“这些娃儿家里都很贫穷，我把他们从大山深处带出来，希望这里成为他们温暖的家庭。”她深情地说，也慢慢叙说起自己的故事。

有几件小事深深打动了我。天资聪颖的龙人瑛，在那个艰苦的年代，她却不甘心命运的摆布，为了凑钱读书，她甚至隐瞒家人不惜卖血。由于所在村乡习俗，不谙世事的她早早嫁作他人妇，却又被丈夫毒打出门，自此独自一人带着孩子漂泊。她先后到了云南、贵州等地，在成都市荷花池售卖两地特产，以养活自己和嗷嗷待哺的孩子。“孩子还小，我要卖东西，人太多，因为怕他走丢，我就在他身上套了根绳子。儿子总是想跑远，我就用力拉绳子，他总是哭。”她说。

好在还有心底保留的美好情感可以慰藉心灵。闲暇时，她写诗，写文章，用文字记录艰苦生活，也企图打开心中的一扇天窗。

二

日子一天天过去，孩子一天天长大。她在云贵川往来奔波，生活从不曾辜负那些认真对待它的人，龙人瑛慢慢有了一些积蓄。

把孩子送进部队以后，她用积攒的钱做了一件当时谁也不看好的事：跑到贵州，在距离省城几十公里远的修文县，承包了几座荒山，在山上搞起了种植业和养殖业。

“从小在农村长大，我对土地有很深厚的情结。我从老家带了一些人去开荒，在山上种果树，种蔬菜，还养了很多野猪。下雨天，我和他们一起，穿着雨鞋满山转，找跑散的猪儿。”她虽寥寥几语，我却看出了这段不平凡岁月在她心里的印痕，很深，很深。

这真是一个世间少有的奇女子。领着团队，龙人瑛凭着一颗不屈的心征服了荒山，成了带领农民致富增收的带头人，其典型事迹也被当地媒体争相报道。瞅准时机，她在昆明、贵阳、泸州、绵阳、南充等地相继开办了自己的连锁企业。域外桃源，成了响当当的一个集团品牌。

因为这次采访，我和她结下了深厚的情缘。因为职业缘故，很多时候并不能按时吃饭和休息，记者大多落下胃痛的毛病，我也不例外。记得一个冬天，一个电话温暖了正在外面采访的我。“安音，我在贵州给你带回了一瓶药酒，是苗家医生配制的，你每晚睡前喝一口。”原来她专门到深山寻医，找了当地苗医要了药酒，然后揣进衣服口袋，千里迢迢从高原带了过来。原来这个人们眼中的奇女子，心地竟是这样细腻而温婉。她还资助了多名贫穷的孩子念完大学。

“绿色康养，心灵家园”，域外桃源的品牌理念深入人心，成了深居都市的人们的向往之地。2008 年，震惊中外的汶川大地震发生。那时候，先生在外飞行，我和年幼的孩子在家。震后第一时间，她开车到了我家楼下，接走了我和孩子，安顿在域外桃源居住。其时，她的儿子龙龙已从部队复员，着手打理绵阳分店的经营工作。这个从部队回来的男子，震后带领员工迅速赶赴灾区，送去大量救灾物资。与此同时，域外桃源成了当地政府的后勤补给基地。

2008 年底，龙人瑛再次做出了一个大胆的决定，关闭云贵川集团盈利店，撤回连锁集团的所有资金，全部投资在自己当初承包山林开荒种地的地方——修文。她给自己再度开发的山林起了一个大气庄重的名字——玄林子（玄为道，亦为天；林即森林，亦即土地，为人居住之地；子代表学子。取其道家的天地人之意，符合道养人主题）养生庄园。

三

再回山林，龙人瑛百感交集。十几年前带领村民们种植的树木，有的已经参天逼人。

龙人瑛开始在山上修建龙润山庄。

创业艰难百战多，重新置业，何其艰辛，一切都得从头再来。

避开砖瓦，避开水泥，避开城市的钢筋混凝土。龙润山庄，须是自然的处所，复归天地的本性。本着天人合一的建筑理念，一根根木头成了山庄的主体材料。那个时候，远在南充的我，不知道这个女子是不是天天穿着青麻布衣的棉袍，比画着木头的长短和大小，和木工们一起钉房梁的楔子。但我想一定是的，她一定会这样去做。

修路最要紧。一块石头一块石头地垒砌，通向山顶的路不长，但是因为艰辛，变得很遥远。龙人瑛就这样在通向山顶的路上奔波往返，就像当年奔波在云贵川一般。不过那个时候是为了生计，今天是为了理想和事业。

“我希望建立一个康养基地，在这里，人们可以住最原始的房间，吃绿色无污染的蔬菜，过宁静闲适的生活。远离尘世的喧嚣，回到生命的本真状态。”不久之后，为了心中的宏愿，她把山庄一切事物交给了龙龙打理，自己则全身心融入武当山、青城山、崂山等名山古观去修持自己，并潜心研学道家的养生、医理。

龙人瑛在道家养生方面颇有建树。1993 年进入世界自然医学会，2008 年先后被有关部门和单位授予“中华妇女创业典范”“中华三八杰出贡献奖”“华佗医圣奖”等。

龙龙全力支持母亲。母亲的身影，在他成长的岁月中，一直是一座挺立的丰碑。印象中，龙龙总是默默做事，不苟言笑，朴质而单纯。有一次我出差到绵阳开会，他接我到域外桃源，专门点了一道养生菜，说是给我养胃。

踏实憨厚的龙龙赢得了集团之中一位姑娘的芳心。山庄粗具规模后，两人的爱情也成熟了。在结婚典礼上，当新郎和新娘相拥的那一刻，我看见有晶莹的泪花，在他母亲的眼眶中闪烁。

四

2016 年 7 月 2 日，云贵高原首家“道”养生园、贵州首家森林康养基地——玄林子养生庄园落户“王学圣地”修文县扎佐镇。该基地位于贵州省 5A 级景区“景阳森林公园”内。玄之又玄，谓之道，庄园设计风格以“道法自然，大道至简，返璞归真”为主旨，以道医养生为主题，成了人们心目中真正的世外桃源。

修文，是王阳明的“龙场悟道”之所，他的“知行合一”“致良知”“心即理”及四句教“无善无恶心之体，有善有恶意之动，知善知恶是良知，为善去恶是格物”深深影响着世人。修文因此有了“王学圣地”之称。随着时间的积淀，王阳明的“龙场悟道”已与这座城市无法割舍，阳明洞内所设立的“元气亭”全国仅有，光绪二年(1876)修文县知事李崇峻所书“培养元气”四字木匾，至今还高高地悬挂在洞中。

龙润山为明代奢香夫人所开之“九驿之道”与云南至播州盐道的分道之处，属咽喉要地。秉承传统文化理念，龙润山玄林子养生森林康养基地居此得天独厚的环境，悟“阳明心学”，习“道家养生”，参“恬淡虚无，真气从之，精神内守”，传承着中国文化的精髓。

时至今日，道家养生已成一场全民运动。龙润山森林覆盖率达85%，环抱于苍山翠绿之中，植物精气充裕，被评为国家级森林康养基地、贵州景阳森林康养中心。

纵观龙润山，森林康养步道总长3600米，根据医学、森林疗养、有氧运动科学布局，依山势而建，由瞭望塔、观景步道、“鸟鸣龙润”体验步道和“行禅修心”感悟步道等组成。

这个夏天，穿过燥热的蜀山蜀水，牵着龙龙女儿的手，我攀上了龙润山高高的石梯。漫步其间，聆听天籁，忘却琐事，心已不在红尘中。

最是那山间的一泓清泉，让我久久不能释怀：是清泉石上流的清澈，是悠然见南山的明朗，是无论魏晋、黄发垂髫并怡然自乐的喜悦……哦，这一切都是上善若水吗？

那一刻，在龙润山，我与天地共呼吸！

发表于2018年9月20日《贵州民族报》副刊

绿满大田村

夏意渐浓，一眼望去，川东丘陵层峦叠嶂，一如青莲般盛放，无边无际。近处的山岗铺满绿色，野花开遍村庄。这一时节，山林葱茏、江河奔流……秦巴山区一年中最好的容颜乍现，山与河在尽情释放着自然的生机与活力。

大田村点缀其中，这个位于四川省达州市渠县的岩峰镇山村，因为贫穷和荒芜，曾经与外界几乎隔绝，就像埋藏在渠县这片土地下的那些古老秘密一样，静静等待着时间的揭晓。

从渠县县城出发去往大田村，在公路边会看到“城坝遗址”这样的标识。这简单的几个字，却蕴藏了蜀地一段厚重的人文和历史。

2005 年 3 月，春寒料峭，但四川省文物考古研究院的专家们却兴奋不已。在奔流不息的渠江岸边，沉睡了几千年的古城重现天日，刻印着“宕渠”的残破瓦当完美组合在一起，一段久远的历史秘密也大白于天下。

城坝遗址距渠县县城 26 公里，三面环江，因位于土溪镇城坝村而得名，又名宕渠城遗址，是賨人文化遗址，总面积约 230 万平方米。

在渠县历史博物馆里，那些闪着寒光的铜戈、铜斧、铜矛等文物，至今仍在讲述着巴人刚直勇猛、骁勇善战的故事。

历史远去，曾经繁盛一时的古城池已成为废墟。但它们遗存的那些实物，以及不可磨灭的中华文化，却裸露出历史尘埃，被时光之手重新打捞了出来。它们与那些屹立在这片土地的中华汉阙一起，伫望着亘古不变的岁月和山河。

在通往大田村的公路侧，曾经有出川的古驿道。而就在这些古驿道中，至今还分布着举世罕见的中华汉阙。2001 年，国务院将渠县 6 处汉阙以“渠县汉阙”名目合并公布为第五批全国重点文物保护单位，渠县由此摘取了“中国汉阙之乡”的美誉。

秦砖汉阙，蜀地气魄。不管这片土地风云变幻如何，文脉之根都守护着大地。当年，红军走过这里，也曾在巍巍汉阙之下倾尽热血，保卫一片疆场，护佑一方百姓。渠县的红色革命文化，成为秦巴山区红色革命文化不可分割的一部分，今天的渠县革命烈士纪念园，受到世人的敬仰和颂扬。

当年红军走过的地方，已经泛起新绿。大田村就这样静卧于千岭万壑中，任凭这醉人的绿攀上枝头，绕过院墙，沿着公路，蔓延至远方。

这一天正是2020年的芒种。大田村热闹起来了。

阳光正好。来自四川省作协机关党委的一群人走过稻禾飘香的水田，走过几家洁净的小院，走进一条崭新的村道，便来到了大田村的最高处。

他们是来走大田村的“亲戚”的。这里的桃子还没长成的时候，就已经被他们爱心订购了。秦巴山区深处的大田村，在精准扶贫的政策下，也从历史的岁月中苏醒。

2017年，大田村整体脱贫后，四川省作协在渠县扶贫开发局和当地党委政府的支持下，引进了四川硕园果业有限公司，在荒芜的土地上，开始果树的栽种、育苗……三年过去，历经严寒酷暑，此时已是果实累累。

四下眺望，满山的桃子树，只把逼人眼的绿注满心怀。而那些垂挂在枝叶中的桃子们，露出晕红色的光圈，似乎正在对着清风微笑。

比桃子们还要高兴的，是大田村几百户土生土长的农民们。农闲时，他们纷纷放下锄头，走进位于半山腰的村委会，打球、读书，或者跳一段铿锵有力的巴渝舞……

城坝遗址里，考古专家们掘开的十六口汉代水井，讲述着当年的繁华和兴盛。而那些消逝已久的宕渠古城的繁华场景，那些关于中华汉阙和秦巴山区红色革命文化的故事，今天又以一种新的方式，在这片土地得到演绎和传承。

绿色满园的大田村，连接起了秦巴革命老区的历史和今天，让曾经的荒芜成为历史的遗址，被深埋于地下。而大田村这样一个村落富裕美丽的变化，只是今天中华大地的一个缩影。

发表于 2020 年 6 月 11 日《人民日报》海外版

柳街和薅秧歌

柳街不是街，是成都都江堰市的一个镇。夏初，它简直就是一块绿毯子，平铺在川西坝儿，柔柔地向世人招手。没有多少人能招架住这醉心的绿和柔，我亦如此。

岷江像个汉子，自高原迢迢而来，用湍急的水流证明自己的骁勇；他一路拍打江石，浪遏飞舟，却在都江堰宝瓶口变了性子，内敛含蓄。一边细分成渠，汩汩而来；一边昂首阔步，潺潺东去。

汩汩而来的泉流像乳汁，哺育了川西平原的每一寸土地。黑石河、羊马河穿柳街镇而过，天府之源、蜀地水乡柳街，自然而然享受这天地的福泽恩宠，兰香幽幽，杨柳依依。

柳街最美季，怕是这秧苗泛青的时节，听，薅秧歌唱起来了喔！“男人扶犁耕牛，妇人们埋头插秧 / 偶尔直起腰 / 像几只高贵的鹤 // 妹崽把鹅撵下塘 / 顶着荷叶，踮脚跑过湿漉漉的田埂 / 捉蝴蝶去了 / 风开始翻书，满枝桑叶哗啦哗啦响……”秧田还是从前的秧田，世代耕种；但农民却不是以前的农民了，一个个穿红着绿，涂脂抹粉，扯着嗓子在田中欢唱。这是四川省级非物质文化保护遗产“柳街薅秧歌”的实景表演呢。

现场很热闹。无人机“嗡嗡嗡”在低空盘旋；摄影家们抢着抓镜头；蜻蜓们在翩翩起舞；一边的老人乐得咧开了嘴：“黄鳝出洞尾巴摇，你唱秧歌我来解，天上唱完唱地下，一家一家唱起来。”是的，你来唱我来和，“柳街人以会唱薅秧歌为荣，它是柳街的本土文化和根脉。”都江堰市文联主席王国平如是说。柳街薅秧歌传承于隋唐《竹枝歌》，源起于七里坝、邬家坝，现盛行于岷江流域，2014 年被列入省级非物质文化遗产名录。它是劳动人民创造的原生态的农耕诗歌、音乐文化，由一人领唱，众人和末尾三个字，形式奔放自如。看着田中“劳作”的一个个大胖子，观者忍俊不禁：从前的农民，哪里有这么丰润肥实？！眼前的场景，分明就是一幅盛世年画嘛！

歌在飞。耳畔的薅秧歌，像奔腾不息的岷江水，诉说着柳街的历史，流走的是百姓疾苦，积淀下来的是这块沃土的人文和风情。

循着柳街薅秧歌的意境，我不禁迷失在一个叫青城湾的地方，这里有一湾水，有荷叶、亭子、水车、老牛……不，最入心的应该是：这里还有农民诗社和画室！“柳街薅秧歌”衍生出的柳风农民诗社和柳风艺术团，在“中国田园诗歌第一镇”青城湾绽放异彩。都江堰著名作家马及时老师说，2003 年，柳街镇邱岗、程光林、周兴强、刘宗德等人发起成立全国第一家农民诗社——柳风农民诗社，至今，柳风农民诗社有会员 100 余人，15 个村、3 所学校分别成立了诗歌活动小组。2008 年，国家文化部命名柳街镇为“中国民间文化艺术之乡——诗歌之乡”。忙时各自勤耕种，闲来相聚吟哦，锄头种粮，笔写诗，柳街农民最风流。

第六届中国成都国际非物质文化遗产节——2017 中国（都江堰）田园诗歌节暨中国说唱艺术展演活动在“诗歌之乡”的柳街青城湾举行，名家云集。是夜，月华如水，荷叶田田。当绮丽的灯光照亮时，当如泣如诉的笛音吹响时，一支竹排满载星辉而来。那边，少女的舞姿正妩媚；这边，当一支长篙伸向青城湾的水深处时，诗人们的吟诵，如玉般温润了我的心灵，我把乡恋，一同深埋了进去。

发表于 2017 年 11 月 9 日《中国文化报》副刊

云朵上的民族永远在歌唱

一

春天如期而至。北川新城处处焕发出生机，行道树兀自吐着新芽，花儿眨巴着眼睛……诚如此时我足下的广场，安宁祥和。春水像一首绵软柔情的钢琴曲，弹奏在我心底，却牵扯出许多刻骨铭心的人和事。一个叫王孝明的北川人，你在天堂那边还好吗？

我与绵阳北川羌族自治县五龙寨的王孝明初次相识，还是数年前早春的一天。年届不惑，方正的脸庞，黝黑的面容，不苟言笑，这是他给我的第一印象。当时我在负责《南充晚报》旅游版，他供职于报社隶属的新闻旅行社，负责北川当地的旅游推介。当他绘声绘色描述北川羌寨和小寨子沟的风光时，我听得入迷，不禁遐想联翩：在川西，在那离天很近的地方，在逶迤连绵的雪山之间，有一个古老的民族——羌族。在那里，生命赋予他们生动的色彩，雪山圣水注入他们殷红的血脉。

初夏，从南充西行，我们一路追寻梦中的香格里拉——遥远的古羌族村寨。沿途，挡不住的青山隐隐，遮不住的流水幽幽。晚上 12 时许，当高高的五龙寨门出现在我们面前时，江南水乡清丽的桨声便渐渐远去，远古的悠悠羌笛音吹动了心灵的湖泊：如此的天籁之音，是经过雪山圣水洗涤过的吗？

6 月 5 日，这是五龙寨羌民祭山前夕的一个晚上，这个夜晚欢乐而神圣。我和女儿被寨主安排在竹楼看台上，女儿头上戴着我用羊角花编织的高山花环，正目不转睛地盯着一只羌民们精心挑选出来的雪白的山羊。山羊系在寨中树下，角上系着红布条；一坛已经开启的乡酒，飘溢出醇美的浓香；篝火熊熊燃烧起来了，这边，羌族小伙子们用力舞动手中的火龙，动作粗犷而豪放；那边，一对青年男女突然亮开嗓子，绵绵情歌唱起来；几个羌族老人不甘示弱，手敲羊皮鼓，铿锵的鼓点响起来；少女们羞赧着脸上场，为远方的客人斟上美酒；欢快的莎朗舞——羌族人的锅庄，搅热了五龙寨，和着悠扬的笛音，绵绵青山也跟着欢乐起来。

是夜，踩着咯吱咯吱响的竹楼梯，住进高高的五龙寨。嗅着淡淡的芳草清香，聆听着楼边传来的潺潺溪水声，对面山顶的灯光突然晶莹了我的眼眸，也迷惑了我的心灵：这是人间，还是仙境？哦，这是云朵上的民族——羌族啊！川西的风貌就是这样隽永和清雅的，它像一首春天的曲子，或者心底的一条河，悠悠然就抓住了一个人的心魂。

五龙寨的“祭山会”主祭点选在小寨子沟入口的林中。翌日上午10时许，祭祀队伍由释比领头，从寨中出发，依次祭拜家神、树神等。数百人浩浩荡荡奔向主祭场。

到达主祭场地，围绕天神塔进行祭祀活动，释比诵经，恭请主宰万物的神灵，众人恭候神灵的光临。天神塔的白石成为雪山的象征。

小寨子沟入口处，早有羌民支好三口大锅，只等将祭祀神灵的山羊煮熟分享。经受神灵领受的羊肉，成为可以消灾纳福的圣品。一个羌民把煮熟的羊肉让我品尝，我内心不禁一颤：他们才是大山的魂魄，赋予大山生命与色彩，给远方客人带来欢乐和幸福！

返途，经北川县城时已是傍晚。青黛的山峰下，小溪流如玉带般飘绕而过，夕晖中闪耀着熠熠神采和光芒……

二

从来不承想，有一天，我的北川记忆会被无情地撕成碎片，让一地淋漓的鲜血吞噬我整个的心灵！时间定格在2008年5月12日这一天，山河同悲恸！看着电视里飞舞的山石，倾倒的墙垣……我泪如雨下，老王还好吗？高高的五龙寨是否依然挺立？那条玉带般飘绕北川县城而过的小河流是不是还那样温婉多情？

打不通老王的电话，他请假回家了。

再次见到老王，是次年春天。他很憔悴。眼神里有淡淡的哀伤。他主动找到我，述说着地震后发生的一系列事情：地震后第一时间，他花高价租了一辆私车，取出所有的存款和能够借到的钱财，火速赶往北川。

“地上到处是滚落的大石块，房屋几乎全部被损毁。山里人在往外赶路，救援的战士们在往里冲……”

他说他当时已经没有了眼泪，一路上只知道把财物送给身边最需要帮助的人。因为恶劣的路况，最后他不得不放弃车子，几乎是一步步攀爬到五龙寨。“家里去世了两口人，有的全家都不在了。但五龙寨的寨门没震垮！”他说着，我却眼眶噙泪。

他找我，为了一件事：让我再次去北川参观。缘于对北川的喜爱和钟情，他们要成立地震后第一个羌族民族旅行社。“北川依然美丽，我们要让全世界的人都认识新的北川。”他满怀豪情地说。

我们一起驱车前往。过了绵阳，从安县进入大禹故里，往北川老县城进发，工地上如火如荼，处处是震后重建的繁荣景象。经过新修的吉娜羌寨时，老王站在公路边，喊我照了相。少顷，我们至北川县城。“放低你的脚步，放低你的声音，请给逝者一个安宁！”静静地伫立山腰的望乡台，我在努力搜寻着美丽的北川记忆：那青黛如碧的山呢？那玉带般飘绕的河呢？那袅袅的炊烟和悠扬的琴音呢？没有了，这一切都没有了！只有低沉的山风在哀鸣着，无情地把我唤回到现实，刺痛着我本已脆弱的神经。擦干泪水，远眺，但见山峰上一袭白云袅绕，不禁祈愿：愿逝者安宁，让灵魂永恒！

毗邻小寨子沟的五龙寨已经搬离到绵阳市郊外。当天晚上，寨主杨华武邀请我看演出，原来杨华武是老王的表兄。“我现在真正明白了生命的意义，这一生不是要挣多少钱，而是在于给人们做了多少有意义的事情。”他充满感情地对我说。这个因接电话而侥幸避过一劫的羌族汉子，震后立即变卖了所有的家产，组建了一个羌族演出团。那些美丽的羌族姑娘们和彪悍的羌族小伙子们迅速擦干眼泪，在板房边，在工地上，敲起了羊皮鼓，吹响了羌笛音。欢快的莎朗舞步驱走了人们心灵的阴霾，熊熊的篝火再次点燃了人们生命的激情。中央电视台把姑娘们和小伙子们的舞姿搬上了荧屏，向全世界展示羌族的民族魂。

是夜，在绵阳市郊外的五龙寨，踩着阵阵羊皮鼓点，围着熊熊的篝火，我再次跳起了欢快的莎朗舞。“北川羌族民族旅行社成立后，要让全世界的人们都听到羌笛的声音！”老王动情地对姑娘和小伙子们说。

七月流火。酷暑难耐的夏天没有让老王的脚步退却。他往返于北京、绵阳等地，办理着旅行社必备的一切手续。拿到执照的那天，老王和我再次一起到了安县。欣逢吉娜羌寨20对新人在县政府的操办下举行集体婚礼，全国各地的媒体记者蜂拥而至。杨华武的演出团也到了。当鞭炮声响起时，在鲜花丛中，姑娘和小伙子们对起了绵绵的情歌。

旅行社的计调是孙莉，其父母在地震中双双遇难。“我是看着我的亲人们在我面前一个一个离开的。我现在已经没有时间悲伤，有很多事情还要等着我做。”人到中年的她充分展示了女人的坚强和毅力。她说她还组建了一个工程队，有次跑业务从汶川经过，眼看着前面的车子掉进堰塞河，但是她早就不惧怕死亡了。从她身上，我看见北川人的脊梁依然挺拔。

2009年清明节后的第二天，我正在办公室，电话突然响起，“邹姐，不好了，王总出车祸了！”一个女孩子惊慌失措的声音传来。“在哪里？伤情怎么样？”我急切地问。“在火葬场！”

我一下瘫坐在椅子上！

我火速赶往北川。在安县火葬场，老王终于停下了他匆忙的脚步。那天早上5点，他开车从绵阳赶回北川旅行社，不幸被对面疾驰而过又违章左拐的大货车撞着，当场身亡！法医说，他的内脏全部破碎了！

老王走了！地震没有整垮他，他在自己热爱的事业中重新回到了生养他的土地。但我想，正是因为有众多像老王这样的北川人不断努力奋斗着，北川才能迅速地重新发展起来。目之所及，新修建的北川县城一座座高楼已经拔地而起。

三

高高的羌寨，就那样一直屹立在我心灵深处。我再次驾车从北川出发，到了震中汶川。

还记得那天晨起，从大禹故里汶川县城出发，过治水英雄雕像时，迎上他鹰隼般犀利的目光，在其鹏鸟一样的臂膀下，贴着山赤裸的肌肤，倾听岷江湍急的心跳声，直奔萝卜寨。

羌族大姐高珊领着我一同前往，她要去萝卜寨参加亲戚家的婚礼。高珊姐老家在汶川绵虒，在县城住，丈夫在震后重建中去世，女儿在红原工作，儿子还在上学。她个子不高、微胖，褐红的脸上始终挂着微笑，恨不得所有的人都能去汶川的每一寸土地上走走、看看。

于谷底仰望，山与山之间不再凌乱，被地震撕裂的伤口渐次愈合，一切似乎归于平静。但荒凉的山沉寂得可怕。直至我离开城郊，触目国道213旁矗立的一块巨石，上书大大的“萝卜寨”三个字时，心情才稍微舒缓。高珊姐说，羌族的每个寨子都隐藏在大山高处，有高大坚固的羌碉庇护，云朵上的民族故此生生不息。

车在十余公里的高山道路上盘旋，抵达山道的尽头，回望的一刹那，我不禁惊呆了：就在刚才视野赤裸的大山顶，因了昨夜的春雨，竟然积雪成峰，泛着银光。那一刻，阳光也喷薄而出，如此干净、明亮。春寒料峭，我们还都穿着羽绒服，但仿佛光芒洞穿心灵和身体，让人温暖。我恍然大悟：那就是岷江的泉眼。震后的汶川，即使一座荒山，也会穷其所能，滋养一方水土。

眼前就是萝卜寨了。关于它的来历，一说是当初羌王奋力抵抗外敌入侵，被敌人割下头来，像萝卜一样展示；二是这块黄土地能种出又大又甜的萝卜。目击前方，岷江冲击浪遏的川西北高原羌寨，仿佛中流砥柱，稳稳当当立在那里，背靠大山，俯瞰江河，恰似一只展翅的凤凰，于此翱翔了3000多年，成为中国最大最原始的羌寨。

仰首，山峰逶迤连绵。山顶、丛林、坡地、羌寨、田野依次顺势而来，我甚至听见飞鸟的鸣唱、雪融化的声音、树木的生长和大山的心跳声。草木清新的气息也扑鼻而来，还夹杂着许多说不出的香味。而最令人惊喜的是，把自己置身于足下的黄土地，在一株株高大繁茂的大樱桃树下，让怒放的花朵美成一幅风景。花雪白，一簇簇，漫山遍野，同山那边的云朵相望，被阳光沐浴后，我突发奇想：它们是不是一件洁白的婚纱呢？为着今天寨子里的新娘而盛开？

今天的萝卜寨有新旧之分。因为2008年的5·12大地震，300多户的连体寨被无情摧毁，墙垣倾倒，40多个村民因此遇难。心手相牵，人们关注的目光投向这里，人们的爱和情飞跃千山万水，注入他们的魂魄。在各方的支援和帮助下，新的萝卜寨依山而建，毗邻旧寨。一段历史尘封，一个故事开启。

樱桃花深处，便是老寨子的废墟遗址。寨门前依然挺立着高高的黄泥羌碉，羊头壁画刻满泥墙；白石象征着纯洁，置于每户人家废址的门楣；虽然是遗址，村民们已经整体搬离新寨，但在巷道的某个口子、某个屋檐下、某个岔道，总有绣花的婆婆、卖草药的汉子、赶着羊群的大爷、奔跑着的孩子……他们仿佛龙王庙的神树，镇守着故去的家园。

旧寨连体新寨。为增加新寨抗震性能，房屋内部全部使用砖混结构，外面再抹上黄泥，以保持羌民族传统形式。走进新寨门，喜庆的气氛扑面而来，也洋溢在每一棵樱桃树下、每一片青石板里、每一排黄玉米棒中、每一串红辣椒顶尖……一个羌族大姐微笑着迎了上来，给我们领路。三三两两的村民从我们身边经过，手里提着鞭炮等礼物。原来羌寨的习俗是：

一家人的婚礼，全村人都要送去祝福。这分明是整个寨子的婚礼！

萝卜寨今天的主人公是柏林、张运丹，分别是新郎和新娘。新郎小金县人，藏族；新娘萝卜寨人，羌族。我们进新娘家小院时，篝火烧得正旺，唢呐一声比一声嘹亮。樱桃树上挂着红灯笼，映衬着雪白的花朵，像新娘娇羞的脸。新郎穿着羌族小伙子的服装，显得很精神。他娴熟地运用着羌族的礼仪招呼客人。他告诉我，两人在汶川县城打工时认识。这边婚礼结束后，他们就回小金县的老家举行藏族婚礼。不过，婚后居萝卜寨的时间会更多，自己学的是旅游专业，可能会花很多时间来学习羌族文化，干点自己的事业，不想去县城打工了。

羌民族有自己的语言，却没有自己的文字记载，只能靠一代代的人口耳相传。它是一个多神崇拜的民族，敬畏大地、山林和每一个生命……新郎拿出手机扫描了我的微信。他告诉我，现在寨子里的人们几乎家家户户都有小车，他们与外界通婚，开办农家乐，机器刺绣代替手工羌绣……旅游业蓬蓬勃勃发展起来，每当樱桃成熟的季节，商人游客纷至沓来。

我还是欣喜着的，一对新人的影子总在我眼前晃动，很清新，像雪山，像阳光，像樱花，像草地……一个藏族小伙子来到这里，他成了这个寨子的新郎。他一定是个好父亲，也一定会是萝卜寨的好儿子的。

发表于2018年8月3日《文艺报》副刊

茶马古道军拥心

西藏昌都，蓝天、白云；山脉、河流；碧野、牛羊；青稞、牧民；唐卡、藏寨……

从昌都机场出发，至左贡县的东坝乡的路上，山道弯弯，白色越野车蛇曲般行驶着，司机厚实的背影在眼前晃来晃去。

视野中，山，除了山还是山，逶迤连绵，铺陈开去，仿佛与亘古恒远的天地誓约，与渺无边际的浩瀚星河相守。

山极少绿色，大多赤裸着铜红色的肌肤，像一个个彪形大汉，豪迈而粗犷地展示着藏地神秘而素朴的美感，以不可遏制的力量牵扯着我的身心。

司机是东坝乡一个汉族干部佘德志，三十出头，江苏如皋人。他憨厚的笑容、黝黑的皮肤、壮实的身材，看起来已经与高山、藏寨和谐共生。

昏昏沉沉地，大约 5 个小时后，一条清澈的河流出现，河岸有成片的青稞，风吹麦浪一阵一阵，油画般涂抹了山峦；山峦绿色渐次增多，闪现出一丛丛晶亮的红山果，魅惑着生灵，便有一只只野兔倏地跑过；小山羊绒球般滚过来，牵出一户户藏寨，耸立在山中，被果林环绕……

“格瓦村人们至今记得，2015 年除夕，一辆越野车因刹车失灵从乡政府路口侧翻至半山腰，车内一男两女和一小男孩重伤，生命垂危。是佘书记连夜开车，翻山越岭，把他们火速送往左贡县城医院，挽救了他们的生命。这个汉族领导，一下就和本地藏族群众的心贴近了！”抵达乡政府驻地军拥村后，村支部书记黄梦琪如是告诉我。

“藏乡人对政府的信任有多大，依赖就有多大，自己的责任也就有多大！”佘德志笑着说。而远在江苏如皋的佘家，每年除夕，佘爸爸和佘妈妈听见儿子打来的电话，眼眶都要湿润。

自2002年冬天儿子进藏服役和留藏工作以来，一家人团聚的时间不超过两个月！“女儿6岁了，和父亲的见面不足两个月。孩子生下来就是我抚养，跟随我长大。她母亲受不了这样不顾家的‘无情’丈夫，坚决离了婚。”佘姐姐说。

今天的军拥村人口达400多人，屋舍俨然，鲜花盛开，如世外桃源。村民扎西热祖上马帮头儿的住宅古老而简朴，宅内精美的壁画因长时间风化而变形。

“房子有100多年历史了，修建于清末民初，曾经受到毁损，昌都文物局现投资220多万整修。那些壁画至今仍是个谜，德、中专家正在解谜。这木质楼梯踩踏过它的人有几十万了，你们看它都凹陷了。”佘德志一边走一边解说，融入了对古道村落每一块砖每一片石的感情。

“军拥村正发展旅游业哩，如果外面有更多人知道这里就好了，这里有很独特的民风、民俗和藏家风情，有很甜的水果，还有很正宗的藏药材，老百姓欢迎他们。”扎西热说。来到后院，他抓起一根钢管就去打树上的石榴，“吃，大家吃。”他又告诉我，孩子读书去了。

东坝乡政府每年都会与援藏单位、昌都教育局联系，给村里大学生争取助学资金，解决中心小学校用水困难等问题，去年就给学校筹措资金30多万元呢。

现在村民们特别重视教育，孩子从小就被送到学校学习，有些人家还把孩子送到国外留学，次那家还出了一个博士生！村里考上国家公务员的就有70多个，他们都回到家乡，服务乡亲。

东坝乡人大常委会主任噶松平措便是回乡工作的大学生之一。其爷爷受雇于扎西热祖上马帮头儿，在二十世纪三四十年代，带领马帮人来往于内地、云南和西藏，把茶叶、丝绸等运出去，又把虫草等带回来。

噶松次登是平措的父亲，后来成为东坝乡乡长。为了把古道变成坦途，他四处筹措资金，又召集了所有居住于此的马帮人后代，数年如一日，肩扛背挑，硬是开辟出一条出山的公路。

“我上初中时，父亲修路不幸被飞落的山石碾压大腿，所幸医治及时，才没有留下太大的后遗症。父亲是我的榜样，所以现在乡亲们的事儿我都会尽力去办。他们很敬重我，我觉得很幸福。”噶松平措说。

午饭后，他带领我走进怒江边的藏宅。老乡长噶松次登一瘸一拐地迎了出来，捧出酥油茶和糌粑，又拿出当年马帮领队父亲遗留的军刀，端出绣花精美的马鞍，打开储藏室珍藏已久的砖茶……军拥村的昨天和今天就这样在我的面前出现了。

出了噶松平措的藏宅，来到怒江边，金色的太阳映射过来。“你看看我拍的怒江！”佘德志从手机中翻出一张照片，那是一条碧绿如翡翠的江河。“这是我在春天拍摄的，它像我家乡一样美，看到它就像看到我的家乡。这里现在也是我的家了啊！”

阳光从海那边升起，翻过山坳，映射过来，山，除了山之外，还有小溪、村庄、果树……它温暖着远山深处的人们。

凝望奔腾的怒江，我不禁感怀：茶马古道上，驼铃声声远，战火的硝烟也消逝。潺潺的溪水、炊烟袅袅的碧野、欢乐的锅庄舞和清香的酥油茶，正在抒写着这里崭新的华章。

发表于 2020 年 5 月 20 日《中国艺术报》副刊

永不消逝的尼巴村

一

今天回想起来，去西藏昌都尼巴村的路，实在太遥远，也太曲折了。

那是2016年的8月底，先从重庆乘机到昌都，再从昌都转乘汽车到左贡县军拥村。在怒江边的茶马古道驿站停宿一晚，第二天紧贴着江边羊肠小道走5个小时，到达尼巴村的中转站——怒江上游索桥，然后再改乘摩托车去目的地。

感觉是到了天边。头上是苍茫的天，两边是刀削的山峰，中间是奔腾的怒江，脚下是陡峭的悬崖，身边是几个行走的人。天是灰白色的，山是褐红色的，水裹挟着泥沙的黄，构成一幅壮阔的山水画，立体呈现于天地间。但是苍凉和孤独感就像天边飞来的巨石，阻塞了人的豪情。就那样机械地迈着步子，不想说话，似乎世界就只剩下我们几个在跋涉，朝向未知的远方。

两个小时后，太阳出来了，天空变得明亮，黄色的怒江外，山的后面依然是山，山的前面也还是山。汗水顺着脸颊淌下。高原的阳光像芒刺，即使抹了厚厚的防晒霜，它也恨不得穿过肌肤直到五脏六腑，把你变得和周围的山一样赤裸和褐红。

来自天南海北的几个人，凝聚在一个遥远的地方和时空，共同的境遇让我们亲近起来，仿佛一家人。也不知道在我们到来之前，这里的天和地究竟沉寂了多久？

正走着，江上，山中，突然一崖壁悬空，中有一洞可容身而过。一行人刚过得崖洞，“快回头看，这个山是不是像只凤凰？”有人惊喜地喊着。大家扭头，怒江之上，山正张开翅膀，飞向云端。“这个地方叫飞凤岭。”白玛娜珍说，她是西藏作协副主席，也是尼巴村驻村扶贫干部，此次带领我们几个作家到尼巴村自费采风，今天这条路上也布满了她和其他藏区扶贫干部的脚印。

4个小时后，我们终于来到尼巴村的中转站——怒江上游索桥。

此时，江流变缓，河床变宽，对岸山谷出现藏寨。滩上有成片的玉米林，青绿的颜色让人兴奋。山上有白云在飘浮，圣洁如哈达。看见玛尼堆了，疲惫的感觉减轻了许多。铺满碎石的公路绕在悬崖上，直向大山深处，它可以通往尼巴村。尼巴村派出了8个精壮的小伙子，正骑在摩托车上等候我们。

二

有点惊恐。

我紧紧抱住骑手涡珠的腰，不敢侧脸望一望足下的万丈悬崖。但是尼巴村的小伙子们却勇敢极了，他们以高原人特有的彪悍和胆识，挑战着极度险恶的生存环境，练就了娴熟的摩托车驾驭技巧。

我们沿着怒江河谷地段的公路飞奔。前面的车轮卷起尘土，扬在脸上，不敢睁开眼睛，但是心却莫名地激动，跟着滚滚的车轮颤抖。小伙子们高歌起来，前呼后应，赤裸的荒山顿时多了些生命活力。约两个小时后，摩托车队脱离怒江崖畔，拐进一条凹凸不平的山间小道。

小道上满是大大小小的石头，涡珠却总能避开它们，稳稳当当骑行在山野。小伙子们拐来拐去地骑行，让人怀疑路上的石头不是石头，而是尼巴村人安装的许多琴键。一路上，小溪流淙淙响着，还有杨柳做伴。坡谷绿色植被渐次增多，视野前方山峰绵延，尼巴村到了！

“尼巴”藏语意即“美丽”。传说尼巴村古时风光旖旎，美景迷人，藏族的先民们居住在这里，自足自给，其乐融融。但一次突然暴发的特大山洪，席卷着大量的泥石流淹没了整个村寨。一刹那，家园不再，幸存的先民们痛苦不已，被迫迁移。天灾过后，百废待兴，但执着的尼巴村人却重返家园，不屈不挠，重建家园，取村名为“尼巴”，由此延续千百年。

“我们固守这里，人就是要有所追求，不能贪图现实的诱惑。我们应该铭记灾难，铭记死亡，珍惜今天的生活。”涡珠说，这是他的父亲，也是村长扎西顿珠教导他的。

“日出东山西山红，哈达托起玛瑙峰。”涡珠说。没想到脸庞黝黑、不善言辞的他，却说出这般富有诗意的话来，想来定是父亲的言传身教了。四周的山层层叠叠，一如莲花绽放，尼巴村就坐在莲心上。

沿途的小溪流叫青溪，源出玛瑙峰，依次缀起四层坝子，每层坝子都散布着住户。

摩托车队终于停歇。一个老人首先出现在青溪流过的第三层坝子，这是白玛娜珍居住过 3 年的地方。当年过七旬的次群培老人喊着白玛娜珍的名字时，她跳下摩托车，抱着老人不禁失声痛哭。老人伸出干枯的手，拉住白玛娜珍的手，久久不愿放下。次群培老人是村里目前最高寿者。而给村子带来药品、食物、文化甚至希望的扶贫干部，是村民们心中圣洁的白度母。在这里，白玛娜珍联系各方力量，修建了一栋藏宅，挂牌“尼巴村民委员会”。

村民们陆陆续续都来了。

荒凉沉寂的“尼巴村民委员会”顿时热闹起来。坝子里堆着村民刚从地里采摘来的南瓜、白菜等新鲜菜蔬。不一会儿，一个老阿妈提着一壶酥油茶，笑眯眯地走了进来。不多时，一个老阿爸抱着一坛青稞酒又来了。我们叫不出他们的名字，但是他们把自己舍不得喝的酥油茶、珍藏了很久的青稞酒都给我们送来了。青年妇女桑吉卓玛背着孩子来到了村委会，她想帮我们煮晚餐。

是夜，我们在阁楼的地板上铺上报纸，放下睡垫，一个简易的床铺就做好了。天上的星星是清亮的，一颗颗缀在天幕，在蓝白色条纸糊的窗格外眨眼睛。窗户下是很多的核桃树，枝丫随着夜风轻微摆动，影影绰绰地，像在跳舞。青溪跳下山涧，声音分外响亮，送进耳朵，仿佛有雪的清凉和山花的芳香。听，居然还有阵阵马铃声传来，多么美妙啊。

没有电灯，也没有电视和电话信号，睁着眼睛想心事，听老鼠在角落里吱吱地叫着，看窗外山的浮影，赏天幕上眨着眼的星星，嗅若有若无的山野芳香……回到本真的自然和心灵状态！

三

直到天亮。

鸟在鸣，声音悠长。太阳从山坳升起，照着东坡，颜色是赤金。白云飘浮过来，背景是纯净的天空蓝。山间溪水沿着坝子哗啦哗啦一层层地流下去了。

我走出屋子，看见了核桃树、毛桃树、柳树。还有荞麦，正开着白花。土豆的苗很长，蔓延到了杂草中。马儿在悠闲地吃草，铃铛不停地响着……

我情不自禁摘来山花，开始编织花环，然后跑进用塑料薄膜搭建的蔬菜棚，去采摘新鲜白菜、黄瓜、茄子等。还有人在澡堂，趁着太阳正当时，利用热能洗澡呢。村里现在有好多户人家都安装了太阳能热水器。阳光下，有一些传统的东西正在悄悄地改变。

早餐后，村委会来了几个骑摩托车的人。领头的是头发浓密、脸庞黝黑的扎西顿珠，高大魁梧。他身着宽大的藏袍，脚穿厚实的马靴，走路噔噔作响，在村民中很有威望。会吟诵英雄史诗的村长，在村民的心中，像玛瑙山一样威仪，有着崇高而神圣的地位。

我和另外几个人往山上爬。山上多野草和石头，少田地和树木。过了几个乱石堆砌的小院子，就到了桑吉卓玛家。这里的房屋，一楼几乎不住人，用来储存杂草或者圈养牲口。每层阁楼之中用木楼梯连接。我们小心翼翼攀上木梯，桑吉卓玛微笑着招呼我们坐下。

16 岁那年，桑吉卓玛被人从普龙村接到了尼巴村的索朗拉姆家，完成了从少女到妻子的身份转变。索朗拉姆是桑吉卓玛的婆婆。桑吉卓玛出嫁时，母亲含着眼泪告诫女儿，在婆婆家要尽自己的本分。索朗拉姆对儿子的训导则是，桑吉卓玛就是这个家的脊梁骨，是要拿来疼爱的。村长扎西顿珠说，藏家对每个生命充满敬畏，无论老人还是孩子。

正如太阳能热水器和塑料薄膜给尼巴村带来的震撼，尼巴村越来越多的孩子到县城八宿县上学去了，他们有的去到了更远的拉萨工作。

午后，村长扎西顿珠搭乘摩托车上来，把记者小张进山时不慎掉在山路上的钱包和笔记本电脑等物件专程送回。扎西顿珠说，是一个村民在路上捡到了，专门搭乘摩托车送到他家的。他同时送来了 7 斤牛肉。后来才知道，这些牛肉是两名精壮小伙子花了一天的时间，用摩托车从八宿县城给我们运回来的。

阳光刺得人睁不开眼。但尼巴村 23 户人家 118 人已经齐聚村委办公楼后，在粗壮的核桃树下，铺开羊毛毡，摆上可乐、糖果等。阿妈、阿爸们，小伙子、姑娘们，甚至襁褓中的孩子们，都穿上了节日的盛装。他们带来了珍藏已久的哈达，恭迎着远方的客人。

我换了一套藏服，对着莲花山坳拍了一张照片。阳光从背后映射过来，有点逆光，脸庞黑暗。可核桃树下，每个人的表情、动作，都被我看得清清楚楚。可乐先倒一点在地上，给山神。哈达给了我们。随后，他们把手也给了我们。

大家在草地上自动地围成了一个大圈。旋转，跳跃……不一会儿，大圈又分成几个小圈，继续旋转、跳跃……琴声响起来，长者借之表达着对祖先的祝福和问候。小伙子和姑娘们开始对歌。我们跳累了，歇息；又跳累了，又歇息。孩子们欢笑着，在草地边游戏。马儿们停止咀嚼，钦羡地看着山中的这一群人。

暮色降临，高山两相对峙，山峰如削；溪谷泉流淙淙，密林暗香幽幽；四围如聚，藏寨星罗棋布；金阳收尽山坳最后一抹光亮后，灯火如豆闪烁！

四

月亮升起来了。欢乐的人群渐渐散去。我们坐在院坝外乘凉，高原夜话开始。原来每个人心里都装满了此行的故事。

“下午跳舞时我对他们深深鞠了一躬，我要尽自己最大努力帮他们做一点事情，我要实现自己的承诺。”我说。四川作家闻道和海南作家杨沐已经联系了厂家，给两个孩子配备眼睛治疗仪。白玛娜珍和杨沐决定在尼巴村多待几天时间，她们还要绕道去八宿县城，去那里看看几个尼巴村念书的孩子。小张回北京，片子需要马上制作出来，在央视三台播出。

我回到四川南充。转眼已是 10 月。

白玛娜珍告诉我，尼巴村的核桃已经成熟，村民们正在采摘丰收的果实。闻讯后，我第一时间发布了微信，得到了亲人和朋友们的支持。短短一天时间，就收到众多核桃订单，共计 700 斤。11 月，订单达到 5000 斤！当这 5000 斤野生核桃，从尼巴村到八宿县城，再穿过川藏线，翻越千山万水，在大雪封山之前，在 11 月 8 日顺利运到南充时，当看到写着桑央、顿珠、多吉等名字的核桃麻袋时，我不禁喜极而泣！

收到第一笔最大金额为 7300 元的核桃款时，我禁不住双手颤抖。看到一个南充摄影家发来的微信，我又一次落泪。这是我身边的故事，高山雪水滋养的核桃来到南充，我用它做了一盘琥珀桃仁。西藏昌都八宿尼巴村，一个仿佛远在天边的村庄，它的名字一次又一次被提起。

几天后，我把此次卖核桃得来的 56560 元打到了村长扎西顿珠的卡上，也一并捎去了内地人民对高原的问候和深情。一周后，我收到了扎西顿珠发来的照片：那是尼巴村民每个人领钱的大拇指手印，还有一张张如花的笑容!

再后来，白玛娜珍告诉我，西藏制药厂董事长雷菊芳与尼巴村签订了每年的核桃收购合同。

今年，在西藏拉萨学习唐卡画制作的小伙子白玛赤列告诉我，为了孩子们读书，尼巴村所有人都搬移到八宿县城，政府给每家人都修建了房子。

我很高兴。我多么想再回到尼巴村，去核桃树下采摘一把野花，再编织一顶花环！我一定会去的，我相信。

发表于 2019 年 7 月 3 日《文艺报》副刊

黎明唤醒五龙村

天宫院五龙村，前临石龙河，后倚管家山。它一衣带水，既是阆中文脉的延伸，也是今天阆中现代生态旅游业发展的原点。

人间四月，春色满地。那天我们从古城出发至天宫院，天色已晚。沿途植被丰茂，山势清奇。路宽了许多，小河水清了许多，村民们的房屋被涂抹成白色，古韵悠悠，也给黄昏的天地增添一抹光亮。

越往里走，心灵越是清净，这仿佛是一场时空的跨越，从现代到古代，从人间到天堂。我贪婪地呼吸着五龙村的空气，静静地看远山近水，想要凝滞时光，锁住自己的情感。

一座圆形的大茅草屋，被还原成赶集的模样，凝练成乡愁，在石龙河边静默远望。一条红色的骑游道，在官家山下向前延伸，通向天宫院深处。一个个五彩的花卉园，红绿黄橙青蓝紫，装点着山村的香色。菜地、鱼塘、稻田、果园……好一个特色的旅游小山村，在天宫院深处闪放光芒。

当晚，就餐于天宫院天林乡五龙村“大革命食堂”。一壶老酒是桂花酿造的，它摆在餐桌上，散发着家乡的味道。

这是一桌丰盛的乡村宴席，它的食材几乎全部来自本村的土地，散发出它们本来的清香，出现在我们面前。水磨豆花、香肠腊肉、辣子土鸡、时令蔬菜……它一下子唤醒了我们童年的味蕾记忆，给予我们久违的乡恋。

是夜，登上五龙村官家山山顶复建的观星阁，传说袁天罡曾于此夜观天象。看天幕幽蓝一片，四围群山卧龙，五龙民宿依山而建，石龙河潺潺而去……传说中的官家山干龙又分支上五龙、下五龙，各呈神奇景象。上五龙由横林子、长梁子、窝坟嘴、冷潭嘴、后头嘴组成，围合在沙拐子形成一朵旱莲，古人修有一土地庙为证；下五龙由一条伏龙寨子崖分生出圆山子、寨子嘴、瓦椽寺、送神包、滑路嘴五条小龙，也合围成一朵旱莲，成“五龙争莲”的祥瑞景象。

正着力发展五龙村旅游业的阆中古城景区管理局副局长宋海全介绍，五龙村当地至今流传着一首民谣证实了传说：龙头桥，龙尾堰，五龙纷争一旱莲，瑞莲照五龙，五龙镇三滩，待到金莲绽放时，五龙游天渊。

山为屏，水为环。古往今来，它们无不像守卫这片土地的疆场勇士们，挡住了风雨，倾尽了物华。

“仰望阆中，俯瞰五龙气韵之所在。古城如果是它的外形，五龙则是它的灵魂。”重庆市作协名誉主席黄济人感叹地说，“我父亲率部在阆中起义，并释放了当时在押的数百名地下党员，阆中因此而和平解放。”根据南充党史办提供资料，据史载，1950 年 1 月，黄剑夫将军在阆中古城墙上挂出白旗，宣布起义。

将军黄剑夫，为黄埔军校五期生，曾任国民党第 16 军师长、第 76 军副军长等。

这一次，黄济人主席既是一次寻亲之旅，也是一次心灵的朝圣之旅。这一刻，我从一个著名作家身上，看见他褪去了所有的光环和荣耀，看出了他内心深处涌动的一种情绪和一种渴望：四川一个叫阆中的地方，应该在他心底沉睡了数十年。

那些关于远古的、现代的、先贤的、亲人的……阆中构成了一部丰满的大书，在酒里酝酿。喝完了那一壶陈年的桂花老酒，酒不醉人人自醉，我深信许久不曾喝酒的主席一定是把这里当成精神上的原乡了。

历史的长河波澜壮阔，在国家精准扶贫的政策指引下，五龙村也发生了天翻地覆的变化。村子兴修了道路和水利设施，土地和河道得到整治，创办了成规模的瓜蒌产业园、蔬菜示范园、水产养殖园、辣木种植园、沃柑产业园等新兴产业园，一个特色的旅游小山村，在天宫院重放光芒。

暮霭沉沉，氤氲缭绕。而四围青龙环绕，轮廓清晰自然。众人惊呆，驻足细赏时，那若有若无飘忽不定的雾岚却又袅袅上升，宛若那衣袂飘飘的仙女，顾盼颔首，多情地翩翩起舞。这，难道就是传说中的阆苑仙境吗？！

眼前的五龙村，历史的烽火烟云散尽，城市的喧嚣浮躁不再，仿佛人生的际遇得失也随风而逝，天人合一，就这样静静地与山水草木虫鸟而语，相拥而眠。

夜宿民居，一行人往山顶攀登。

灯光点点影，与夜色交融，在山尖闪烁，神秘莫测。夜色清朗，和着春天各种芳草的气息，在身体流淌，让人屏息静心，脚步也不由得放慢、再慢点。小路盘曲而上，如龙般游弋进房舍，摄人心魄。

民居干净整洁。石梯勾连、木质廊檐、玻璃外墙……它们紧紧贴着山，似乎与山在耳语，与草同生长，与鸟儿齐鸣唱。进屋，沐浴……把自己像婴儿般摔在床上，这就与天地同呼吸了吗？！

翌日一早，被只手可捉的鸟儿啼鸣惊醒。太阳出来啦，看青山仿佛在微笑，花儿们仿佛在微笑，草木们也仿佛在微笑。正在山腰厨房张罗早饭的邓大妈很早就起床了，桌子上摆满了乡味：土鸡蛋、土馒头……她和老伴倚在自家院墙，向我们介绍着自己的故事，脸笑得像门前的牡丹。"政府把我们的老房子装修，用来接待游客，我们每个月领工资，这是一辈子做梦都不敢想的事情。"

是的呢，太阳底下，青山无语，五龙村也不言，只有黎明像个调色盘，把它打扮得温婉可人。谁能料到它的今天，如此静美，像一只翡翠，在圣人圣地光彩耀眼。但似乎冥冥之中自有天意，先圣应有灵，将军应有知。

看，它真的就像一条龙，已经苏醒过来了呢！

它西望剑门关，东扼古蜀道；它坐拥淳风祠，毗邻阆中古城；它走过1200多年的历史，翠微苍苍，柏树森森；它获得的荣誉等身：南充市首批扩权强镇试点镇，四川省文化创意特色小镇试点镇，它就是：

川北锁钥　阆中柏垭

人文荟萃

“千水成垣，天造地设。”《中国国家地理》杂志如此描述四川省南充市的阆中古城。

嘉陵江畔，山水相依，文脉相连。从阆中古城往西南行，便可至柏垭镇。

它地处成都、重庆、西安、兰州3小时黄金经济圈。广南高速公路、兰渝铁路横贯全镇，拟开建的南部升钟湖至平昌高速公路也将穿越而过。距南充半小时，到阆中古城也仅十分钟车程。

它因森林茂盛、吸引成群白鹤栖息而得名。唐朝时，这里隶属川北行政面积最大的淳风乡。1940年更名为柏垭。中华人民共和国成立后，柏垭由乡变镇，后几经行政区划调整为“三乡一镇”，幅员面积97.38平方公里，辖21个行政村，1个社区居委会，总人口4.3万。

柏垭场镇始建于民国29年，已建成区面积2.5平方公里，常住人口1.68万人，是南充市首批扩权强镇试点镇，也是四川省文化创意特色小镇试点镇。

这是一个人杰地灵的地方。在柏垭镇淳风村圣泉岭下，淳风祠默然无语。它是国家4A级风景区天宫院的重要组成部分，传说在唐高宗麟德元年，李淳风寻师访友来到柏垭镇，见此地风景秀丽、民风淳朴，于是安定下来著述天文数术，最后终老。

作为阆中全域旅游的重要节点，柏垭独具特色的民间文化“太极神鼓、川北灯戏”得以传承；300 余栋“碧云民居”及 8 栋民国古建筑保护完整；相传为“三国名将”张飞所栽植，南登观几百株古柏树巍然屹立；而中国传统村落老房嘴村，已成为柏垭省级文化旅游创意特色小镇的缩影。

精准脱贫

以百姓心为心，春风化雨润乡情。

从古城出发至柏垭镇，沿途植被丰茂，山势清奇。路宽了许多，小河水清了许多，村民们的房屋被涂抹成白色，古韵悠悠，给天地增添了几许亮色。

近年来，柏垭良好的生态和投资环境，吸引着一批批业主落户。其中中义油橄榄公司、宏辉农产品公司、鹿肉加工厂等相继入驻，让 300 余个农民工实现家门口就业梦。

这仿佛是一场时空的跨越，柏垭已经吸引了 150 多户商家陆续入驻。它今天拥有大小街道 15 条，规划新区 3.8 平方公里，聚集居民近万名。

风正好扬帆。在精准扶贫的政策指引下，全镇现流转土地 1.5 万亩，拥有 73 家专业合作社和景区农场，孕育出上万亩的柑橘园，千亩荷田、橄榄、果桑、火龙果、花椒等产业方兴未艾。全镇“一区、两园、一休闲”的产业新格局，使荒山野山变成了金山银山。

2019 年，全镇 712 户 1856 人贫困户全面脱贫，他们成了新时期的见证人。

嘉陵江下，西河之畔，柏垭的田野是彩色的，红绿黄橙青蓝紫，装点着山村的秀色。菜地、鱼塘、稻田、果园……在闪放着光芒，它们也在聆听着柏垭镇建设“市级第一镇”的奋斗新曲。

美丽后花园

在阆中市委、市政府的坚强领导下，柏垭镇以落实“阆中建设世界古城旅游目的地”为战略目标，高质量建设“市级经济发达示范镇”，努力成为阆中的“最美后花园”。

历史的长河波澜壮阔，在国家精准扶贫的政策指引下，柏垭镇发生了天翻地覆的变化。村子兴修了道路和水利设施，土地和河道得到整治，创办了成规模的产业园，一个特色的旅游小山村，在这里闪放光芒。

春风绽放花千树，文旅融合谱新曲。在这片热土上，农旅融合、山水融合、城乡融合，却承载着柏垭人新的梦想。

农业是命脉，文旅是灵魂。柏垭镇首先招引了五星级的乡村旅游酒店，并配套上百亩土地助其发展，首开农旅融合。其次将黑风山、上游水库、西河、鹿角溪四地联动发展，通过山水融合助力农旅融合。

创新思维，破解发展难题，柏垭瞄准阆中小工业园区南拓潜在市场，以“优果鲜”为平台，招引打蜡厂落地，发展冷链物流，吸引阆中、南部等周边万吨柑橘入场分选，将产品变商品，提升附加值，带动了当地经济进一步发展。

借他山之石，攻盘活土地资源之玉，规划社区居委会、虎溪、羊鹿、淳风等村联动，通过开发，让“半山别墅”呈现，让城乡融合迈出坚实的一步。同时凝聚柏垭力量：在天宫院、淳风寺文化景区与铺垭观音崖之间，打造近 30 平方公里的特色文化小镇。

今天，柏垭 2 千亩果桑，2 千亩荷塘，1.2 万亩柑橘，如一幅美丽的画卷。采桑节、荷花节等如雨后春笋竞相绽放。“品千亩圣果，赏紫荆花海，游蜀道翠湖，听灵山禅音”，奏响了柏垭乡村旅游的美丽华章。

走进柏垭，城市的喧嚣浮躁不再，仿佛人生的际遇得失也随风而逝，天人合一，就这样静静地与山水草木虫鸟而语，相拥而眠。

这是一个望得见山，看得见水，记得住乡愁的地方；更是一个听得见鸟语，听得见禅音，凝聚亲情净化心灵的“灵山圣水”之地。在阆中古城之外，这，难道就是传说中的阆苑仙境吗？！

八尔湖情思

八尔湖最初不是湖，只是四川省南部县大山深处的一个荒滩，当地农民称作“八尔滩”。

它的名字起源于传说。相传在战国时期，蜀地旱涝肆虐无常，百姓们苦不堪言。时任蜀郡太守的李冰，在巴蜀大地广修水利设施，并在每一片水域都放养神龟，以保一方平安。

八尔滩中也有一只神龟镇守。

很多年过去了，有一天，一个渔民在八尔滩里撒网捕鱼，却捕上来一只大龟。夜幕降临，龟身金光闪烁。渔民见状，系上妻子的一只耳环将其放生。数百年来，这只神龟被百姓们放生了八次，身上也系了八只大小不一的耳环，“八尔滩”由此得名。

传说毕竟是传说，八尔滩周围的农民却并未因“神龟”的镇守而丰饶富足。二十世纪五十年代初，因其沟渠纵横的特殊地理位置，八尔滩被修建成了一个水库，地名也被承袭了下来。

修建水库，淹没了所在地大堰乡的许多耕地。人均耕地减少，吃不饱饭的村民们不得不外出打工，以此养家糊口。

八尔滩，成为了一个孤寂落寞的荒滩。水库周围，杂草丛生。贫瘠的村子里，留下来的是老人和孩子。他们无奈地伫望着眼前的这片土地。

深山路径草木深，八尔滩的路，不知道延伸到何方。

岁月不居，时节如流。

国家“精准扶贫”的政策像一缕春风，吹进了川东北的这片土地。八尔滩的春天真正来临了。库区周围的所有村子都被政府整体规划，一批批扶贫驻村干部也走进了大山深处。

“你的家就是我的家”，他们的血液融进了乡村，把乡亲们看作了亲人，奔波在田间地头，修路架桥，播种抢收，栽桑养蚕，养鸡养鸭……

贫瘠的村子里，有了学校，有了自来水，有了天然气，有了图书室，有了医疗卫生间……

这里的一草一木深深铭记：八尔湖边的茅草屋变成了砖瓦房，烂泥路变成了大通途。

大堰乡封坎庙村四组的刘明礼老人做梦都没想到，自己会实现祖祖辈辈的梦想：住上好房子，过上好日子，奔向小康路！

老人指着新房常对人念叨：自己的病治好了，房子修好了，孩子们回来了，八尔滩变美了……

在他的院坝外，就是八尔滩。不，现在叫八尔湖了，它地处南充市的南部、西充、顺庆交界处，湖的堤坝被加宽加高，已经成了川渝之地著名的旅游景区。

白天，白鹭们在小岛上栖息，野鸭子们在湖中嬉戏，湖边钓鱼的城里人也渐渐多了起来。

华灯初上时，八尔湖的夜就像是柔美和壮丽交织出的一幅蜀锦。在如梦似幻的水上灯光荧屏中，月亮和太阳交相辉映，山与水完美地融合。

大堰乡升级成为了八尔湖镇。场镇上，房屋仿古建造格局古风古韵，显出唐诗宋词的格调和雅致。八尔湖边，从前大堰乡的所有村子，也都被规划成各个时代的川东北民居风格，建成了一个川东北民居的博物馆。

其中的林家垭村依照宋代民居风格建造，其所在地是整个八尔湖景区的游客中心，全村居民被整体拆迁，集中安置在游客中心旁边的新村里。新村成为商业购物街，当年国庆期间，各地游客纷至沓来，村民们乐开了怀。

八尔湖边的路修好了，直接通向不远处的高速公路。村民们到成都、重庆只需两个小时左右。

村民们的生活丰富了，用上了自来水、光纤和宽带。刘明礼也买了一部智能手机。他喜欢用自家的 Wi-Fi 看新闻、电视剧，甚至上网买东西。

行走在湖岸，有稻花飘香，有蛙声一片……昔日的荒滩，变成了两岸农民生活的幸福乐园。

春节，刘明礼老人逛完了八尔湖，到场镇上做了一块匾额，让儿子端端正正地放在了堂屋正中。只要走进他家，就能看见那一幅巨大的匾额，上书几个大字："致富不忘党恩"！

八尔湖，书写了一个从荒滩变成乐园的传奇故事。

今天，从成巴高速八尔湖，沿着宽阔的乡村公路前行，穿过一片桃花林、柑橘林，至一片荷田边，便到了刘明礼老人的家。

沿着八尔湖环行，绕过青山绿水，在村子尽头，"桃源盛景"碑刻几个大字赫然入目。

有谁知道，在这条脱贫的路上，走过春，走过冬，其间，凝聚了多少人的心血？

当初，在这片土地上，有 12000 多名南部儿女群情振奋，纷纷参加红军，把川陕革命根据地扩展到了嘉陵江两岸。也有成千上万名红军战士牺牲在这片土地上，和这里的人们唇齿相依。

80 多年前，南部人民不惜流血牺牲，化作一座座墓碑也无怨无悔；80 多年后，生活在这片土地上的党员干部们无私无畏，打响了一场脱贫攻坚的新"战役"，让青山绿水焕发新颜。

这是发生在四川南部县的一个个真实故事，这样的故事还有很多很多……青山可做证。

发表于 2019 年 10 月 10 日《南充日报》副刊

春风化雨润乡情

——记奋战在一线的南部县扶贫干部

2017年9月，四川南部。桂香袭人，如清水漫进每一条街道，每一寸土地。桂树是南部的根脉，清水是南部的灵魂。攀摘桂花城和钓鱼城双冠的南部人民，在又一个金秋来临时，终于收获了一枚硕果：压在身上多年的国家级贫困县帽子被摘除，顺利通过省级验收考核和第三方评估。脱贫路上，走过春，走过冬，走过这一段段历程，其间，凝聚了多少一线干部们的心血？山河可鉴。

青山做证

青山无语，大河无言，山林一片静寂，唯有眼前800多座墓碑如疆场将士，守望大地，护卫江河，倾诉衷肠。日复一日，年复一年，住在山上的守墓人马全民也一同守望着他们，眼睛花了，腰背驼了，房舍破了……

这是四川省南充市南部县长坪山的真实故事。长坪山地势险要，扼守川东盐道之关，为兵家必争之地。

青山埋忠骨。他们是谁？南部县这片红色的土地上，究竟发生过什么？据南部县志：1933年至1935年，红军主力挺进南部县，中国共产党在南部县境内建立起区、乡、村三级苏维埃政权313个。野火春风斗古城，12000多名南部儿女群情振奋，追随中国共产党，纷纷参加红军，把川陕革命根据地扩展到了嘉陵江两岸。成千上万名红军战士牺牲在这片土地上，当地群众与中国共产党生死相依。

鱼水情深。马全民牢记父辈遗言，一家至今仍在为红军烈士刘连长守墓。尽管荒郊野岭，山长水远，仍然不离不弃，守着冷清，也守着贫困，度过了一年又一年。

2017 年 9 月的一天，正是硕果累累的收获季节，山还是那座山，推开楼房的窗户，马全民做梦都没想到，自己会实现祖祖辈辈的梦想：住上好房子，过上好日子，奔向小康路！刘连长墓前山林青青，湖波荡漾。大女儿冯炼已大学毕业回到父母身边，成为第四代守墓人。

他的脑海里不停地闪现出一个个镜头，像电影画面般聚焦了长坪山：一代英烈赤胆忠心，长眠在这片土地；一代共产党人前赴后继，情牵一方百姓。他记不清曾经握过手的从省上到村上的领导们面容，却温暖地感受到他们那颗火红的心和别样的情。自己的病治好了，孩子大学毕业了，房子修好了，可是从省上到村上的扶贫干部们脸却晒黑了……

吃水不忘挖井人。嘉陵江水浩浩荡荡奔涌而去，传颂着英雄的故事和传奇，也传扬着一个令人振奋的消息：南部县已经摆脱贫困的桎梏，全县人民奔向了小康致富路。如果苍天有灵，它会告诉刘连长和他千千万万牺牲的战友们这一切吗？英烈们睁开眼吧，再看看这片土地，当年他们为之抛头颅洒热血的梦想已经实现：通过精准扶贫，昔日长坪山，已变成了花果山，山坡上绿树成林，山坡下果蔬连片。

全面建成小康社会，是中国共产党对中国人民的庄严承诺。南部县委、县政府团结带领 140 万南部儿女和下派的省、市等各条战线的扶贫干部们，投身脱贫攻坚，打响了一场没有硝烟的战斗，曾经的革命老区又重现“战场”画面。

“你的家就是我的家”，他们扎根乡村，把乡亲们看作亲人，送去技术、资金；“你的事儿就是我的事儿”，他们奔波在田间地头，帮老百姓修路架桥，播种抢收，栽桑养蚕，养鸡养鸭；“你的幸福就是我的幸福”，他们忙前忙后，把自来水、天然气接进了农家，把图书室、医疗卫生间搬到了深山，把孩子们送进了学校……

历史做证。80 多年前，南部人民选择跟随中国共产党干革命，选择加入人民军队，不惜流血牺牲，化作一座座墓碑也无怨无悔。

时间做证。拥有西南最大人工水库升钟湖的南部县，由于基础差、底子薄，1986年被国务院确定为国家扶贫开发重点县和秦巴山区连片扶贫重点县。80多年后，生活在这片土地上的党员干部们无私无畏，带领广大群众决战脱贫攻坚的新“战场”，兑现着当初对人民许下的诺言。2014年底，全县有建档立卡贫困人口32734户、103265人。2016年就有8519户、27569人脱贫。

青山做证：这是发生在南部县的一个个真实故事，是中国共产党和中国人民的故事，这样的故事还有很多很多……

感动南充

2017年1月24日晚，南充果城。尽管天寒地冻，但是人们的内心却有一股炽热的情感迸发，眼角溢出的是感动的泪花，备受南充人们关注的“感动南充2016十大新闻人物”揭晓了！

十大感动人物中，其中有一个群体特别引人注目，他们就是来自脱贫攻坚主战场一线的人物群体。“你为南充添光彩，南充因你更精彩。”这一年，全市党员干部对标“两不愁、三保障”和“四个好”目标，按照时间表、路线图、任务书，形成了众志成城、背水一战、攻坚拔寨的决战之势；这一年，决战全胜脱贫攻坚是南充的重头戏，也是南充划时代的一年，南部县成为全省首批脱贫摘帽县；这一年，无数南充儿女披星戴月、披荆斩棘，用艰苦卓绝的努力、才情过人的智慧、忘我无私的情怀，谱写了一曲曲奋斗之歌、奉献之歌、成功之歌。

“我将不忘初心，永远在路上。国贫县要脱贫摘帽，离不开市委、市政府，县委、县政府的有力主导，离不开专项扶贫、行业扶贫和社会扶贫的齐心协力。我能经历《十年扶贫规划》的起草谋划到圆满完成，是我最大的幸运。作为一个生在农村、长在农村，又长期从事基层扶贫工作的干部，所有农村困难家庭都能如期从贫困走向小康，是我最大的愿望。……”这是南部县扶贫移民开发局局长谭必武的真情告白。

“上年进行 2.5 万人次电话访谈、开展扶贫项目自查审计 678 个、核校数据和清洗系统疑点信息 2.2 万余条……”领奖归来，谭必武在日记本上写下这一组数据，他又给自己定下 2017 年的工作目标：扎实推进脱贫摘帽迎检；分解下达 2017 年 80 个村退出、1.8 万人脱贫目标任务，细化 22 个行业扶贫专项方案；开展“五大主题教育”和“四好”创建活动……

脱贫攻坚，在谭必武的心目中最大。“大”过亲人、子女……2008 年 8 月 7 日，他正在双峰乡张家坝村走访，突然接到女儿高考中榜的消息。他不敢相信自己的耳朵，这么多年来，他从来没有管过女儿，女儿却这样给老爹添彩。天空当时正下着瓢泼大雨，谭必武的心里也百感交集。他纵身跳下水库，径直朝对岸游去，吓坏了同行的人，赶紧划了个小船同行。从张家河码头到对岸西河乡的洪湖村，那天他游了整整 4 公里，以此庆祝女儿的成绩，也补偿多年来对女儿缺失的关爱。“我只能用这样的一种爱来对亲人说声对不起。”他红着眼圈说。2016 年冬天，一向疼爱他的大哥去世。自幼父母双亡，长兄如父，是大哥大嫂拉扯他长大成人，娶妻生子。可是大哥没有见到他最后一面，那个下雨的夜晚，他正在大堰乡丰凯庙村，检查全村 60 几户贫困户的“三有、三保障”情况，以让他们过上一个暖和的冬天。临上山时，谭必武匆匆赶到墓地，揭开棺木看了大哥最后一眼，不禁失声痛哭，然后毅然离开了哭泣送行的亲人们，回到第一线。

1 月 27 日，除夕那天，家人的团圆桌上他没有出现，整个春节，亲人们也没有见到他的身影。“全县 1115 个村，有 3 万多贫困户啊，这牵动了多少人的心？我是中国最小的扶贫干部，南部的每家贫困户我都熟悉，每个村子都清楚，每一条道路都走过。最自豪的是，我在这个岗位一干就是 12 年，当年是我制定的全县 5 年（2006—2010）和 10 年扶贫纲要，我又逐一把它们变成现实，并且提前三年完成。铁打的营盘流水的兵，我是铁打的营盘铁打的兵。”说起这片土地的扶贫故事，谭必武如数家珍，充满感情。

2012 年 12 月，当他接过“四川省十年扶贫开发工作先进个人”荣誉证书时，心里百感交集。他曾先后三次代表西南地区，在武汉、太原、沈阳等地召开的全国性扶贫工作经验交流会上发言。2017 年 5 月，他又获得“2016 年脱贫攻坚工作优秀扶贫干部”称号。

每次换届选举前，他都要开车到贫困户家转悠，像退役的体育健儿那样留恋沙场。“如果我不当局长了，还有贫困户家未弄完的事情该怎么办？”他常常这样惦记着百姓们。2011 年深秋的一天，铁鞭乡团结村吊楼垭口处，一个正在劳作的村民看见一辆车子轮胎掉进深沟里。“不好啦，车翻沟里啦。”这个汉子高声呼喊起来，不一会儿，十几个人就气喘吁吁跑到现场，齐心协力把车抬了出来。谭必武过意不去，正准备给钱，一个村民说：“收您的钱，我们就没良心。”随后一个大娘端出了自己煮熟的鸡蛋，塞到他手里。

“在扶贫攻坚这条路上，是省、市、县等各行各业下派帮扶干部们同心同德，才取得南部县扶贫工作的好成绩。”谭必武说着扶贫干部们的点点滴滴，这一批干部，大多是县上某个部门的负责人或者主要领导，但是一到农村，他们就成了“狗不咬干部”。

谭必武手上有一个厚厚的笔记本，里面记着他每一次下乡帮扶的点滴事情，仅帮扶对象刘明礼等两家人，他就花了近 3 万元，帮他们添置家具、衣物、生产和生活用品等。他的脑海里也装着全县每一个干部的动人故事，每一颗火热的心灵，每一份炽热的情怀。“全县 1.8 万名县级机关、镇（乡）村党政干部职工，这么多年来，每个人都拿出了一个月的工资来扶贫，一共投入四千多万元的爱心扶贫资金。”他说完，眼睛不禁湿润。

“人生有三种生活方式：最高是为人生意义而奋斗；其次是忠于友谊和感情生活；三是忠于职守生活。”在这点上，他和南部县的干部们都给自己的人生交了一份满意的答卷。

血脉南部

嘉陵江穿城而过，滋养了这一方水土，也养育了一大批优秀的南部儿女，在扶贫这条路上，干群同心，风雨同舟，铸就南部风骨；它也像一条情感和血脉的纽带，彼此相依，亲如一家。

他的名字看似普通，但骨子里却有钢铁般的意志，血液里流淌着的是勇敢与坚强的因子；他的臂膀宽阔厚实，他是铮铮铁骨男儿汉，但是心底却如嘉陵江水般清澈透明，他就是县人武部干部、永红乡三合村的扶贫驻村第一书记郭小进。他曾在福建某部队当过特种兵，在部队获得过全国散打冠军，在这场攻坚克难的没有硝烟的“战役中”，主动请缨，申请加入县扶贫工作队伍。

“自驻村以来，8 个月没有回一次家，老婆打电话来，当时工作忙，根本没时间接电话，我只有‘无情’地把妻子电话拉入黑名单。”郭小敬说。面对自己肩上的担子有多少重量，郭小进的内心也在权衡着，唯有把心放在扶贫工作上，他的心才是那么地踏实。面对家里的事，他时常沉默不语，眼睛潮湿。“孩子长大后，让他看到我今天的所作所为，其实也是在教育着他、影响着他，为他塑造一个正能量形象的父亲。”面对孩子的成长，他有独到的教育方式。有时忙不过来，就把孩子接到一起吃住在村上。

那段时间，身体超负荷工作，眼睛出现肿痛，不得不进行医治，在南部县某家医院进行手术治疗，当天，还在手术台上的他，手机里又接到了新的工作任务，他立马从手术台上起来匆忙地回村办事，昼夜不休连续为扶贫工作 80 余小时，积劳以致突感胸闷，当场口吐鲜血，不得已又住进了医院。很多群众得知郭小进生病后，自发组织来看望他。在外务工的部分群众电话里哽咽道：“郭书记，要保重身体，我们村不能没有你啊，谢谢你给我们村做了这么多事情。”

碑院镇文峰社区驻村工作组长伏波来到山村，不再是铁面无私的法官，变得情真意切起来。“扶贫干部也有一家人，也有父母需要孝敬，他们还把自己本不高的工资拿来帮助我们，我们心里实在过意不去。”王家荣感慨地说。70多岁的王家荣老人身体有残疾，妻子也患有严重疾病，加之子女均在外务工，成为伏波特别关照的对象。为方便老人出行，伏波协调资金为其修建了一条便民路；为落实残疾补助政策，伏波带着王家荣老人到县人民医院进行检查和残疾评定，为其迅速办理了肢体残疾的证件。当王家荣拿出1000元要支付检查费时，伏波同志却说：“既然我们有缘分走到一起，您就把我们当您的亲人对待，这次费用，不用缴了，就当是儿子为您付出的。”为表达感激之情，隔上几天，老王便会把一些新鲜的土鸡蛋或未施过农药的时令蔬菜“强”送到伏波手中。每年春节，王家荣一家都要邀请伏波到其家吃上一次团圆饭。

长坪镇双沟村驻村工作组长伏云国的口头禅是“真情才能换来真心”。他把自来水接到帮扶的每一户人家，也把水一样温润的情感注入山村大地。春风化雨润乡情，68岁的杨在模和哥哥长期不和，相互视为仇人，伏云国想了很多办法，巧妙地解开了两人的疙瘩。当杨在模“扑通”一声跪在哥哥面前认亲时，现场哭成一片，伏云国也悄悄地抹了下眼泪，谁说男儿有泪不轻弹？！

只有情感上与群众连在一起，才能“通经活血”。大佛村贫困户马菊芳老人，因生病住院，护士长赵侠像亲人一样给她端汤喂药，今年村上按照政策为老人办理五保户，她竟然果断拒绝：我有亲人，小赵就是我亲闺女。

村民李小华自幼娇生惯养，娶妻生子后恶习难改，逼得妻子远走他乡，丢下年幼的孩子在街头流浪。甚至逼迫孩子和自己一道绝食，丢下话语：我饿死了，看共产党管不管！扶贫干部黄海燕和周娟先是对李小华进行法制教育，让他承认错误，并联系好企业送他到新疆打工，然后把孩子送进学校接受教育。“孩子第一次进学校就打伤了一个娃娃，我主动掏钱赔了几千元医药费。后来慢慢教育他，我又去开了几次家长会了，和老师一起帮助教育他，他终于改正了缺点，现在一直喊我妈妈，李小华每个月能挣几千元，人也变好了。”周娟欣慰地说。

……

凡此种种，不胜枚举。他们众口一词：在工作中不知不觉和老百姓建立深厚感情，直至相互依存，相互牵念，血脉情深。

山河也动容。“头枕剑门五指山，两臂舒揽江阆南。绿衣鱼腹若屏镜，嘉陵江中洗金莲。”美丽南部，因着水的轻灵，因着这一群可爱的人，袭着桂花淡淡的香气，温暖着足下的这片土地，感动着南充，走向了更广阔的天地和世界，也走进了人们心中。

乡情永远

沿着八尔湖环行，绕过青山绿水，在大堰乡村头，“桃源盛景”碑刻几个大字赫然入目。置身“住上好房子，过上好日子”宣传牌下，清风送来荷香，也打开了百姓们心窗：一切为了脱贫！

大堰乡共10个村，9970人，750个贫困户，多因八尔湖库区淹没，农民失地迁移。2010年，梁先辉就任该乡党委书记，其时全乡公路仅有1公里许，如今村村通公路，户户有大道，新修通乡村公路60余公里。路修好后，他率队去往江浙沿海一带考察，引进“温氏肉鸡托养产业园”，其中23户贫困户利用扶贫小额信贷、产业扶持周转金，与温氏集团股份合作，建立了四个标准化养殖棚，各自按照比例分红。自去年9月投产以来，户均增收7900元，每户年均增收超过2万元。除此外，为增加长效产业项目的开发和培育，环湖13.6公里栽种6000亩桃树和柑橘，鼓励农民种藕、养鱼，种植速生林、珍稀林木和中药材，建立了一条绿色的生态链条；并和相关公司实行订单农业，保障农民利益。至2016年底，全乡仅剩下33户未脱贫。预计2017年全乡脱贫23户，2018年脱贫10户。

大堰乡封坎庙村4社刘明礼老人的家就坐落在八尔湖边。这是一座新建的典型川北民居，依山傍水。9 月 20 日上午，当我走进他家时，他正哼着小曲，侍弄院子里的花草。堂屋正中，横挂的一副匾额尤其引人注目，上书大大的几个字：致富不忘党恩！

原来刘明礼家里有 5 口人，夫妻俩生病住院，以前一家人经济来源全靠儿子打工挣钱。2008 年 5.12 地震后，房子又成危房，日子举步维艰。当地党委政府依照老人愿望，在湖畔山丘为其选好新房宅基地，随后参与土地的协调、新房的修建，又帮助他和老伴在乡产业园就业、入股，当年老人一家就分红 2 万余元。“现在经济不成问题了，多亏了乡上的干部。”老人搓着手，不停地重复这句话，脸涨得通红。

……

窥一斑而知全豹。

南部县是红色革命老区，优秀的南部儿女为解放事业做出牺牲和贡献，如果把脱贫比作一场攻坚战，那么全县 73 个乡镇（街道）就是一个个烽燧，每个乡镇（街道）的党委书记是不是吹号人，而每一个奋斗在第一线的机关干部，是不是骁勇的战士？

“着火了，着火了……”厨房传来涂学富老伴的哭喊声……。坐在瘫痪的涂学富床边，正在与其谈心的老鸦镇党委书记伏来武感觉情况不妙，立即飞奔出门。只见厨房煤气罐泄漏，火光冲天，他立即抱起一床棉絮直扑大火。“快，再用水打湿一床棉絮盖上。”水没有！火势不减，随时都有爆炸的危险，为了进一步控制火势，伏来武扑向大火，拉倒煤气罐，迅速压实正在燃烧的棉被，火势得以基本控制。“救人”，他又冲进屋，背起病床上的涂学富就往院坝外跑。紧接着，他又不顾安危，转身又跑进屋，与闻讯赶来的群众用沙土扑灭了大火。两位老人泪流满面，紧紧握住伏来武的手：“今天要不是伏书记，我们就归天了。”这就是 2016 年 12 月 1 日，发生在老鸦镇松林村贫困户涂学富家的感人场面。

“没想到这条路是那么艰辛坎坷。”碑院镇党委书记吴浩至今仍然记得他第一次踏进这片土地的情景。时值酷暑，口渴不已的他想到一农户家讨水喝，没想到迎面而来一碗闭门羹：“农村的水没有你们镇上水好喝，你要喝水，就喊镇上的干部给你送来嘛！”过几天，一干部到双寨村走访被野狗围咬，围观者居然奚落讽刺。这犹如一记闷棍，当即敲打在吴浩的头上。“丢官气沾土气，承接地气才能聚人气。”村民王家财绝症晚期，家里无劳动力，吴浩立即组织镇村干部帮助他插秧等，这不禁深深震撼了当地百姓们。王家财含着泪水鞠了一躬，泣不成声：“我是将死之人，共产党培养了你们这样的好干部，我死也瞑目了！”这样的好干部便是“决战全胜脱贫攻坚”人物群体乡镇党委书记代表吴浩，他也成了2016年感动南充十大新闻人物。

山乡不会忘记，人们不会忘记。

乡情，在这场生与死的考量上永恒。扶贫路上，“挑战生命极限”根植每一个帮扶干部的心里，从乡村到城市，从干部到群众，从昨天到今天，从历史到未来，永远温暖，永远铭记！

哪怕风雨兼程。这条路上，再多的苦，再多的难，再多的委屈，都积压进心底。只把满腔的情和爱，都化成春风，滴落成雨，流入山川大地，进入老百姓心底，成了一幅幅动人的山水画卷，一处处美丽的桃源盛景。

人生无悔

紫薇花正开，齐整的行道树侧分两路，青山隐隐，流水淙淙。这是通往南部县定水镇郑家沟村的乡村水泥公路，也是村党支部书记魏东岳梦回故乡的路。

足下的这条公路，原来曾是一条逼仄的土路，下雨天，飞溅的烂泥常常让魏东岳望路兴叹，渴盼走出这个山村，走出眼前的大山，这个梦想贯穿了他整个的求学生涯。生于斯长于斯的他，喝着家乡的水长大，高中毕业考上西南民族大学后，沿着足下这条泥泞的土路，他真的走出了大山，走进了城市，走进了高楼大厦。那时，他做梦都没想到自己后半生会再回故里，魂牵乡情。

郑家沟村从此以走出的第一个大学生魏东岳为骄傲。魏东岳不但在城里娶妻生子，还成立了公司，当了大老板。谁都不知道生命中有些小事可以改变命运轨道本来的方向。2002年底，父亲身患重病，魏东岳不得不放弃成都公司的经营，回到郑家沟村照料父亲的生活起居。父亲去世后，那天正打算回到城市的魏东岳，看见一名小男孩背着书包，全身湿透，艰难地行走在泥泞的土路上。原来小男孩的雨伞坏了，魏东岳的心也被打湿了。

“人总得有些梦想，我的梦想就是帮助几个人像我那样走出大山，不需要做好多轰轰烈烈的大事，把一些小事做好就够了，为什么不把养育我的家乡建设好呢？！”魏东岳如是说。

他立即说服了妻子，举家迁回南部。

2013年，魏东岳全票当选郑家沟支部书记。从此抛弃灯红酒绿，从此抛弃商场战海，他首先一头扎进了郑家沟村的道路改造建设中。2014年，郑家沟村紧紧围绕村退出、户脱贫目标，大力改善基础设施，发展长效支柱产业。目前，社社通了水泥路，户户有了自来水，所有村社道路安装了路灯。同时，通过合作社引领，充分利用全村撂荒地，建成了500亩蜜柚、120亩淡水养殖产业园，做到了户户入园，户户有稳定收入。村上的发展也带动了民风、凝聚了人心，吸引了大量外地打工者返乡创业。

“想当初，群众推荐我做支部书记时，家人不理解，朋友不理解。他们总问我，你现在生活条件很不错了，有自己的事情做，为啥要去当村干部？我说：我是走出来的第一个大学生，父亲在本村教书育人几十年，他的一生都奉献给了郑家沟村，深受群众爱戴。现在他走了，但他的奉献精神却深深地影响了我，我回去当村官绝不是图名，更不会图利，只想好好给群众办几件实事好事。回想当村干部的这几年，虽然自己付出了些、牺牲了些，但看到全村有了目前的变化，听到父老乡亲们的赞扬，心里还是觉得暖暖的，很值。”魏东岳深情地在日记本上写了这样一段话。今年年初，云南鑫矿矿业以年薪30万的高价聘请他去当管理干部，并配房配车，魏东岳一口回绝了。

无独有偶，碾盘乡小学教师何仁锋近日也做出了一个大胆的决定，她坚决拒绝了家里的调动，留在了自己工作的岗位上。何仁锋本是重庆人，丈夫也在重庆工作，夫妻俩一直分居，家里父母姊妹也希望她能早点回到身边团聚。因为碾盘乡谷黄庙村是南部县教育局帮扶的村落，每天耳闻目睹身边的人和事，何仁锋感觉自己再也离不开这里的土地了。“很感动，我都把调令签好字送到她手上，她还是选择坚持留在这里。”南部县教育局长刘坚说。

文化扶贫是扶贫的根脉和灵魂，为了“文化活动村村搞，阵地村村建，广播社社响，电视户户通，书报人人读”这几个目标，南部县文化局张宏把局里职工干部分成两个小组，每天奔波在山乡的道路上。背着沉重的器材，一个名叫王琴的小女子肩膀上竟然磨出了血痕，“我不怕。”她说。

这样的人，还有很多。他们奋斗在一线，不计较个人的得失，甚至叫不出他们的名字，是哪个单位的，但是人生能有几回这样的拼搏和战斗？“我们愿意。”这是他们共同的心声和追求。

南部县旅游局局长雍晓东致敬脱贫攻坚帮扶干部，倾情而作歌词《为了您，我愿意》：“雨天浑身泥，晴天灰扑面；为了您幸福，再苦也心甘。我愿意，我愿意，我愿意为您。不要节假日，不要星期天；同干一件事，同吃一锅饭。不逛好风景，不进电影院；同心向未来，携手建家园。”

生命中，总有些相遇和相守值得珍惜；生命中，总有些付出和贡献值得回忆；生命中，总有些真情和真心值得铭记；生命中，总有一段路，需要你、我、他共同走过，相扶相携。这一曲全县人民谱写的爱之旋律，将永远被传扬，永远飘扬在桂花城、钓鱼城的南部县上空！

此时、此刻，共欢乐。

走过无数个春夏和秋冬，南部人民终于摆脱贫穷的桎梏，迎向明天的朝阳。这一天，将成为南部历史珍贵的记忆；这一刻，时间仿佛已凝固成永恒，“将士们”的心愿很简单，桂花城的婚礼正在举行，天山下的舞蹈跳起来了，升钟湖畔的篝火也熊熊燃烧起来，从江北到江南，从城市到乡村……无论在何方，都传递着一个声音：共产党好！

天山下的舞蹈

“我清楚地记得，我第一次游过升钟湖水库，是以这样一种特殊的方式来庆祝女儿人生的第一件大事：高考取得胜利！打响南部脱贫摘帽的攻坚战，我还会以这样的方式来庆祝自己多年的付出！”南部县扶贫移民开发局局长谭必武百感交集地说。

今年春节，碑院镇林坝村第一书记张浩突然接到成都的一个电话，这让他欣喜不已。原来是碑院镇林坝村 4 社的胡宗体老人打来的，已经 75 岁高龄的他，虽然常年和儿子居住在大城市，但是却一直关注着家乡的变化和发展。这几年干部艰辛的付出，以及家乡由此发生的变化，深深打动了老人，老人春节第一个电话便打给了张浩。“那一刻，我只想把这个好消息告诉远在外地的南部人！”张浩由衷地说。

美丽的新疆，遥远的南部。许是嘉陵江水的惊涛拍岸声，传递到了天山下的这片土地。第一时间得知家乡脱贫讯息的南部人，这些生活在异乡的游子，他们的心瞬间被激情点燃。怀着满腔的热情，新疆乌鲁木齐市南部县商会党支部书记鲜碧珍立即召开会议，召集这里的家乡人，表达自己的喜悦和情感。

“家乡终于脱贫了，摘掉了多年的穷帽子，很高兴很高兴。多亏了党的好政策，让老百姓们过上好日子。”她抑制不住自己的兴奋心情，颤抖着声音告诉我们。祖籍南部县大富乡鲜家店村的鲜碧珍，1995 年夏天离开生活多年的村子，外出打工到了新疆，凭着自己的吃苦耐劳很快站稳脚跟，有了自己的公司，后来又带了一大批南部人陆续到新疆发展。自己富裕了，她却时刻关注着家乡的面貌，注视着曾经生活多年的那片土地。

那天下午，她迅速召集了生活在乌鲁木齐的南部人，他们很快从各个地方赶来，有的从工地上，有的从家里，有的从路途中……30多个人齐聚一堂，座谈会召开了，会上，你一言我一语，各自表达着心中最真切的感受。

晚上，在一个叫万福楼的地方，大家载歌载舞，有的喜极而泣，有的抱头痛哭。这是欢乐的泪水，这是无声的诉说！这个动人的场面感染了在场的人，也感染了几个外来的人员。几个本地的姑娘和小伙子迅速加入了狂欢的队伍，弹起了冬不拉，跳起了舞蹈，欢乐的浪潮一阵高过一阵。

桂花城的婚礼

金秋时节，丹桂飘香。九月的南部，桂花香满城。硕果累累的收获季节，一对新人手牵手走上了婚姻的红地毯。他们相识、相知和相恋的爱情故事，也在南部的大地上广为传诵着。新郎伍毅是南部县平桥乡东观庙村的第一书记，新娘郑菲月是南部县电视台记者，两人在扶贫工作中喜结良缘。

面对美丽的新娘，新郎喜极而泣，当着所有的来宾真情告白："今天，是2017年的9月16日，是属于我们俩的一个很美好的日子。此时此刻，我想起了381天前，那是2016年一个酷暑的午后，我第一次在电视机前，看见了在进行采访的你，一件干净的白色T恤，在阳光的照耀下，你闪着无限光芒，隔着屏幕将温暖的光照进了我的世界；358天前，我们第一次见面，你的阳光开朗，博学多才再次深深地吸引了我；217天前，那是一个周末，我们在家人的支持陪伴下，在庄重的婚姻登记中心，签下了我们的名字，从那时开始我们的关系便得到了法律的认可；209天前，我来到200多公里外你所在的城市，在一座从没到过的陌生城市，开始了我全新的工作和我们崭新的生活；在这不到360天的相处中，我深深地感觉到了缘分的神奇和命运的安排，虽然在遇见对方之前的这些年，我们有着大相径庭的成长经历，但遇见对方以后，我俩有着相同的人生观、价值观和爱情观，有着近乎一样的生活方式，我们在一起没有为了对方刻意地改变什么，放弃什么，我们就是最本真的自己，但同时我们也成为了对方的灵魂伴侣，把最灿烂的爱情化作了最真实的亲情，就这样感受到了今后一生的相处模式；一直到今天，2017 年 9 月 16 日，我们在这里，邀请所有至亲好友见证我们的美好时刻。因为天赐，从过去每一个美好的记忆，感动、幸福、相守，我要庄重地告诉所有人：我爱你！此时此刻，我终于明白，以前所有过往的坎坷、磨砺都是为了与你相遇！感谢上天待我不薄，只愿与你相守、白头偕老！”

在神圣的婚礼进行曲中，新娘把手伸向了新郎：“感谢你成为我生命中的挚爱，成为我的唯一，分享我所有的梦想、渴望、蓝图、冒险，以及更多的一切，感谢你成为我今后生命中的伴侣，只要跟你一起活着，我就觉得自己是世界上最快乐的人，永远！永远！今天，我将自己交给你！”

鲜花盛开，美酒飘香，时光永恒。2016 年 5 月，伍毅从中国民航飞行学院下派到南部平桥乡东观庙村担任第一书记。刚从北京民航局回来，就直接到村里担任第一书记，从国家机关到最基层村级组织，从说普通话到学南部乡音，从大学讲台到田间地头，从大学老师到一个普通村民，从一个普通党员到一个最基层党支部的第一书记，没想到他很快转换角色，没有哀怨和忧愁，立即投入眼前的工作中。

“没想到下乡扶贫成了我人生最美的篇章。因为我首先到了南部，才遇到了她；是我干了扶贫这项工作，充满积极正面的能量，让她欣赏并对我产生了好感；是因为扶贫中我们都成长了自我，有了共同的价值取向，所以才相知相爱并决心相守一生。”伍毅激动地说。

原来伍毅到乡下工作不久，就摘掉了第二季度的黄牌，同时获得第三季度的流动红旗。南部县委、县政府决定对扶贫工作做得好的村进行宣传，南部县电视台派出了记者郑菲月去采访第一书记，两人就这么相识了。

“没有扶贫就没有我和我媳妇儿的家庭，感谢扶贫让我们感知人间正能量，感谢扶贫让我们成长欣赏彼此，感谢扶贫让我们相知成就家庭。”

“在物欲横流，人心浮躁的社会现实中，没想到我朴素的外在形象，却打动了一颗美丽的少女心；我没想到，在自己沉下心去感知生活，在没有外在的光环时候，却收获了最美丽的缘分，最浪漫的邂逅，这就是我和媳妇儿因扶贫结缘的故事。举行婚礼的时候，我所挂职的教育局的同事们来了，然而最让我感到温暖和感动的是我们村的人也来了，虽然并没有告诉他们我要在哪里以及什么时候结婚，但是消息一直闭塞的他们，竟然都来了。当他们出现在我婚礼的那一刻，我觉得自己特别成功。满心感动，满眼泪花。”

时光不老，爱情永远。

升钟湖畔的篝火

这里是南部县的升钟湖，因拥有 13 亿立方米的库容量，被称为中国人的“水立方”；加之每年秋天举行的世界钓鱼大赛，又被称为中国的钓鱼城。它傍依阆中、广元苍溪，犹如一颗明珠，在远山静静散发光彩。

当脱贫摘帽消息传来的那一瞬间，南充市作家协会副主席、南部县文化馆馆长、著名诗人邓太忠激情涌动，家乡的一草一木，山山水水早已化作甘泉，滋润心灵，而那些讴歌赞美家乡的诗歌也像碧玉一样，时时温润着他的体魄，诚如组诗《在路上的村庄》：一道山，又一道梁 / 挽留你割舍不下的这份乡情 / 开启的那些窗那些门 / 讲不完你的故事伸远的康庄道，绿油油的青藤 / 都叫得出你的小名 / 最后一公里……这一公里不远，也不短 / 手挽手，肩并肩 / 穿过生死攸关的一道坎 / 走过村民热乎乎的期盼乡村在我们眼前 / 童话一样陶醉

……

此时此刻，怎能不歌唱？钓鱼的人收起了鱼竿，赏景的游客们停止了脚步，村民们闻讯欣然而来，美丽的升钟湖畔，由南部县文化馆组织的民间晚会即将开始。南部县国民艺术团的演员们踩着鼓点终于出场啦，一个个精彩的变脸、吐火“把戏”，既扣人心弦又吸引人们的眼球；双峰乡的“傩戏”——亮相就不凡，璀璨的南部民间文化，成了一根晶亮的丝，既衔接了升钟湖的历史和今天，又传播了南部人的风华和内涵；南部县合唱团的演员们一扯嗓子，有趣的南部山歌一刹那烘托了现场气氛，掀起了晚会高潮；趁着兴致，腰鼓队的大爷大妈们扭动身子，尽情舞蹈；南部县书协的艺术家门激情挥毫泼墨，感染了现场的每一个人……

此时此刻，怎能不欢乐？升钟湖假日酒店的张浩东先生在广场点燃了篝火。篝火熊熊燃烧起来了，每个人的脸愈来愈清晰，都红得发亮，像熊熊火把，点燃了湖水，点燃了心情，也点燃了今天的生活。

歌唱起来了，酒喝起来了，脚步舞起来了。花灯在旋转，皮影在跳跃……剪纸和根雕也鲜活起来，呼吸着鱼儿送来的风，似飞仙，如西子，沉醉在如诗如画的天地里。

此时此刻，静默深思：江山代有人才出。这片红色的土地上，英杰辈出，这才是丰富我们情怀的精神和核心。由此，南部这清澈的湖水，翠绿的青山和丰富的人文，谱写出新时代的篇章，一如他们的真实写照，笑着走向远方。

发表于2018年第1期《中国报告文学》略有删节

脱贫攻坚决胜时

引言

川东北，南充，嘉陵江静静流过。

嘉陵江全长 1119 公里，流经陕、甘、川、渝四个省（市），像大地的血脉，连通秦岭和巴山，在中国西部搏动。

在蓝色世界地图上，在北纬 30 度和东经 105 度交汇处，嘉陵江蛇曲而行，由北至南穿过中游四川省南充市，总长达 300 多公里。它依次流过了嘉陵第一江山、嘉陵第一桑梓、嘉陵第一曲流，流过了南充所有的古码头和 2200 多年的建城史，终于重庆朝天门码头汇入长江。

嘉陵江的古码头，在远古的年代，各自上演了自己不同的故事。而不同的故事大多有着相似的剧情：泪水和屈辱，贫穷和动乱……多年来，嘉陵江沿岸的发展和人民生活的变化，史诗般被保存下来。

时间定格于 2014 年底，全市三区六（县）市中，全市建档立卡贫困户 19.1091 万户、57.7772 万人，贫困发生率 10%；共有贫困村 1290 个，贫困人口总量居全省第二位。

南充，川东北这片热土，760 万儿女，与岁月同行。尽管步履蹒跚，尽管筚路蓝缕。

向贫穷宣战

春雷炸响，春水潮涌。

这是一个被历史铭记的年代，这是一个春天般的故事。

中华大地，百舸争流。

蜀山蜀水和蜀地，金玉共振。嘉陵江畔，一场看不见的战役悄然打响。市委大力弘扬特别能攻坚、特别能吃苦、特别能奉献的拼搏精神，暂停一般性休假请假，暂停一般性学习培训，暂停一般性外出考察。在这场脱贫攻坚战役中，各地领导干部带头冲锋，既当指挥员又当战斗员，33个市级领导分片包干317个贫困村，坐镇督导、靠前指挥；285名县级领导、650个帮扶单位、1290个驻村工作组、1290名“第一书记”和1350名驻村农技员包乡包村，蹲点督导、驻点帮扶。

号角声声，催人奋进。这是对贫困的宣战，确保脱贫攻坚不落一户、不丢一人，确保一道迈入全面小康社会。市委全面推行“挂帅出征、挂图作战、挂责问效。”2016年至2017年下旬，全市先后开展5次脱贫攻坚现场拉练、现场观摩、现场验靶，确保脱贫攻坚工作有力、推进有序、落实有效。

除此外，市委全面推行“9+5”暗房督查工作机制，9个督察组和5个暗访组常态化、高密度暗访督查，实行每日一通报、每周一挂牌、每月一评比、每季一拉练，对在脱贫攻坚中工作不力、进度迟缓、成效不显的，目标考核一律一票否决，有关领导依法依规问责，由此形成了人人给力、共同出力、大家尽力，一切为了脱贫攻坚的浓厚氛围。

如一条江对这片大地的深情，它缓缓流过，因着绿的氤氲，因着水的轻灵，才有那灵动的茧丝织就的丝绸，书写着动人的传奇故事。

嘉陵江的丰碑应该是由她深厚的人文历史和故事铸就的，这才是她的灵魂。新时期的南充人，在这场战役中，涌现出承诺“农民亏本就卖房还贷”的“第一书记”刘晓丹、全省“十大扶贫好人”范景胜等先进典型。他们用心血谱写了一曲壮丽凯歌，在时代的长河中熠熠闪光。

创南充模式

知己知彼，百战不殆。

以山为城，把水做带，南充扶贫攻坚“战场”沿着嘉陵江沿岸铺开，以全歼“宿敌”。

授人以鱼不如授人以渔。根据贫困实情，南充以攻坚拔寨的信心和决心，制定出了五套战略战术：园区化带动，做强精准脱贫产业链；规范化建设，完善精准脱贫基础链；常态化引领，织密精准脱贫教育链；系统化施策，筑牢精准脱贫保障链；清单化管理，铆紧精准脱贫责任链。此五化共促，五链同构，吹响了战争的号角。

2015 年，对于南充人来说，这一年，是一个平凡而又不平凡的一年，它成为了南充人共同的城市记忆。从城市到乡村，从干部到工人，从春天到冬天，人们背水一战，投入了火热的扶贫战场。

这一年的山花开得特别灿烂。无论在山地，还是在沟谷，由“党政主政、龙头带动、群众主体、金融支持”模式建设的脱贫奔康产业园，一个个犹如雨后春笋，蓬蓬勃勃地生长、壮大……

祖祖辈辈生活在大山里的人们，有些一辈子也没走出大山的人们，以为贫穷无尽无望的人们，他们做梦也不相信，政府为每个贫困村投入了 10 万至 30 万元的园区建设补助资金，招引涉农企业或者业主大户投资建园。不但如此，政府还吸纳贫困户采取贷款入股、入园务工等方式增加收入。同时引入保险公司与金融机构联合采取“保险 + 基金”的方式降低产业发展风险，组建专合组织实行规划、技术、种苗、品牌、销售“五统一”，推动产业、要素、群众向园区集中。

“头枕剑门五指山，两臂舒揽江阆南。绿衣鱼腹若屏镜，嘉陵江中洗金莲。”这是南部美丽山河的写意图。南部县创建的一个个“脱贫奔康产业园”，宛如嘉陵江中的莲花，盛开在乡野，也盛开在老百姓的心上。按照省委、市委的总体要求，南部县 198 个贫困村都设立了 30 万元的产业扶持周转金，金融机构为每一户贫困户授信 2 万—5 万元。

今天，南部全县已建成脆香甜柚、柑橘、食用菌、肉鸡等“脱贫奔康产业园”358 个，覆盖了所有的贫困村。在中国西南最大的升钟湖畔，环湖而视，临江坪村中，依依杨柳，曼妙嫣然……截至 2017 年底，全市已经建成脱贫奔康产业园 876 个，实现了“一村一园”的发展目标。在资金扶持上，全市共拨付中省财政专项扶贫资金 6.02 亿元，投入市县财政专项扶贫资金 9.6 亿元，投入行业部门项目资金 16.7 亿元，动员社会资本、信贷等投入 10.1 亿元，开展扶贫日系列特色活动，募集社会资金 3600 万元。

嘉陵江两岸的人们，同饮着一江水，有着相同的梦想和追求。沿着嘉陵江流域，“西充——南部——仪陇”“高坪——蓬安——营山”2 条脱贫产业示范线，犹如两条看不见的红绸，舞动在这片火热的土地。与此同时，100 个现代循环农业园、100 个亿元农业龙头企业、100 个农业示范样板的“三百示范工程”，也如同春天的花蕾一样，在嘉陵江岸吐露芳华。

山阔水长。唯有江山不言不语，伫望远方。

全市以脱贫奔康产业园建设为载体，将全市 9 县（市、区）划分为顺（庆）高（坪）嘉（陵）、阆（中）南（部）西（充）、仪（陇）营（山）蓬（安）3 大农业发展组团，市财政建立 1 亿元现代农业产业集群专项资金，推动生态粮油、特色果业、蔬菜药材、畜禽养殖、蚕桑等优势产业整体成片发展，带动贫困地区全域发展。截至 2017 年底，全市已发展农业脱贫产业基地 380 万亩，西充县在全县打造出百公里百村脱贫奔康香桃产业园、百公里脱贫奔康柑橘产业园等六大产业园区，带动 268 个村规模发展有机果蔬菜地 5.1 万亩、高产粮油基地 10 万亩。

绿水青山，就是金山银山。因为规模化的种植，大片荒芜的土地重新焕发生机。蓬安县三角弯村地处南充腹地，山高沟深，有劳力的几乎全部外出务工，土地荒芜近八成，陷入无人种地的尴尬境地。通过招商引进南充恒顺公司，流转荒地 5000 亩，建设花椒种植基地，年可产优质花椒

8000吨，收入1.15亿元，沉睡近10年的荒土荒山变成了“金山银山”。

同时，合作化经营，农民变成股民。贫困户手中最大的资源是土地。坚持政府引导、企业主体、专合组织带动，通过土地托管等形式，与外出农户和贫困户签订协议、量化股权、统一经营，农户年终按股分红、按劳分配，实现本本变本钱、资源变资产、农民变股民，确保农民稳定增收、农业稳步发展。

电商化销售，产品变商品。园区建起了，产品卖出去，才有真效益。南充牵手阿里、京东、当当等知名电商，建成“德乡仪陇”“淘南部”“绿谷西充”等电商平台77家、县级综合服务中心11个，通过在线式生产、订单式配送、粘连式消费、娱乐式推广、互动式服务、众筹式投资等方法，给产业扶贫插上了腾飞的翅膀，将农家产品销往全国各地。

多元化发展，田园变庄园。坚持创新业态、充实项目、丰富功能，南充围绕生态、文态、业态“三态合一”，推动脱贫奔康产业园提档升级、多元发展。高坪建成百公里百村脱贫奔康柑橘产业园，西充全力打造百公里百村脱贫奔康香桃产业园，建成百科、明和、嘉和兴等万亩亿元示范区，建成百科有机生活公园、双龙桥有机生态循环第一村等主题公园。

南充市脱贫奔康产业园模式、“日暗访、日通报”工作机制和激发贫困群众内生动力等经验做法被全国多地借鉴推广，全国深度贫困地区激发贫困群众内生动力研讨班、全国检察机关司法救助助力脱贫攻坚推进会、全省贫困县摘帽暨产业现场推进会等国省会议在南充召开，甘肃省党政代表团等300余个考察团到南充考察取经。

第一个吃螃蟹

中国，四川，南部县，中国西南最大人工水库升钟湖，它积淀了南部、阆中、剑阁18个乡镇的情感和梦想，以8.4万亩和库容13.39亿立方米的胸襟，衔远山，吞江河，如翡翠，深藏于群山之中，闪放着光彩。

南部，因着水的轻灵，袭着桂花城淡淡的香气，140多万儿女承前启后，建设家乡，书写传奇，温暖着这片多情的土地！

南部县这片红色的土地上，究竟发生过什么？据南部县志：1933年至1935年，红军主力挺进南部县，中国共产党在南部县境内建立起区、乡、村三级苏维埃政权313个。野火春风斗古城，12000多名南部儿女群情振奋，追随中国共产党，纷纷参加红军，把川陕革命根据地扩展到了嘉陵江两岸。成千上万名红军战士牺牲在这片土地上，当地群众与中国共产党生死相依。

2017年1月24日晚，果城南充。尽管天寒地冻，但是人们的内心却有一股炽热的情感迸发，眼角溢出的是感动的泪花，备受南充人们关注的“感动南充2016十大新闻人物”揭晓了！

十大感动人物中，其中有一个群体特别引人注目，他们就是来自脱贫攻坚主战场一线的人物群体。“你为南充添光彩，南充因你更精彩。”这一年，全市党员干部对标“两不愁、三保障”和“四个好”目标，按照时间表、路线图、任务书，形成了众志成城、背水一战、攻坚拔寨的决战之势；这一年，决战全胜脱贫攻坚是南充的重头戏，也是南充划时代的一年，南部县成为全省首批脱贫摘帽县；这一年，无数南充儿女披星戴月、披荆斩棘，用艰苦卓绝的努力、才情过人的智慧、忘我无私的情怀，谱写了一曲曲奋斗之歌、奉献之歌、成功之歌。

2017年11月，四川南部。压在身上多年的国家级贫困县帽子被摘除。脱贫路上，走过春，走过夏，走过这一段段历程，其间，凝聚了多少一线干部们的心血？山河可鉴。

南部是我市四个国家扶贫工作重点县之一，2017年在全国26个脱贫摘帽县国家第三方评估验收中取得优异成绩，经省政府批准成功摘帽脱贫。脱贫路上，南部不折不扣贯彻落实中央、省委和市委决策部署，大力弘扬“四拼”精神，探索了“五方联盟”建设脱贫奔康产业园、“三议五会”群众工作法、悬帽攻坚激励约束机制等做法，谱写了丘陵地区贫困大县脱贫摘帽的胜利篇章。这既是全国、全省脱贫攻坚的缩影，也是南充先行先试的实践与探索。

2018 年 10 月，南部县荣获 2018 年全国脱贫攻坚奖组织创新奖，南部县纯阳山村作为全国六个精准扶贫典型之一、四川唯一典型入选“决胜 2020 全国脱贫攻坚展”。

搏斗在一线

扶贫攻坚路，任重而道远。

市委对全市所有县处级干部、1290 名第一书记、5295 名村党组织书记、3000 余名驻村帮扶干部、行业扶贫专项部门工作人员等进行了扶贫专题轮训；对全市所有公务员开展脱贫攻坚全覆盖网络培训，全市各级组织培训班次 100 余期，培训各级党政领导、扶贫干部 60000 余人次，切实提升了脱贫攻坚一线干部解决问题的能力。

嘉陵江边，扶贫攻坚的战斗钟声一旦敲响，他们便身先士卒，冲锋在第一线。

“四川好人”“优秀共产党员”、现年 52 岁的陈建清，便是这当中的一员。

2001 年 12 月，经群众集体选举，陈建清成为了蓬安县海田乡三青沟村的村文书。当时的三青沟村条件艰苦，没有一条像样的通乡路，这里的村民祖祖辈辈守在山里“靠天吃饭”。陌生的工作领域，着实让陈建清这名“新人”犯难。

为人实在的陈建清使出“笨办法”：当时村上进行了分工，每个村干部联系负责几个社，入户为群众办事。只要自己有空，她都跟着到群众家中去，学着乡干部、支书、村长怎么样调解纠纷、怎么处置问题，很快她就进入了角色，开始独当一面。

2013 年，在外务工的乡友邓凌、周世莲夫妇想回乡发展黑山羊养殖，但土地、劳力等问题让他们犹豫不决。得知消息，刚从南充检查完身体的陈建清，没顾上休息，急忙跑到乡上去对接，领着邓凌夫妇在三青沟村到处选址。连续几个月，陈建清每天早出晚归，为领头羊专业合作社上下奔走，协调解决用地、用工、用水问题，还动员全村群众投身圈舍修建，磨破了好几双胶鞋。

现在，三青沟村领头羊专业合作社存栏种羊 600 多只，种植珍贵药材近 1000 亩，有 53 户村民以入股托养山羊增收数千元，一部分村民通过入股合作社养羊的方式使腰包鼓了起来。脱贫攻坚以来，陈建清起早贪黑，管理全村 40 户 124 人贫困户的扶贫资料，她还帮十几户村民制订增收计划、联系脱贫产业。但她却患上了红斑狼疮，这种病是尽量不要在太阳底下暴晒，但连续几个月的高温，陈建清没有一天遵守医嘱。“只要群众日子一天天好起来，我的付出就值了”。2016 年底三方验收时，该村群众满意率达到了 100%。

陈建清没有被病魔吓倒，没有向命运低头。不管再苦再累，在家里，她永远把家人摆在首要位置；在心上，她永远把全村人放在最显著的地方，但她单单忽略了自己，却赢得了全社会的尊重。

扶贫路上，冲锋在第一线的基层好党员，还有很多。阆中市凉水镇崇山观村党支部书记戚彦杰，他曾是一名军人，他也是一名铮铮铁骨汉子，被毒蛇咬伤生命垂危，历经劫难死而复生，却又拄着拐杖，穿着拖鞋，依旧劳碌奔波在山乡风雨，被村民们亲切称为“拖鞋书记”。

丘壑崇林，山路崎岖；僻静闭塞，贫穷落后。这是崇山观村曾经的真实写照，也是省定的贫困村。崇山观村共有村民 1221 人，520 户，精准贫困户 128 户，287 人。困难像大山一样摆在人们面前。

明知山有虎，偏向虎山行。2017 年，是崇山观村的基础建设年，在戚彦杰的带领下，崇山观村实现硬化社道 10 多公里，新建蓄水池 10 个，整治山坪塘 5 口，全村的人饮工程主管网全部铺设，农网改造全村改造完成，广播电视实现了户户通信号，全村共高标准地完成了贫困户危房改造

53户，其中C级26户，D级27户，完成改厨改厕105户，修建便民路102户，共3200米，让贫困户们住上了好房子……在这组大数据的背后，只有戚彦杰和他的同事们知道这其中的艰辛。

2018年的春节，这是一个不寻常的节日，一大早，青翠的山村就被鞭炮的响声惊醒了。那一刻，崇山观村热闹非凡。山长水远，在外面打工的人回到了久别的家乡，村民们欢天喜地，摆上了坝坝宴。大家欢歌笑语，美丽温情的家乡，第一次那么亲切那么真实地出现在他们面前。

彻底摆脱贫困，这是大山的呼唤，也是人们的梦想。

“乡亲们，今天，我在这里郑重宣布，对在座的所有贫困户，我免费给大家提供鸽种、提供养鸽技术，并且按市场价包回收种鸽、种蛋。”2016年6月26日，高坪区石圭镇壁山村“扶贫鸽业协会”正式成立，会上被十里八乡称为“鸽王”的该村养鸽专业大户刘顺艳，当场宣布将自己高薪学来的养鸽技术无偿地传授给该村19户精准脱贫户，并提供2万多元的鸽种给大家。

“刘顺艳帮助我们的故事，三天三夜都说不完。”村民周斌说，在他办厂最困难的时候，是刘顺艳支持他5万元钱，让他渡过难关。

扶贫路上，嘉陵江像一条血脉的纽带，牢牢系住了人们之间的情感，不分地域，不分彼此。

这是一个用生命照亮扶贫路的老山战士，他就是嘉陵区安福镇四方井村支部书记李永忠。

他曾参加对越自卫反击防御战，在老山前线荣立三等功。退役后，他回到家乡，先后任安福镇四方井村会计、主任、支部书记。2018年6月8日下午，长期带病坚持工作的李永忠在召开脱贫攻坚群众大会时，突发脑干出血，经抢救无效于6月13日与世长辞，将生命永远定格在了脱贫攻坚路上。

时光回溯

2014 年脱贫攻坚战役在嘉陵区全面打响，时任四方井村村主任的李永忠接过担子，但四方井村仅有一条 3 公里长的狭窄公路。要致富，先修路。李永忠四处“化缘”，筹得资金 6 万多元，让村道路顺利扩宽。同年，3 公里的水泥路全面完成。

2014 年到 2017 年，李永忠协助镇党委政府、帮扶单位、第一书记等，新修村道路、入户便民路 22.5 公里，家家户户通上了水泥路。修路的同时，李永忠引进业主种植莲藕，村民以 200 元每亩收取租金，136 户村民流转出自己的土地。如今，四方井村 300 余亩荷田，朵朵荷花含苞待放。园内常年 20 多人就近务工，人均增收 1000 多元。“是永忠为我们铺就了致富路啊！”如今，每次经过荷田，村主任何绪刚总会泪水在眼眶打转。

熟悉李永忠的镇村干部都说，他话不多，平时从来不说家中难处，但是一谈起村上的变化、群众生活的改善，疲惫的脸上就会露出笑容……其实他很累，但在工作中，没有人听到过他喊一声累。由于超负荷“运转”，2016 年李永忠当上村支部书记后，就被查出患有高血压和糖尿病，但由于工作太忙，他经常忘记吃药，之后，这些疾病便时时纠缠着他。

2018 年 5 月下旬的一天夜里，在办公室加班做村上扶贫资料的李永忠，突然发现写字的手没了力气，握住笔却使不上劲。他没有多想，以为是最近太累的原因，于是收拾好东西就回家了。“每一次加班，永忠大哥总让我先回，说我住得远些。”村主任何绪刚回忆，那还是他第一次比我先走。

6 月 8 日，骄阳似火。下午 17 时许，李永忠晕倒在会场。被紧急送往医院抢救，被诊断为脑干出血，一度失去生命特征。6 月 13 日，因救治无效，李永忠同志与世长辞，享年 49 岁。14 日下午，所有镇村干部及周边群众 300 余人自发参加李永忠同志的追悼会，久久不愿散去。

……

时光永恒，真情永远。

圆梦在今朝

一方水土养一方人。

恪守着对土地的信念和坚守，祖祖辈辈生活在嘉陵江畔的农民，迎来了属于自己的年代和生活。

营山县青山乡太白村的李兴碧就是这样。她有一个完整却不完美的家庭：十多年前，丈夫肖心政患上了重度精神疾病，丧失了劳动能力，且需要常年服药以控制病情；祸不单行，其儿子也患上了慢性病，这给予她双重打击。

女子能顶半边天，李兴碧撑起了一片天。身高不到 1.5 米、体重不到 100 斤的她，忙碌的身影出现在建筑工地、田间地头，摆地摊、种地、当保姆……只要能赚钱，什么脏活、苦活、累活都干。她经常念叨着一句话："人穷不要紧不可怕，就怕没志气没骨气。"为了给孩子们树立做人的榜样，她从不向政府张嘴伸手，她觉得自己有手有脚能干活，还有比她家更贫困的家庭需要帮助。

小康路上，一个都不能少。人们没有忘记她。在精准识别入户大走访中，得知了李兴碧的家庭状况后，青山乡党委政府高度重视，太白村两委通过村民代表大会评议将其家庭纳入贫困户建档立卡，并列为低保户。

家住仙林镇黄楝坪村的范之田，今年 68 岁，患有高血压、糖尿病等多种疾病。1975 年妻子去世，给他留下了嗷嗷待哺的两个孩子，时年 25 岁的他，从此起早贪黑，一人挑起家庭的重担，含辛茹苦将一对儿女拉扯大。等到女儿出嫁、儿子结婚，孙子出生，他以为苦尽甘来，可以含饴弄孙，颐养天年时，2007 年，噩耗又至，正值壮年的儿子罹患癌症去世。

2014 年，经过集体评议，老范被评为建档立卡贫困户。但范之田决定靠勤劳双手奋斗，意志坚定要摘掉贫困户帽子。

2015年，他喂养了3头母猪、2头育肥生猪。2016年上半年两头母猪便产下了两窝20只猪崽儿，如果能顺利卖出，能卖15000元，但是猪崽儿突然患上了黄痢和白痢病，相继死去。范之田一时被突来的打击压得他难以喘息，心情一下跌入低谷。

镇村帮扶干部利用扶贫小额信贷资金，范之田自己也积极筹措资金共3万元，修建了面积200余平方米的标准化猪圈。范之田不等不靠，又修建了一条通往养殖场的160米产业路。之后他去一些大型养殖场实地学习，又联系县畜农牧部门的技术人员多次来现场进行指导。现在，他成了当地的“养猪专家”。今年，范之田准备出栏生猪120头，按照现在每斤8元多的价格计算，纯收入可望突破6万元，完全可以实现脱贫目标。今天，他成立了之田种养殖合作社，带动周边5户贫困户入社共同发展。

盛世华年，枯木也逢春。

6月23日，高坪区东观镇龙家井村的一处梨园内，村民晓峰正在给梨树施肥，“100亩梨园明年进入盛果期，亩产至少在3000斤以上。加上林下养殖的鸡鸭和种植的蔬菜，一年纯收入十余万元没问题。”晓峰描述着对未来的憧憬，挂着汗珠的脸上充满了信心和自豪。这与几年前监狱里那个颓废的他判若两人。

“4年多前的我年轻气盛，行事莽撞。”这是晓峰对当年的自己的自我评价。他和几个“小兄弟”将人打伤，被判处有期徒刑3年。从2011年10月至2014年10月。“改变我命运的，是一封信。”事情发生在2014年的中秋节，一位女企业家到嘉陵监狱慰问民警和服刑人员。

“这位女企业家的字字句句让台下的我们泪流满面，也让我重新鼓起了生活的勇气。”晓峰说，他从送来的梨子包装盒上，记下了这位女企业家的通信地址。经过几天几夜的思想斗争，他终于鼓起了勇气，“壮着胆子”给她写了一封信。“5天后，我就收到了她的回信。”晓峰说，这封长达6页的信中，对他刻苦学习、积极表现的行为给予充分肯定。

“收到回信，我几天几夜睡不着觉。我下定决心，出狱后，一定要洗心革面，干出一番事业。”

2014 年 10 月 22 日，晓峰刑满出狱。回到家乡后，晓峰在镇村干部的帮助下，流转土地种植优质蜜梨。“了解情况后，这位女企业家立即派出技术人员和耕种设备，为我免费提供技术指导，并帮助我平整土地 100 亩，还送来 6000 余株即将挂果的优质蜜梨树和数十吨肥料。”晓峰感激地说，“去年，她又支持我在梨树下套种西瓜和秋葵，一年收入了十余万元。”他还在梨园里养殖跑山鸡和旱鸭，在田里种植无公害藤藤菜和黄溪贡米，并坚决不施化肥，不打农药。如今，产品供不应求，在田里就被抢购一空。

“明后年，梨树就全部挂果了，加上林下收入，一年下来收入很可观。”对于未来，晓峰充满了信心，“我的人生，才刚刚开始！”

人生，总得有些梦想。是的，生活在这片土地上的人们，他们的生活，才刚刚开始。就像嘉陵江上空升起的太阳，每天都是新的。

决胜嘉陵江

2018 年 7 月，果城南充，酷暑难耐。

然而比果城天气更火热的，是南充脱贫攻坚战役的最后决战时刻。

嘉陵江穿城而过，滋养了这一方土地，也养育了一大批优秀的南充儿女，在扶贫这条路上，干群同心，风雨同舟，铸就南充风骨。

一批政治素养高、工作能力强、基层工作经验丰富的优秀干部被充实到县乡党政班子，及时调整一批推进脱贫攻坚不力的软班子、不称职干部。并做好任职期满第一书记轮换工作，开展第一书记“五带五强”工作法培训。昔日荒凉的山村，如今有了人气，有了绿色，第一书记、党员干部们成了村子致富脱贫的领头羊。

箭在弦上，一触即发。南充实施了“栋梁工程”“百工技师工程”，开展“中国社会扶贫网”推广工作等。开展了“就业援助行动、金秋助学延伸行动、“我要上大学”——希望工程助困入学关爱行动”等，开展了“微爱同行”公益项目、引进和推广农村专业技术等。

要致富，先修路。路，成了沟通城市与乡村，乡村与乡村，乡村与人之间的情感和纽带。

2018年在312个贫困村新建村道路886公里、在200个贫困村新建产业道路641公里、在397个贫困村新建便民路2281公里，在167个贫困村渠系改造440公里，在312个贫困村新建山坪塘和蓄水池1329个，在325个贫困村完成“三建四改”21554户，在246个贫困村新建（改造）“1+6”村级公共服务中心246个，完成农村电网改造贫困村108个，完成222个贫困村通宽带。

如果说文化扶贫是此次嘉陵江畔扶贫战役的精神内核，那么爱心和情感则是这场战役的灵魂。南充实施了“励志自强·脱贫奔康”文化扶贫主题巡演项目，组织残疾人艺术团开展“励志自强·脱贫奔康”文化扶贫主题巡演活动；同时结合新农村聚集点、幸福美丽乡村、农村危房改造等，通过创建标准引领，带动贫困户改造客房、就餐、盥洗等旅游接待设施，做到环境干净卫生、主题特色突出、管理安全。

吃好，住好，这才是脱贫的根本和关键。南充以计划摘帽的阆中、营山2个贫困县（市）为重点，积极推进新村配套设施建设、困难群众住房条件改善、农村人居环境整治工作，实施496个以上贫困村新村建设扶贫；在347个贫困村完成危房改造11294户，在230个贫困村完成土坯房改造8043户，在103个贫困村新建住房2074户，在61个贫困村建成新村聚居点61个，在13个贫困村完成传统民居保护13户。

小康路上，一个都不能少。

孩子们是祖国的花朵，如何让贫困户的孩子更好地完成学业，迎接更好的明天，南充完善建档立卡学生入学机制。优先保障建档立卡贫困学生入学，切实保证义务教育阶段建档立卡贫困学生在户籍所在地学校就近入学。不断完善义务教育“五长责任制”和“控辍保学”责任，完善“控辍保学”目标责任制、联控联保机制和动态监测机制，防止适龄儿童少年失学、辍学，全面落实辍学学生登记和书面报告制度。强化适龄少年儿童随迁就读管理。

……

精诚所至，金石为开。

南充锁定“一房二路三水”，围绕“五改三建”，大力推进贫困村基础设施建设，改善了基础设施、颠覆了区位困境、打破了地域魔咒。祖祖辈辈生活在这里的人们，过上了梦中也不敢想的生活。

他们住上了好房子。2016 年全市 15635 户住进了改建房、20925 户住进了迁建房。

他们的道路变得更宽了。全市 100% 的乡镇和 98% 的村通上硬化路，缩短了连接外界的物理距离。目前，全市 100% 的乡镇和 58% 的村开通了客运班线，顺庆区实现了城市公交一体化、全覆盖，确保便捷、低廉、高效运输。

他们的疾病得到更好治疗。南充坚持医疗扶贫，深入推进公立医院改革、完善农村医卫服务体系，确保无一人因贫穷而看不起病。首先分类救治，既减又免，针对不同病因、不同需求制定分类保障措施，对 21 类重特大疾病患者、11 类慢性病患者和残疾人康复，分类实行住院门槛费和床位费“双减免”、门诊医疗救助、特殊疾病免费服务。

孩子们不再因贫穷而失学了。“四体系”助上学，让困难群众上得了学、上得起学、上得好学。坚持教育为上，有效阻断贫困代际传递。南充坚持教育扶贫，构建上级政策扶助、本级基金援助、社会力量赞助、教育系统帮助“四大体系”，确保无一人因贫穷而上不了学。

他们不再为养老而发愁。南充“五覆盖”强兜底，让特困群众吃穿不愁、养老不愁、生活不愁。特殊困难特殊照顾，南充坚持不落下一户、不丢下一人，对无劳力、无技能、无收入的特殊困难群众进行特殊政策兜底，确保无一人因贫穷而得不到供养。

……

问渠那得清如许？为有源头活水来。

南充扶贫攻坚战取得阶段性胜利，川东北这片土地焕发出强劲的生命力，嘉陵江也宛如一首钢琴曲，弹奏出幸福的旋律，潺潺而去。

根据省委省政府脱贫攻坚决策部署和四川省市州贫困县党委和政府脱贫攻坚工作年度考核办法，脱贫攻坚领导小组对21个市州和160个县市区2017年度脱贫攻坚工作成效进行了考核。全省2017年实现了3769个贫困村退出，108.5万贫困人口脱贫，5个贫困县通过国家和省级专项评估检查率先摘帽，15个贫困县完成省级摘帽验收，21个州市考核情况综合评价好的有南充市。摘帽工作先进县有南充市嘉陵区、仪陇县，西充县、南充市顺庆区受到点名表扬。

2018年8月，省政府批准嘉陵区、仪陇县、高坪区退出贫困县，仪陇“脱贫攻坚的问题导向”的好经验被中央电视台、《人民日报》报道推广。2018年10月，南部县荣获2018年全国脱贫攻坚奖组织创新奖，南部县纯阳山村作为全国六个精准扶贫典型之一、四川唯一典型入选“决胜2020全国脱贫攻坚展”。

交出这样一份份满意的答卷，这是南充市各级党委政府，向南充人民兑现的庄严承诺！

发表于2020年4月1日人民网“强国论坛”、学习强国转

人至耄耋亦不休

创办 11 个“家长学校”，撰写 38 本教材，创作无数剧本、诗歌……关爱留守儿童，他做了很多：喂年龄小的孩子吃饭，为他们整理床铺，杜克荣对下一代的关心细致入微，三尺讲台，是杜克荣奉献了一生的地方。

杜克荣每天早上 5 时 30 分准时从家里出发到学校，等着孩子们；明珠学校的学生 80% 以上是留守孩子，他们身边缺少亲人，杜克荣就成了他们最敬爱的“爷爷”。

“桃李满天下的杜克荣，把退休后的时光用在了创建家长学校上，自编教材、授课通俗易懂；79 岁的他，把自己逼成了编导，自编、自导扶贫情景剧，朗诵关爱诗；自己做还不够，还带起了一支很有威望的乡镇关工工作队伍。这是一幕独特的‘将军迟暮，壮心不已’……”这是 2017 年“第五届四川关爱明天十佳五老”对杜克荣的颁奖词。

杜克荣是谁？他是“四川关爱明天十佳五老”获得者，是四川“家长学校”首创者，创办了 11 个家长学校，撰写了 38 本教材。他创办了“留守儿童之家”，为孩子们送去了人间最暖的爱。他也是明珠学校名誉校长，在教育一线，继续发挥余温。

最敬爱的“爷爷”

时令已至大雪，天寒地冻。

天还很黑，川东北南部县伏虎镇的乡村正酣睡着。晨五时，闹铃声准时响起，耄耋老人杜克荣被惊醒。他赶紧穿好衣服，简单洗漱，拧开手电筒，摸索着出了家门。

他深一脚浅一脚地走过一段土路，走过一条街道，走进一个叫明珠学校的大门。

这段距离有两公里，不管刮风还是下雨，他从不曾间断。

学校在小镇一隅。梧桐树下，两扇紧闭的大铁门，闪着寒光。院内的蜡梅花开了，香气溢出围墙，飘到了村庄。

老人打开大门，绕过教学楼，来到学生宿舍，蹑手蹑脚，开始巡查。

老人是明珠学校的名誉校长，也是南部县伏虎镇关工委执行主任，获得“第五届四川关爱明天十佳五老”荣誉。明珠学校的学生80%以上是留守孩子，他们身边缺少亲人，杜克荣就成了他们最敬爱的“爷爷”。

学校首选的“家长”

天亮了。

几声鸡鸣犬吠叫醒了沉睡的乡村，天地的轮廓初显。树丫尖尖的，农田有些荒芜，房舍不很齐整，大地沉静而寂寥。

“头枕剑门五指山，两臂舒揽江阆南。绿衣鱼腹若屏镜，嘉陵江中洗金莲”。这是中国西南最大人工水库升钟湖的美丽写照。升钟湖位于南部县西北，距县城65公里，它以8.4万亩和13.39亿立方米的库容，滋养着两岸的人们。

1986年，南部县被国务院确定为国家扶贫开发重点县和秦巴山区连片扶贫重点县。据不完全统计，2017年南部县摘贫脱帽之前，全县共有40余万农民离开家乡，在外打工。

9万多人！这是南部县留守儿童官方统计数据。

父母远去，一些孩子陷入迷茫和失落，留守问题接踵而至：逃课、旷课、辍学、打架、赌博……

他们成了爱的荒原。但他们的双眼始终注视着远方，心灵渴望着滋养，书包里也珍藏着人生梦想和希冀。

“一个都不能少！”2008年，南部县成立留守学生爱心基金会，县政府每年注入100万元。同时建立留守学生情况报告制和学校、教师、监护人教育与管理责任制，把留守学生教育管理和帮扶工作作为县教育局和各中小学校年终考核的重要内容。

南部县明珠学校就这样应运而生。它是专为农村留守儿童开办的寄宿制小学，对留守学生开展“圆梦行动”。一心牵挂留守学生的杜克荣成了学校首选的“家长”。

勤勤恳恳的园丁

“家长”的人生很传奇。

1938年，南部县花罐镇，杜克荣出生于此。14岁，父亲把他送进了私塾。1955年，他以优异的成绩考入广元师范学校。1957年，因种种原因，杜克荣不得不回到故里，之后娶妻生子。

他成了一个农民，然而他绝不是普通的农民。白天干活，晚上看书，“冥冥之中，我觉得我会回到钟爱的讲台。”80高龄的杜克荣回忆当初的理想，眼睛里闪着光。

1978年，十一届三中全会召开。不久，镇上聘请杜克荣当民办教师，他没有丝毫犹豫，激动得号啕大哭。为了这一天，他等待得太久太久了！

仿佛要夺回逝去的光阴，备课、教书、家访……成了他生活的全部。家里所有活儿，都落在了妻子范迎春的肩上。相濡以沫的妻子明白，丈夫干的是自己最喜欢的工作，就默默地承担起了一切。

1984年，杜克荣调到伏虎镇教办，直到1998年退休。退休后，他受聘为南部县家教讲师团讲师，又被聘为明珠学校名誉校长。2001年，伏虎镇成立关工委办公室，杜克荣主动请缨，在关心下一代的工作岗位上默默奉献了17年。

“莫道桑榆晚，为霞尚满天”。这个老人，把自己一生的挚爱和真情，都洒在了这片土地上。

满怀深情的编剧

光阴荏苒。

从农民到园丁，从少年到白发，时光更迭，初心不改。

他没有豪言壮语，“关心下一代工作，重在发挥五老优势，没有工作力量怎么能行！”就因为这句话，一批“即将走的人”留了下来，一批“已经走的人”又回来了，关爱队伍不断壮大。

“有一次散步，看见婆婆喂孙子吃饭。小孙子特别调皮，婆婆就拿出钱，吃一口给一点，作为奖励。”这个场景，深深刺痛了杜克荣的心。

“把家庭教育的方法传授给家长，改变他们的家教方式，提升家教水平。”杜克荣很快就创建了家长学校。但刚开始，家长们并不感兴趣，白发苍苍的他，数次走到街头、广场、田间……把这些地方当作校外讲台。终于有一天，一个老人走进了家长学校。

“桃李满天下的杜克荣，把退休后的时光用在了创建家长学校上，自编教材、授课通俗易懂；79 岁的他，把自己逼成了编导，自编、自导扶贫情景剧，朗诵关爱诗；自己做还不够，还带起了一支很有威望的乡镇关工工作队伍。这是一幕独特的‘将军迟暮，壮心不已’……”这是“第五届四川关爱明天十佳五老”对杜克荣的颁奖词。

颁奖词绝不是苍白的。走进杜克荣的家，没有像样的家具。夜已深，灯依然亮着，老人佝偻着腰身，正伏案写着剧本或诗歌。因为不会用电脑，他只得戴着老花眼镜，一笔一画地手写。

杜克荣的诗歌《留守儿童的心声》，有亲情分离，也有悲欢离合，很动人。年节里，孩子们排练情景剧《团圆》也用了诗歌里的句子，“没妈的孩子投进谁的怀抱？回家吧，妈妈！”这一声声呼唤，在礼堂久久回响。

从此，回家过节的家长多了起来。这，何尝不是一个老人的愿望？多年来，他的足迹遍及全县 40 余所中小学校，巡回宣讲 200 余场。他在片区内11所中小学相继创办了家长学校，先后有4所被授予“县级示范家长学校”称号，3所获评“市级示范家长学校”。他撰写的家长学校教材多达38本。

“直到今天，还能够为下一代创造更好的学习生活条件，我觉得很值！”老人很欣慰。

“近年来，伏虎镇没有一个学生辍学！”伏虎镇党委书记姚先全自豪地说。而这，无疑离不开老人的奉献。

留守儿童的亲人

下课铃响了，孩子们呼啦涌出了教室。

杜克荣刚走出办公室，就被孩子们团团围住，七嘴八舌地叫着“杜爷爷”“杜爷爷”，仿佛喳喳叫的鸟儿。杜克荣弯下腰，亲昵地抚摸着他们的小脑袋，慈爱地笑了。

其中一只“鸟儿”何伶俐，正读六年级，父母远在上海打工，爷爷奶奶年岁已高，只得寄宿学校。在她心里，杜克荣就是自己的亲人。杜克荣在明珠学校创办了“留守儿童之家”，让每个教师成为留守孩子们的代理家长。从此，每个留守孩子的生日，也有了蜡烛和鲜花相伴。“留守儿童之家有了家的温馨。”何伶俐在县演讲比赛中动情地说。这次比赛中，她获得了三等奖。

这也是孤儿王水花、唐函璇、梁巧玲、杨玉婷等孩子们的心声，他们都考进了理想的初中，正在向人生的目标前行。

“为什么我的眼里常含着泪水，那是因为我深爱着这片土地。”2010年，由杜克荣执笔，以明珠学校实际工作为题材撰写的家长学校征文，获得国家一等奖，他因此参加了在南京举行的研讨会并发表获奖感言。

“他年纪大了不会骑车和开车，就天天走路。每天早上5时30分准时从家里出发到学校。娃儿们都还在睡觉，他就看娃儿们睡得好不好，被子掉没有，怕他们感冒。我每天6时起床，接送附近走读的学生，等我忙完这些，他已经在办公室处理其他工作了。”学校校车司机赵朝阳很清楚杜克荣每天的时间表。

“2014年的一天，南部县遭遇特大洪灾，伏虎镇几乎全部被淹。那天早上，大雨猛烈，我们都以为他不来了。但是当我开车进校园时，杜校长已经站在学生寝室外面了，一身全部被打湿。我喊他去换衣服，他说先看看学生，怕大雨对娃儿有影响。”这个部队退伍的老兵，情至深处，眼圈也不禁红了。

“80岁后，应该摒弃烦琐的世俗应酬，生活过得简单，使自己心静如水。上善若水，做一个受青少年爱戴的老龄人。”这是杜克荣日记中的一句话。

“莫道桑榆晚，为霞尚满天。一息尚存须努力，留作青年……”青山做证，江河做证。

蜡梅花开后，春天就来了。

发表于2019年1月16日《四川经济日报》副刊

百年梦圆：兰渝铁路建成通车记

中国，四川南部县。

自南充北站始至南部县火车站，20多分钟后，我就踏进嘉陵江边川东北的这块土地，和白明江老人相遇。冬阳晴好，光线清朗，老人站在偌大的广场中央，阳光把他瘦长的影子拉得很长，又把他清癯的面容投影在地砖上，那笑容霎时间便凝聚在了地界。

阔大的林荫道，错落有致的台阶，井然有序的大厅，南来北往的旅客……列车呼啸而过，铁轨朝向远方，“南部”两个大字熠熠生辉。白明江老人一时心海潮涌，不禁连声感叹：“兰渝铁路修好了，南部通火车了，南部人民高兴啊！”

曾几何时，渝州至兰州，像两相伫望的亲人，隔着千山万水，深情守望，诉说衷肠。兰渝铁路北起兰州，南至重庆，全长886公里，途经川、甘、渝两省一市和国道212线各地（市州）25县（市区）。它是血脉，连接着祖国的西南与西北；它又是清泉，滋养着沿线3600多万人民。其间，有过多少人的梦想和追求，又流过多少人的汗水和眼泪？山河当铭记：那一个个为兰渝铁路建设挥洒青春和热血的人；时光可做证：在这里，在南部，时任中共南部县委书记的白明江，作为兰渝铁路立项上马的第一位倡议者和亲自参与见证者，二十二年的守望，终于今梦圆。

申请立项

火车鸣笛，时光回溯。

1987年春，广州，木棉花正开。中山市翠亨村孙中山故居，青砖绿瓦，花香鸟语……一代伟人音迹宛然。一个中年男人神情肃穆，跟随考察团且走且停，他就是时任四川省南部县长的白明江。此时，留声机里正传出孙中山《建国方略》的宏愿：建东方大港、修兰渝铁路……中山先生梦想何时才能实现？白明江久久不愿挪步，心里就此埋下念想的种子。

他是一名农家子弟，生于南部县建兴镇。他从不曾忘本，1968 年从成都工学院水利工程系毕业后回到家乡，一路栉风沐雨。1984 年他在南部第九届人民代表大会上发表县长就职演说：千选万选，莫选个烂油灯盏，我要用实际行动证明父老乡亲们是选对了我的！1992 年 1 月他担任南部县委书记，这名百姓们心中的父母官，上山下乡，踩朝露披晚霞，拔荆棘抡斧钺，和农民们融合一体。他常常对着泥泞的公路遥望远方："要想富，先修路；想大富，修铁路。"南部县总人口 130 余万，拥有西南最大人工水库升钟湖，由于基础差、底子薄，1986 年被国务院确定为国家扶贫开发重点县和秦巴山区连片扶贫重点县，听一声火车的鸣响，那是许多人一辈子的念想。

念念不忘，必有回响。1994 年 3 月 1 日，白明江应邀参加阆中机场开工仪式，巧遇时任的苍溪县委书记李文元、阆中市委书记冯启联。南部、阆中、苍溪同处国道 212 线，路况很差，这严重制约当地经济发展。回想中山先生的兰渝梦想，白明江当即倡议修建兰渝铁路，立即得到冯启联、李文元的赞同。

同年 3 月 15 日，南、苍、阆县（市）县（市）委、政府正式联合发出"关于促成兰渝铁路尽早立项上马的倡议书"。1994 年 5 月 9 日，苍溪县梨都宾馆 4 楼，几间简陋的办公室，几把陈旧的办公桌椅，一个门口挂着"争取兰渝铁路立项上马协作会秘书处（以下简称秘书处）"的小牌子，标志着申办兴建兰渝铁路办事机构的成立。同年 5 月 10 日至 11 日，川、甘两省（当时川渝未分家）国道 212 线 9 地（市、州）、25 县（市、区）的地方党政领导、专家、学者会聚苍溪、阆中，参加"争取兰渝铁路立项上马协作会"的成立大会，时年 51 岁的白明江被任命为协作会第一届执行主席。协作会设秘书处，甘肃、广元、南充、广安、重庆各抽两名精兵强将到秘书处，时年 54 岁的苍溪县委调研员赵均国被选为秘书长。白明江又将秘书谭必武和机要科长方述锐调到秘书处工作。2011 年苍溪县中国共产党党史出版社出版的《中国共产党苍溪历史大事记》记载了这一重大事件。

回忆那段历程，年逾七旬的白明江老人仍然激动不已：“那是波澜壮阔、激动人心的年代啊！我为自己亲历这个年代，并加入兰渝铁路的建设而感到终身自豪。”

68 枚公章

箭在弦上，只争朝夕。

“关于促成兰渝铁路尽早立项上马的倡议书”，一页薄薄的纸张，一个沉甸甸的希望，执行主席白明江捧在手心，热血和着梦想一起在体内奔涌流淌。而这份报告倡议书，又恰如一粒希望的种子，需要兰渝两地齐心协力，共同浇灌培养。秘书处的工作人员们从此踏遍千山万水，在相距数千余公里间的各地党委、政府中奔波往返，讨论，盖印。

“其中的艰辛，三天三夜也说不完……”多年以后，谭必武告诉我说。有一次，秘书处两名工作人员到甘肃境内做工作，被堵在路上三天两夜，饿了就买农民 2 元一个的苞谷吃，困了就在车上打盹。有一次他们车行山里，竟然遭遇山体塌方而被围困，生与死在一刹那被深刻领悟。然而倡议书从酝酿、起草到讨论、成文，仅仅用了半个多月时间，随之就上报到甘、川两省人民政府、国家计委、铁道部。

芳华岁月，聚沙成金。这仿佛是一场看不见的拉力赛，为了同一个追求和梦想，大西部的各市（州）县凝聚成一条绳。“争取兰渝铁路立项上马协作会”把沿线不同地区不同省份的县（市）级政府联合起来，由共同利益结成同盟。1994 年 10 月，一份盖有 68 枚地县两级党委、政府印章的《关于申请新建兰渝铁路立项的报告》，上报给了四川、甘肃省政府以及国家计委、铁道部。报告原文如下：

四川、甘肃省人民政府并国家计委、铁道部：川、甘公路国道212线的二十多个县（市、区），地处我国中西部地区。长期以来，由于交通闭塞，运输不畅，致使沿线丰富的资源开发程度太低。经济发展缓慢，难以从根本上解决这一地区的贫困落后问题。尤其是在改革开放和社会主义市场经济的新形势下，交通落后已成为制约本区域经济发展的“最大瓶颈”，与快速发展的沿海沿边经济形成强烈的反差。对此，我们兰渝沿线地、市、州、县（市、区）的党、政领导及广大人民群众，多年来都在苦苦探索，努力寻求发展自身经济与脱贫致富的路子，虽千辛万苦，但总是事倍功半，收效甚微。交通与经济的矛盾越来越突出，加快交通基础设施建设已成为“当务之急”和“关键之举”，亦是加强主要区域与全国联系，扩大对外开放的先决条件。为此，我们特恳请川甘两省政府、铁道部、国家计委立项新建兰州至重庆铁路（简称兰渝铁路）。一九九五年二月二十二日。

时至今天，在《南部文史资料》一书中，仍然能看到这份报告的原始资料文件，其正文仅3页多，却盖有34个地方党委、政府共68枚公章，仅印章篇幅就占了9页。一个个鲜红的印章，仿佛西部人民跳动的火热心灵，山河也动容！虽然印章因文字记录和保存而失却它当初的颜色，但是那艳红的色彩，谁说不是永远印制在人们的心底了呢？！这一个个印章背后的悲欢故事和传奇，谁又不被感动和震撼呢？！

就是这份极具震撼力的报告，开启了地方政府推动中央战略布局的“先河”，堪称为铁路史上的创举。

1995年5月12日，争取兰渝铁路协作会在南充召开，市领导在会上慷慨陈词：作为我们这一任领导，我们一定下定决心，不管花多少时间与精力，直到把这条纵贯中国中西部的兰渝铁路搞上去，南充市一定和沿线兄弟市、州领导同志一起共下决心，不达目的不罢休！

105 名老红军签名

老骥伏枥，志在千里。

此时，有一双双深情的眼睛，也把关切的目光投向了这里。在西部这片广袤的原野上，他们曾爬雪山过草地，啃草根嚼树皮。西部的人民和土地，是他们情感不可分割的一部分，他们就是曾在这里战斗过的红军将士们。

今兰渝铁路沿线的 25 个县（市、区），不少是革命老区，出了不少“京官”，有共和国的将军，有国务院的部长，尽管他们有的离休，却德高望重，热肠不改。如何在申请兰渝铁路立项上马中发挥老同志们的余热？兰渝铁路协作会决定采取由老同志联名向党中央、国务院“上书”的形式，以引起最高层领导的重视。然而，这些老同志退下来后，散居祖国各地，要一一面见他们谈何容易。百尺竿头更进一步，兰渝铁路协作会秘书处的同志们目标坚定，手捧建言书，北上南下，不辞辛劳。

一个个汉字，一片片深情，其言恳切真挚：“兰渝铁路沿线当年有 10 万儿女随红军转战南北，建立中华人民共和国，正是为了让人民过上好日子，而这些地方至今依然贫困交加，我们当中一些人亲眼目睹了沿线老区人民的贫困生活，实在叫人寝食不安，这愧对了曾与我们浴血奋战的先烈们和曾用生命掩护我们的父老乡亲们。究其贫困的原因，主要系受制于交通不便，因此在我们的有生之年，恳请国家将兰渝铁路纳入跨世纪铁路建设计划，使老、少、边、穷地区人民早日走上脱贫致富之路！”他们的足迹踏遍了全国各地，建议书深深打动了情牵西部的老同志们，他们合奏出一首动人的历史乐章。

在北京军医 301 医院，秘书处的同志找到在那里治疗的苍溪籍老红军、总后勤部原顾问李开湘，李老在 3 个亲人的搀扶下，颤颤巍巍地在纸上画上了自己的名字。但不到十天，李老便离开了人世。在南部县，秘书处的同志找到一位老红军，她也重病在床，亲人将她扶起来后，她只写了自己的一个姓字就写不下去了，还是她的儿子握住她的手才把名字写完。3天后这位老红军就和人世永远诀别。

……

争取兰渝铁路建设，得到了这些老红军、老首长们的热情支持，他们都愿为家乡建设出一臂之力，为共和国腾飞贡献余热。建言书上，第一个签名的老首长是罗青长。由罗青长领衔，傅崇碧、王定烈、胥光义、苏毅然、杨国宇、任荣、陈明义、何正文、王定国等105名老红军联名签字致信党中央、国务院。他们中有的是绝笔，却把人世的真情长存，把一颗对祖国的赤胆忠心深埋进大地。

秘书处的同志们终于等来了春暖花开的那一天。1999年3月23日，朱镕基总理在老红军恳请修建兰渝铁路的信件上作出批示："请岚清、邦国、家宝并培炎，由瑞（屠由瑞，时任中国国际工程咨询公司董事长）、志环（傅志环，时任铁道部部长）同志研究。"这一批示引起了国家相关部门和领导的高度重视。国家计委向国务院回函"我们将会同有关部门一起抓紧开展前期工作，在'十五'至2015年间确定建设时机"。

105位高龄老红军，继续为人民谋利益。105颗红色心脏，依然时刻与祖国脉搏一起跳动，他们见证了历史，也赢得了历史的垂青。

1999年10月29日和11月2日，兰州军区、成都军区分别以（1999）兰动字第6号、（1999）成国动字第07号文，将《关于将兰州至重庆铁路纳入国家"十五"铁路建设计划的建议》报送中央军委，并抄送国家发改委、铁道部、总参、总后等相关单位，两个军区站在政治、军事、维稳和经济发展的高度，为兰渝铁路的立项立下了汗马功劳。

全国"两会"鼓与呼

上下一心，金玉共振。

今天，当我翻开厚厚的资料，打开一段尘封的历史，却仿佛吟诵了一首激情澎湃的诗章。据《南部文史资料》记载：从1995年至2000年，甘肃、四川、重庆全国人大代表、政协委员连续五年在全国“两会”上呼吁新建兰渝铁路。议案、提案、专题发言达192份。

一春始，万物苏。1997年3月，全国“两会”议案提案。兰渝铁路作为西北西南间便捷通道，经过甘川渝三省市的共同努力争取工作，已纳入《国家中长期铁路网规划》，并已将此项目列入2010阶段目标，铁道部门也做过多次论证。兰渝铁路建设时机已经成熟，条件已经具备。请求将兰渝铁路纳入国家“十一五”铁路建设计划，并尽快开工建设，2010年建成投运。

春常在，人欢畅。2000年3月，在全国人大九届三次会议、全国政协九届三次会议召开期间，兰渝铁路协作会秘书处全力以赴做好“两会”提（议）案和相关工作，取得了显著成果。会议期间，首先由甘川渝三省市人大代表联合向大会主席团提出建议，恳请中央领导同志在“两会”期间安排时间，听取汇报。此举引起大会主席团的高度重视。

2000年3月9日上午，时任国务院总理朱镕基同志应邀来到甘肃代表团，认真听取了关于申请兰渝铁路立项建设的专题汇报。朱镕基一面认真地听，一面在笔记本上记录。朱总理听取了兰渝铁路专题汇报后说：“兰渝铁路应该修，它像南疆铁路一样，政治意义大于经济意义。我管拿钱，具体事宜，你们要和铁道部多联系。”

2005年2月2日，铁道部、甘、川、渝三省（市）党政主要负责人在京再度会谈，就兰渝铁路的修建取得各方面的共识，共同签署了《关于加快推进兰渝铁路建设前期工作的会议纪要》，此次会谈成果成为国家批准兰渝铁路立项新建的“催化剂”。

当又一个春天来临，春雷唤醒沉睡的大地时，2005年3月13日，铁道部负责人与四川、甘肃、重庆党政主要领导聚首京城，就兰渝铁路建设达成共识：修建兰渝铁路，对西部地区发展意义重大；将共同努力做好前期工作，力争工程明年开工，三年建成。

铁道部、甘、川、渝三省（市）党政主要负责人达成“加强协作，全力支持，力争项目早日建成”共识后，并共同签署《铁道部、甘肃省人民政府、四川省人民政府、重庆市人民政府关于兰渝铁路建设的会谈纪要》。

按照多元化投资、市场化运作方式，铁道部和川甘渝合资建成。项目资本金由铁道部出资 50%，三省市政府共同争取国债资金占 30%，三省市出资境内段工程资本金的 20%（含依法征地拆迁补助资金）。其余资金采用融资方式解决。

至此，争取兰渝铁路立项上马协作会才如释重负，才觉得尘埃落定，完成了一项历史使命。争取兰渝铁路项目，从 1994 年酝酿成立兰渝铁路协作会，至 2005 年 3 月 13 日铁道部、甘肃省、四川省、重庆市领导达成共识并签署《建设兰渝铁路的会议纪要》，经过了漫长的 12 年。

12 年，在历史的长河中不过一粒沙的分量，但在每一个为之努力奋斗的人心中，却是用情每分每秒来计算的，用脚每一寸每一步来丈量的，力顶千钧。

开工建设

金诚所至，金石为开。

这是华夏民族万众一心的“金城”，它超越了时空的距离，从炎黄至今天，从三山至五岳，砥柱中流，巍然屹立。

初夏，正是大地彰显生命力之季，祖国山河无比壮美，一个好消息让华夏大地尽展笑颜。多年后我翻开报纸，赫然入目的依然是那醒目的几个大字：2006 年 6 月，兰渝铁路预可行性研究审查顺利通过。同年 9 月，一部三省（市）向国家发改委报送了“关于新建兰州至重庆铁路的可行性研究报告”。四方会谈达成共识。

2008 年 1 月 11 日至 13 日，中国国际工程咨询公司在北京组织专家对铁道部、甘肃省、四川省和重庆市报送的《兰州至重庆铁路的可行性研究报告》进行了评估。专家组听取了铁一院、铁二院的介绍以及兰渝公司筹备组的意见，本着“独立、公正、科学、可靠”的原则，进行了认真的研究和讨论。形成评估报告（摘要）：新建兰州到重庆铁路北起甘肃省兰州市，南至重庆市辖区的合川市、北培区，建筑里程820公里，运营里程870公里。项目估算总投资774亿元。由铁道部与甘肃省、四川省、重庆市合资建成，建设工期为6年。兰渝铁路建成后，兰州与成都、重庆的铁路运输距离将由现在的1172公里和1466公里，分别缩短至836公里和820公里，客车运行时间由现在的17.5小时和22小时，分别缩短了7.5小时和6.5小时。兰渝铁路设计为国铁Ⅰ级，双线电气化铁路，客车速度目标值160公里/小时，规划输送能力：客车50对/日、货运5000万吨/年。

历史终将记住此时此刻。祖国大地上，各级党政干部群众们奔走相告，人们不会忘记，那些为兰渝铁路建成付出辛劳和血汗的人，留得芳华馨香人间。美好的消息像鲜花一样在南部的每一个角落盛开，南部人们沸腾了！白明江老人喜极而泣，多年的坚守，多年的守望，在那一刻，他是幸福而快乐的！

正是硕果累累的金秋，丹桂飘香，沁人心脾。2008年9月26日，晴空万里。兰州市沙井驿彩旗飘扬、锣鼓喧天，娇艳的鲜花尽情盛开。兰渝铁路全线开工的序幕正式拉开！

山也青青，草木皆有情。此刻，兰渝铁路沿线几千万父老乡亲们目不转睛，他们紧盯着电视屏幕，生怕错过一个闪过的镜头。褐色的泥土，大红的绸缎，绚丽的花朵，喜悦的微笑……一样的心情，一样的梦想，一样的中国红。飞动的鼓槌，擂响了西部人们希望的号角；挥舞的铁锹，掀开了西部人们发展的战机。至此，从争取兰渝铁路到全线开工，整整过去了十四年！

百年兰渝，梦想成真！如果说争取兰渝铁路的历史犹如一条长河，那么两代人凝聚起来的“兰渝精神”就是河面泛起的一朵朵浪花。兰渝铁路协作会秘书长赵均国深情的日记写道：“几年后的火车声仿佛已在我们耳边响起，也许一位老者会站在兰渝铁路道旁左右眺望，但他绝不是在观赏风景，而是在回首往事，回顾那段承载着辛酸、痛苦和喜悦的十多个春秋。”

2008年9月26日，兰渝铁路建设营地在嘉陵江畔扎下，“战场”在绸都大地之间一线铺开，大幕旋即开启……

这是一场千帆竞发、百舸争流的铁路大会战。南充，抓住了机遇，迎着磅礴的历史发展潮流向前！兰渝铁路南充段建设牵动七百万南充儿女的心。

省委、省人大、省政府、省政协领导多次来南充考察工作时，都要到建设现场察看或询问工程进展情况，对铁路建设给予支持，提出意见和建议。在历届市委、市政府的决策里，兰渝铁路被列为全市重点工程。市委、市人大、市政府、市政协领导对兰渝铁路南充段建设更是倾注了大量的关注。社会各界人士时刻关心着工程的进展。

南充市委、市政府主要领导多次来到兰渝铁路南充站，考察调研建设情况，强调南充各级各部门要发扬钉子精神，以“抓铁有痕，踏石留印，不到长城非好汉”的气魄，大力推进重点项目建设，确保如期实现通车目标。为南充建设成全省次级综合交通枢纽，提升区位优势奠定坚实基础。

南部县委、县政府也非常重视和关心兰渝铁路的建设，建立了南部县兰渝铁路建设指挥部，专门抓兰渝铁路建设。主要领导多次召开专题会议研究工程进展和保证实现2015年12月通车的目标任务。自2015年6月中旬开始，县委、县政府分管领导每天都要召开工作例会，专题研究和督促站前广场、大道建设项目、房屋拆迁安置等工作。经过50天的集中攻坚，200余户房屋拆迁、400余座坟墓搬迁全部完成。分管领导和业主、施工单位负责人每天两次碰头，每周召开例会点评工作，制定下阶段目标，有力促进了项目建设进程。交通局、住建局落实专人值守项目现场，实行“三班倒”制度，保证每天有20小时施工时间，把一天当两天，雨天当晴天，确保了兰渝铁路南充段南部站项目建设高位推进，按期完成。

嘉陵江畔，一场看不见的“战斗”悄然打响，挥舞的铁锨，飘扬的旗帜，轰鸣的机器……像跳动的琴弦，拨动了白明江老人的诗情：“千山绵延峰巍巍，万岭逶迤翻巨浪。悬崖峭壁踩脚下，修路大军上战场。……”

国家对兰渝铁路线的正式立项，牵动了多少人的心怀。2015年8月26日下午3时许，酷暑像火龙吐出舌头，舔舐着嘉陵江两岸。谁都没有想到，四川五军老战士铁道兵刘月清一行人走进了南充。“起来，不愿做奴隶的人们……”穿着挺括的军装，迈着整齐的步伐，他们高唱着国歌走进了这片土地。烈日下，汗水打湿了老人们的衣背，但没有一个人退缩，他们洪亮的声音，响彻了兰渝铁路建设营地。“我们都是铁道兵，特地自费组团前来为修建兰渝铁路的建设者们加油，并制作成光碟，以此为共和国献礼。”祖国听见了吗？

“我们就是想到当年修建铁路的地方走一走，看一看，看看它们的变化……”多么朴实的语言，他们如今几乎都是厅级干部，但是他们保持了纯真年代的纯真感情，军装是他们自己花钱买的，走过的每一程都是自费的。陪同参观的我，眼含热泪，对着他们深深鞠了一躬！

今天，不知有多少这样默默无闻的铁路修建人，倾尽自己的热血和汗水，才让兰渝铁路飞架于千山万壑间，使之成为一条新的沟通祖国南北的大动脉。2015年12月26日，兰渝铁路广元至重庆段正式开通运营。2016年5月中旬左右，兰渝铁路广元、阆中开行到成都、重庆的动车。同年12月31日前，兰渝铁路甘肃段建成。2017年9月下旬，兰渝铁路全线贯通。

百年梦圆

春去秋来，兰渝相拥。

此时，以南部为原点，伫望着“南部”火车站两个大字，南部人民实现了多年的夙愿，诗人赵先碧不禁挥毫写下：“动车驶过意难平，遗憾先辈未登临，家祭勿忘告列宗，火车已通河对门。”《华西都市报》刊载了向维智的诗歌：“历史回眸赞白翁，高瞻远瞩一先锋。为民祈福谋修路，利在千秋创业功。勠力同心举世功，披荆斩棘话愚公。含辛茹苦铺金路，浩浩嘉陵志向东。”南部退休干部赵钦光有个心愿：南部通火车了，等春暖花开的时节，想出资请白明江等一起专门坐火车到兰州和重庆，体验这份快乐和喜悦。

时年已近八十高龄的白明江，精神还是那么矍铄，身体还是那么硬朗，思维还是那么敏捷，言谈还是那么富有哲理，声音依然洪亮，心灵依然充满活力。兰渝铁路全线通车，最兴奋的莫过于他。他几乎用颤抖的声音，第一时间拨打了我的电话：央视报道兰渝铁路通车的消息了，全线有886公里里程，有229个隧道，398座桥梁。我仔细算了下，平均1.35公里就有一个主体建筑。了不起啊，了不起！我又写了一首诗，念给你听听。“白云深处凿隧洞，冰封雪山架桥梁，络绎相属桥隧贯，动车穿越万里疆。……”这是震惊中外和世界的大事，实现了孙中山先生修建兰渝铁路的梦想，实施了“一带一路”的宏伟战略目标，也推进了沿线3000多万老区人民脱贫致富奔小康的进程。我有幸首发倡议筹备“争取兰渝铁路立项上马协作会”并担任第一届执行主席，组建常设机构办事秘书处，参与兰渝铁路争取立项、规划等前期工作，经过15年的艰苦奋斗和7年建设，终于盼到了这一天，这是我人生最欣慰的大事情。在此，深深感谢中央和全国人民，深深感谢建设者，深深感谢从事前期工作的人们。

“兰渝通车传喜讯，川甘渝人喜欲狂。奔走相告千里遥，火车一响震家邦。首先倡议南阆苍，二十县市大合唱。锲而不舍十五载，众志成城获立项……”老人情真意切，我不禁肃然起敬。“如果南部县也有火车站，该多好。如果兰渝线通过这里，带动南部人民致富，那该多好！”老人的这个梦想，终于实现了！

诚如白明江老人的梦想：西北西南大动脉，兰渝一日往返畅。人流物流信息流，数千万人奔小康。睡狮醒来酬壮志，国父孙文夙愿偿。万民欢呼群情奋，荫及子孙国威扬。

它是一条铁路，它又何尝不是一条流淌在中华大地西部的一条血脉，凝聚了坚强而勇敢的华夏民族；它又何尝不是一首嘉陵江上空飘扬的钢琴曲，让祖国的大地闪亮生命的华彩，奏响时代的乐章。我们相信，随着中华大地“一带一路”的纵深发展，它一定会把兰渝之间的守望，扩散到帕米尔之巅的东海之滨，从漠河之北到南海之南，直至穿透宏伟辽远的喜马拉雅山，到茫茫的大西洋之岸。

发表于 2018 年第 3 期《中国报告文学》

国脉和文脉相连

——非虚构纪实文学集《嘉陵江从镜头前流过》创作手记

中国西部，八百里大秦岭巍然屹立，把华夏大地南北而分，铸就山水美丽的风骨。

涓涓细流源出秦岭，它一路纳溪成河，汇聚成川，终孕育出长江上游最大支流之一——嘉陵江。

它头枕秦岭和巴山，像一条血脉，逶迤连绵在中国西部最美的丘陵，被《中国国家地理》誉为北纬30度上美丽的奇观。

它由北至南穿过中游四川省南充市，总长达三百多公里。它依次流过南充所有的古码头和两千二百多年的建城史，在重庆朝天门码头汇入长江……

2018年12月8日，在“改革开放四十周年征文”中，《人民日报》“大地”副刊以半个版的篇幅，发表了散文《嘉陵江从镜头前流过》。

《嘉陵江从镜头前流过》这篇纪实散文，再现了嘉陵江流域人民生活和各个古镇在不同时期的发展变化，它犹如一部历史史诗，被完整清晰地保存下来。而蕴含其中的深厚文化，则是嘉陵江馈赠给人民的宝贵财富。

蒹葭苍苍，在水一方。

水润万物。清澈纯净的嘉陵江，像乳汁滋养着这一方子民。山之侧，水之畔，南充文明，由此衍生和发展。这里土地肥沃，盛产桑茶，遍种果树，成就“绸都”和“果州”的美誉。这里是古老丝绸之路的起点之一，宛如《诗经》般美好，像丝一样源远流长。

“千里嘉陵江水色，含烟带月碧于蓝”。嘉陵江畔，人杰地灵，是被誉为“春节老人”的落下闳，是有“赋圣”之称的司马相如，是《三国志》的作者陈寿，是民主革命家张澜，是红军之父朱德，是开国大将罗瑞卿……更显这片土地的神奇和美丽。

美丽南充，不只有那山那水那人，还有一脉相承的文化，以及生生不息的人文精神。是韩国平昌冬奥会上惊艳八分钟的国家级非物质文化遗产川北大木偶，是世界非物质文化遗产川北王皮影，是获得中国群星奖的民俗表演亮花鞋，是散落在民间的国家非物质文化遗产川北灯戏……让它熠熠生辉。

我对南充最初的印象，是因为南充作家魏继新老师写的小说《燕儿窝之夜》。记忆中，有这样一群南充人，在那个黑夜，为了国家财产，同风雨搏击。我不知道，多年以后，作为重庆人的我会定居南充，并且深深爱上了这片土地。

不忘初心，方得始终。我第一次到南充，是1995年春节，从重庆坐了七个小时的车后，刚到嘉陵区凤垭山，看见一江水，是那样地清、那样地绿，它就像一条丝带，柔柔地绕过山岗，温润了我的心灵。但凡有江河润泽的地方，一定是人杰地灵的！

我成为南充的主人，是2002年。这一年，我到《南充晚报》当了一名记者。印象当中，市中心的北湖公园有高高的围墙，嘉陵江上的西河桥还有收费站。唯一通往成都的公路，要坐9个多小时的大巴车才能到，路程遥远而艰辛。

作为一名记者，我亲眼见证了南充神奇的变化。高楼大厦拔地而起，飞机场建起来了，动车也有了，便捷的交通，把南充和全世界相衔。北湖公园破墙开放，嘉陵江的水引到了市中心，西河桥上的收费站也拆了，开放包容的南充，吸引了全世界更多人的目光。

我融入南充，是2011年深秋，这一年，我来到南充市旅游局工作。南充的美璀璨夺目。第二年6月，我陪央视《走遍中国》栏目组到南充拍摄，嘉陵第一江山、嘉陵第一桑梓、嘉陵第一曲流……嘉陵江南充段的美，深深地震撼了人们。发源于秦岭的嘉陵江，流经陕、甘、川、渝四个省、市后，把最美的身段留在了南充。

2013 年 1 月，我们带着嘉陵江南充段旷世夺目的美，在香港尖沙咀地铁站出口，把南充本土摄影家的精美作品展出。来自世界各地的人们驻足观看，他们惊呆了：在中国、在西部，有这样一条江，有这样一个地方，让他们神往。嘉陵江的美是南充的，它属于四川，更应该属于全世界！

2014 年 4 月，在蓬安第五届嘉陵江放牛节上，由南充牵头，陕、甘、川、渝联合开展寻找嘉陵江边的最美，包括最美女儿、最美风情小镇等……嘉陵江边南充的美，就是由这些丰厚的人文风情和故事积淀起来的。

……

盛世华年，国脉和文脉相承。

2019 年 5 月 17 日，中国作家协会定点深入生活项目公告了我申报的选题——由四川省作协推荐的非虚构纪实文学集《嘉陵江从镜头前流过》。

我努力深入嘉陵江流域南充段的各个古镇，搜集整理各种文化遗存，深度挖掘其中的文化内涵。

我走进了营山竹编师父何启荣的家里，看他怎么用各种各样的刀子，把一根竹子划成丝，编成竹子扇面画；我到阆中，听川北王皮影传承人王彪讲述怎么变卖家产和保护文化遗产的感人故事……《万卷楼与〈三国志〉》《周子古镇　相如故里》《“春节老人”落下闳》等相继在《人民日报》海外版发表。

南充人民的智慧和坚强，从来就没有缺失过。

此时，嘉陵江畔的人们又打响了一场看不见的战役——扶贫攻坚战。国家“精准扶贫”的政策像一缕春风，吹进了川东北的这片土地。

嘉陵江畔的春天真正来临了，贫困村子都被政府整体规划，一批批扶贫驻村干部也走进了大山深处。“你的家就是我的家”，他们的血液融进了乡村，把乡亲们看作了亲人，奔波在田间地头，修路架桥，播种抢收，栽桑养蚕，养鸡养鸭……

我写了《八尔湖情思》《春风化雨润乡情》等纪实文学，发表于《中国报告文学》等。是他们塑造了一系列心系人民、服务人民的公仆群像，谱写了一曲春风化雨润乡情、千难万险真扶贫的壮丽凯歌。

因为一座城，我爱上了这里的一切。我爱它的过去，也爱它的现在。印象中的嘉陵江，它又如一个动人的音符，在南充广袤的大地吟唱，随着日月斗转星移，跟着四季更迭永远。青青桑林、迢迢古渡……它是一幅写满“乡愁”的布衣图，成为我们精神的原乡。

写满乡愁的南充，是生活在这片土地上的人们创造出的美好生活，是筑造在这片土地上的美好家园。看吧，是山水之间的锦绣田园，是曾经荒滩的湿地公园，是海棠花盛开的阆中小院，是八尔湖边的民宿，是双龙桥的玫瑰谷，是太蓬山下的耕读原乡，是太阳岛上的百牛渡江，是客家人的九大碗……

嘉陵江上歌声飞扬。

“放歌嘉陵江·颂歌献给党”“歌唱新中国·逐梦新时代”等文化活动，人们引吭高歌，把南充儿女们对祖国的热爱、对新时代的赞颂，化作最动人的和声，献给伟大的祖国。

一条江流过，一座城崛起。

嘉陵江畔的西部人，正在续写着古老的千年传奇，谱写着新时代华美的动人乐章。